KB076420

"한 잔 할래요?"

아니나 다를까,
갑판장이 품에서 보온병을 꺼내 들고 음료를 권했다.
사양도 하기 전에 갑판장은 플라스틱 잔에
음료를 따라 내게 내밀었다.

"같이 씻어도 좋아요.

탕도 꽤 넓고···.”

“네에?”
아니, 이 아가씨는 또 무슨 소릴 하는 거야?
혼욕이라니, 남성들의 로망과도 같은 상황이지만
이게 지금 이 상황에서 나올법한 단어였던가?
그보다 어째서?

"그럼 한 번만 들어보게 해 주면 안 돼?"

"사람을 라디오 키트처럼 말하지 말아주세요."
체셔가 질색을 하며 그녀를 밀쳐내자,
서 대위는 골을 내기 시작했다.
"다 안 된대! 이래서야 과학은 영원히 제자리걸음이라고!
너무해! 고양이 아저씨는 러다이트라도 되는 거야?"

마리얼 레트리 2

Thin Red Line

오소리

Thin Red Line

일러스트 유나물 **디자인** 백진화 **편집** 오창성, 박관형 **마케팅** 이승우 **주간** 박관형

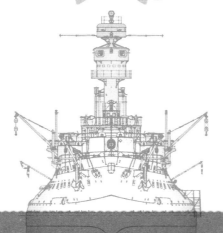

군대는 먹어야 진격한다.

보나파르트 나폴레옹

1. 드롭스 캔디

러시아 연방, 극동관구 프리모리예
자루비노, 광명학회 군항 내 제1 도크

"드롭스 먹겠나?"

블라디미르 중위의 나직한 목소리를 듣고 나서야 알렉세이 중사는 자신이 졸고 있었다는 사실을 깨달았다. 중사는 정신을 환기하기 위해 눈살을 찌푸리며 고개를 저었다.

"죄송합니다, 소대장님. 갑자기 피곤이 몰려와서….''

"아냐. 그럴 만도 하지. 요 며칠간 2교대로 순찰을 돌았으니….''

중위의 말처럼 요 며칠간 자루비노 군항은 눈코 뜰 새 없이 바빴다. 두 달 전 떠났던 학회의 보급함이 갑작스런 수리를 위해 귀항한다고 했기 때문이다. 군항에서는 부랴부랴 갑문을 보수하고 부족한 기재를 발주하느라 손이 남아나질 않았지만, 그렇다고 경비 병력을 줄일 수는 없었다. 아직도 연방의 군대가 이 군항을 노리고 있었다.

"그러고 보니 연방 놈들이 선전포고를 한 게 저번 주었던가요."

"벌써 그렇게 되었나? 시간 참 빠르군.''

블라디미르 중위는 중사의 말에 맞장구를 치며 지난 몇 주간의 일을 돌이켜 떠올려 보았다.

한반도의 두 국가가 통일하고, 미군이 철수한 이후에도 동북아시아에는 긴장이 계속되고 있었다. 한반도에 세워진 새로운 연방 국가가 군비를 줄이기는커녕 확충하면서 긴장이 높아졌기 때문이었다. 그러던 어느 날, 광명학회라는 기술 본위의 결사단체가 등장하여 폐허나 다름없었던 이 자루비노에 군항을 건설하고 군대를 주둔시켰다.

광명학회는 사조직임에도 불구하고 일개 국가에 맞먹는 함대와 병력을 보유하고 있었는데, 자루비노에 군항이 건설되자 학회는 동북아시아에도 해군력을 투사하기 시작했다. 물론 대부분의 국가가 이를 곱게 보지는 않았지만, 광명학회의 군사력이 만만치 않았던지라 어찌하지 못하고 계륵처럼 두고 보고 있었다.

그런데 지난달 연방은 침몰한 자국 군함의 복수를 한다는 명분 아래 광명학회에 갑작스러운 선전포고를 날렸다. 동시에 동지나해에서 활동하던 학회의 보급함 '잿빛 10월'이 연방 잠수함 전대의 기습을 받았으나, 잿빛 10월의 승조원들은 잠수함 전대를 역으로 패퇴시켰다. 지금 이쪽으로 오고 있는 보급함이 바로 그 '잿빛 10월'이었다.

상황이 이렇다보니 연방군은 노골적으로 자루비노 항을 공격하려는 기색을 내비쳤다. 나진항에 함대를 배치하고, 국경 근처

사단의 규모를 키우는가 하면, 초계기들은 위협적인 비행을 시작했다. 그러니 이 바쁜 와중에도 자루비노 항의 경비 소대원들은 긴장을 늦출 수가 없었다. 하지만 그들도 사람인지라, 일주일이 넘도록 2교대 근무를 했더니 모두 지친 기색이 역력했다. 잿빛 10월이 입항하고 일손이 더 늘어나면 병사들에게 특별 휴가라도 주어야겠다고, 블라디미르 중위는 생각했다.

"그보다 드롭스 먹겠나, 중사?"

블라디미르 중위는 다시 은박지에 싸인 드롭스 캔디를 내밀며 물었다. 알렉세이 중사는 하품을 하며 드롭스를 받아들려다 은박지의 상표를 보고 주춤했다.

"이거 참스(Charms, 미군에 보급되는 드롭스 캔디) 아닙니까."

"참스? 그렇군. 상표는 잘 모르겠지만 보급 창고에 엄청나게 남아 있기에 이걸 가져왔지. 그런데 무슨 문제라도 있나?"

중위의 말에 알렉세이는 민망한 소리를 하는 것처럼 주저하며 답했다.

"그, 양키 해병 놈들은… 이 드롭스를 먹으면 재수가 없다고 했습니다."

"재수가 없다니?"

블라디미르 중위는 무덤덤하게 레몬맛 드롭스를 입에 던져 넣으며 물었다.

"참스를 들고 헬기에 탔더니 RPG에 맞아 격추되었다느니… 사상자가 나온 험비 안에 참스가 들어있었다느니… 그런 식의 군대 괴담이죠."

"별 괴상한 소릴 다 듣겠군. 하지만 걱정 마. 설령 캔디 귀신이 실제로 있다고 해도 양키 해병이나 괴롭히겠지, 처음 보는 이반까지 괴롭히겠어?"

블라디미르 중위는 킬킬거리며 대수롭지 않게 넘겼지만, 알렉세이 중사는 아직도 불안한 표정으로 문제의 그 드롭스를 내려다보고 있었다. 그러자 블라디미르 중위는 짓궂은 미소를 지으며 다시 알렉세이에게 드롭스를 내밀었다.

"그래서 안 먹을 거야?"

"아닙니다. 역시 뭐… 그런 건 미신이지요."

알렉세이 중사는 은박지를 까고 라임맛 드롭스를 꺼낸 다음 중위와 똑같이 입 안에 던져 넣었다. 비록 기분이 찝찝하기는 했지만 적어도 뭔가를 입에 넣고 우물거리고 있노라니 정신은 또렷해지는 것만 같았다. 입안에 퍼지는 라임의 은은한 신맛도 괜찮았고….

하지만 블라디미르 중위는 뒤늦게 무언가가 떠올랐는지 참스를 손에 든 채 한동안 우두커니 서 있었다. 그러더니 대뜸 과거에 있었던 일을 작게 뇌까리기 시작했다.

"그러고 보니 훈련소에 있을 때 나를 가르치던 교관도 그런 소릴 했어."

"참스를 먹으면 재수가 없다고요?"

"아니. 마귀상어를 보면 재수가 없다고."

"마귀상어요?"

갑작스럽게 튀어나온 낯선 동물의 이름을 듣고 알렉세이 중사는 고개를 갸웃거렸다.

"음, 나도 나중에 찾아보고 알았는데, 깊은 바다 속에는 마귀상어라고 불리는 괴상한 외양의 상어가 산다는군. 그 교관은 해군 보병으로 연방 내전 당시 북부군과 함께 한반도에서 싸웠는데, 거기서 마귀상어를 봤다는 거야."

"이상한 일이군요."

심해에서 사는 마귀상어를 육지에서 볼 일은 거의 없다. 하지만 블라디미르 중위는 이어서 더욱 이상한 소리를 했다.

"그리고 동료를 모두 잃어버렸대."

"동료가 상어에게 물려죽었단 말입니까?"

"그런 것 같지는 않아. 하여튼 마귀상어 이야기만 꺼내면 횡설수설하는 바람에 더 묻지는 못했지만, 이상한 점이 한두 가지가 아니야. 그보다 마귀상어는 연방 근해에서 볼 수 있는 어종이 아니라고."

알렉세이는 이 헛소리 같은 괴담을 어찌 받아들여야 할지 혼란스러웠다.

"마귀상어라는 건 일종의 은유적인 표현이 아닐까요?"

"아마 그렇겠지. 어쩌면 두려움을 모른다는 해군 보병들도 괴상한 미신에는 약한 모양이야. 양키 해병대도 그렇고, 러시아의 해군 보병들도 그렇고."

"끙……."

음산한 괴담을 이야기해서 그랬을까. 갑자기 알렉세이는 바닷바람이 유난히 더 싸늘하고 스산하게 느껴졌다. 알렉세이는 이 음산한 분위기를 전환하기 위해 억지로 화제를 돌렸다.

"그리고 보니 순찰을 나간 분초 병사들이 돌아올 때가 되지 않았습니까?"

"그렇군. 벌써 교대 시간이 10분이나 지났어."

"이 녀석들은 왜 이렇게 늦는 거야."

알렉세이는 괜스레 큰 소리로 툴툴거리며 무전기를 꺼내들었다.

"세르게이. 세르게이 분초장."

하지만 무전기 너머에서는 치직 거리는 잡음만 날 뿐 아무런 반응도 없었다. 병사들이 무전에 답신을 하지 않자 알렉세이는 골이 나서 욕설을 지껄였다.

"이 망할 놈들, 어디 짱 박혀서 쳐 자는 거 아냐?"

그 때였다.

철컥. 철컥.

해안가에서 군화 특유의 딱딱한 발걸음 소리가 들려오자 블라디미르와 알렉세이는 황급히 몸을 숙였다. 누군가가 도크 맞은편의 포장되지 않은 해안을 따라 천천히 걸어오고 있었다. 블라디미르 중위는 야시경을 쓰고 걸어오는 상대를 유심히 관찰했다.

해안가를 걸어오고 있는 정체불명의 그 사내는 위장 전투복 위에 가벼운 방한 코트를 걸친 군인이었다. 그는 해군 작업모인 에이트 포인트 커버를 쓰고 손에는 처음 보는 총을 쥐고 있었다. 모표에 새겨진 나뭇가지 모양의 연방군 표식을 보아하니 군항에 잠입한 연방군 병사로 추측되었다.

하지만 블라디미르 중위는 아직도 혼란스러웠다. 잠입을 시도하는 병사라고 보기엔 그 사내의 행동이 너무 당당했기 때문이다. 보통 잠입을 시도하는 병사라면 적에게 들키지 않게 몸을 숙이고 발소리를 죽여 조심스럽게 접근해야 한다. 하지만 저 병사는 마치 부러 자신을 봐 달라고 주장하는 것마냥 등을 곧게 편 채 발소리를 내며 이쪽으로 걸어오고 있었다. 심지어 모자와 코트 위에는 반짝이는 금속제 휘장까지 달려 있으니… 이곳이 군항만 아니었다면 어딘가의 덜떨어진 밀리터리 매니아라고 생각했으리라.

"자네는 어떻게 생각하나?"

블라디미르 중위는 알렉세이에게 야시경을 넘겨주며 물었다. 하지만 알렉세이 중사의 반응도 마찬가지였다.

"겉멋만 제대로 든 멍청이 같은데요."

"그렇지? 하지만 도대체 군항에는 어떻게 들어온 거야?"

저 멍청이가 바다를 통해 침입했든, 육상의 소초를 뚫고 침입했든 가볍게 넘길만한 일은 아니었다. 저 사내가 여기 있다는 것은 경비 분대 중 하나가 무력화되었다는 뜻이다. 게다가 블라디미르 중위는 그의 손에 쥐어진 총이 신경 쓰였다. 독특한 형태의 개머리판을 가진 그 총은 블라디미르 중위가 일전에 본 적이 없는 소총이었다.

중위는 소리가 나지 않게 조심스럽게 총을 들어 사내를 겨누었다. 야시경 스코프 너머로 사내의 얼굴이 보였다. 그는 무어가 그리 즐거운지 싱글싱글 웃고 있었다. 전장에 나온 병사의 미소라기보다는 산책을 나온 소년이 지을 법한 미소였다.

'이상한 녀석이군.'

중위는 총구를 살짝 내려 그의 가슴을 조준했다. 그리고 손가락에 힘을 주어 방아쇠를 당겼다.

탕!

총구에서 불이 뿜어져 나옴과 동시에 총알은 바람을 가르고 날아가 사내의 왼쪽 가슴에 박혔다. 조준은 정확했다. 평범한 병사라면 이 한 발로 절명했을지도 모른다. 하지만 블라디미르 중위는 고개를 갸웃거렸다. 총을 맞은 사내가 쓰러지거나 비명을 지르기는커녕, 그대로 우뚝 선 채 소름끼치는 미소를 지으며 이쪽을 바라보고 있었기 때문이다. 스코프 너머로 사내가 입을 벙긋거리는 게 보였다.

찾. 았. 다.

중위는 소름이 훅 끼쳤다. 다음 사격을 위해 재빨리 스코프를 조정하고 있는데, 갑자기 사내의 모습이 증발하기라도 한 것마냥 사라졌다. 스코프에서 눈을 떼고 해안을 바라보아도 사내는 온데간데없었다. 귀신에게 홀린 기분이었다.

"알렉세이 중사. 방금 그 녀석 어디로 갔⋯."

쾅!

중위가 말을 마치기도 전에 뒤쪽에서 굉음과 함께 비릿한 향이 훅 끼쳐 왔다. 뒤를 돌아보니 알렉세이 중사가 머리가 사라진 채 꿈틀거리고 있었다. 그리고 누군가가 그 뒤에서 유쾌한 걸음걸이로 다가오고 있었다.

철컥, 철컥.

중위는 재빨리 등 뒤의 배전반을 두들겨 도크의 불을 켰다. 불이 환하게 커지자 상대의 모습이 조명 아래 똑똑히 드러났다. 뇌수와 피가 엉겨 붙은 군복, 날이 선 팔각모, 붉은색 명찰, 그리고 '마귀상어'가 새겨진 부대 휘장까지….

"아아…….."

블라디미르 중위는 짧은 탄식을 내질렀다. 그는 이제야 '마귀상어'의 의미를 알아차렸다. 마귀상어는 연방 해병대— 그 중에서도 최정예로 알려진 수색대원들의 휘장이었다. 통칭 '귀신 부대'로 일컬어지는 연방 해병 수색대는 연방군 내에서도 악랄하고 잔인하기로 유명했다. 훈련소의 교관은 이 수색대원들에게 공격받아 전우를 잃었던 것이다. 하지만 후회하기엔 이미 늦었다. 이미 귀신이 눈앞에 와 있었다.

중위는 소총을 견착한 다음 적을 향해 마구잡이로 난사하려 했다. 하지만 총을 겨누기도 전에 그 수색대원은 다시 허공으로 사라져 버렸다. 중위는 공포에 질려 두리번거렸다. 금방이라도 상대가 자신의 뒤통수에 총을 겨눌 거라고 생각하니 형언할 수 없는 절망감이 밀려왔다.

"여기야."

등 뒤에서 사내의 목소리가 들렸다. 동시에 무언가가 폭발하는 소리와 함께 오른팔에 격통이 밀려왔다. 수색대원이 블라디미르 중위의 오른팔을 총으로 겨누고 있었다.

"그으윽!"

블라디미르 중위는 신음을 가까스로 억누르며 정신을 가다듬었다. 이제야 중위의 눈에도 상대가 들고 있는 총이 또렷이 보였다. 평범한 소총이 아니다. 드럼 탄창을 끼운 돌격 산탄총이다. 일반적으로 산탄총은 먼 거리에서는 효율성이 떨어지기 때문에 제식화기로는 거의 사용되지 않지만, 이들처럼 공간을 도약해서 순식간에 거리를 좁힐 수 있다면 일반 화기보다 더욱 효과적이다. 한마디로 말해 최악의 적에 걸맞은 최악의 무기였다.

왼팔을 들어 다시 방아쇠를 당기면 적에게 한 발 정도는 더 먹일 수 있지 않을까.

블라디미르 중위가 그런 생각을 하고 있는데, 수색대원의 왼쪽 가슴에서 피가 흘러내리는 것이 보였다. 다른 사람의 피가 아니다. 수색대원 본인의 피다. 하지만 그는 자신이 입은 부상이 대수롭지 않다는 듯 킬킬거리며 오히려 상처를 손끝으로 헤집기 시작했다. 제대로 된 사고와 감각을 가지고 있는 사람이라면 결코 저럴 수가 없다.

"저게 뭐야…."

저건 사람이 아니다. 귀신이다.

사람과 싸워 이길 수는 있지만, 귀신과 싸워 이길 수는 없다.

결국 블라디미르 중위는 전의를 잃고 바닥에 주저앉았다. 수색대원은 여전히 생글거리며 다가와 중위의 머리에 총구를 들이밀었다. 매캐한 초연 냄새가 중위의 코를 찔렀다.

"재수가 없으려니… 달밤에 귀신과 마주치게 되는구먼."

그 때, 문득 알렉세이가 아까 했던 말이 떠올랐다.

'그 드롭스를 먹으면 재수가 없다고 했습니다.'

역시 그 드롭스 때문인가.

실없는 핑계라는 걸 알면서도 블라디미르는 미신 탓을 하고 싶
어졌다.

"양키 해병 놈들도 가끔은 옳은 소리를 하는 법이군."

그리고 중위는 입에 남은 드롭스를 깨물어 삼켰다.

2. 오리고기 양념볶음

-1-

‘잿빛 10월’에 처음 승선한 날부터 눈치 챘던 점이지만, 잿빛 10월에는 CPO(Chief Petty Officer) 전용 시설이 존재하지 않는다. 해군에서 CPO라 하면 숙련된 선임 부사관을 이르는 말로, 이들에게는 전용 식당과 숙소가 배정된다. 그런데 광명학회 해군은 설립된 지 얼마 안 된 조직이기 때문에 아직 ‘숙련된 부사관’이 그리 많지 않았다.

실제로 이 배의 유일한 CPO는 ‘병조장’ 계급을 달고 있는 샤오지에 갑판장뿐이었고, 나머지 부사관들은 나와 같은 일등병조가 대부분이었다. 그렇기 때문에 샤오지에 갑판장은 전용 CPO 시설을 받는 대신 다른 사관들처럼 장교 침실에서 생활하고, 사관실에서 식사를 했다. 반면에 해인이나 나와 같은 일등병조 직별장들은 사병 식당에서 밥을 먹었다. 그 때문에 잿빛 10월에서는 직별장 회의처럼 식사를 하며 이야기를 나누어야 할 필요가 있을 때는 부사관들도 갑판장처럼 사관실에서 식사를 할 수 있도록 함장이 배려하고 있었다.

오늘도 오전 중에 직별장 회의가 있었기 때문에 나는 회의를 마치고 장교들과 함께 사관실에서 늦은 점심 식사를 하고 있었다. 오늘의 점심은 매콤한 고추장 양념에 볶아낸 오리고기볶음이었는데, 고된 작업 뒤에 맛보는 기름진 음식이었던지라 수병들은 대체로 기뻐하고 있었다. 기름진 음식을 좋아하기로는 장교들도 마찬가지라. 오늘은 다들 평소보다 훨씬 많은 양의 밥을 먹고 있었다.

붉은 기름기가 감도는 오리고기와 잘게 썬 양파를 한 젓가락에 들고 입 안에 밀어 넣는다. 양파는 겉이 살짝 익었지만, 아직 수분이 남아서 씹을 때마다 아삭거렸다. 아삭거리는 식감의 양파와 쫀득한 오리고기는 매콤한 양념과 함께 입안에서 절묘하게 어우러졌다. 나는 다시 수저로 하얀 쌀밥을 뜬 다음 그 위에 오리고기를 한 점 올려 다시 입 안으로 밀어 넣었다. 역시 고기는 밥과 함께 먹어야 제 맛을 느낄 수 있다. 자칫 부담스러울 수 있는 양념과 기름의 강렬한 맛을 밥의 담백한 풍미로 중화시킬 수 있는데다가, 살짝 되게 지어진 쫀득한 밥알이 입안에서 부스러지는 식감도 별미다.

"으음, 역시 괜찮군요. 오리고기와 해선장(海鮮醬)은 역시 잘 어울립니다."

조리장인 이해인 일등병조도 오랜만에 만족스러운 표정을 지으며 오리고기 맛을 음미하고 있었다. '잿빛 10월'의 조리장인 이해인 일등병조의 조리는 깐깐하기로 소문이 자자하다. 기본적인 소스는 물론이고 장이나 잼도 배 위에서 직접 만들 정도로 해인은 완벽한 조리에 집착하는 간부였다. 그런 해인이 저렇게 호평을 내릴 정도니 오늘 만든 오리고기 볶음은 꽤 잘된 모양이었다.

사실 평상시에 해인이 만족스럽지 않다고 말하는 요리도 내 수준에서는 충분히 만족스러웠던지라… 나로서는 그 미묘한 맛의 기준을 가늠하기가 힘들었다.

"그나저나 요새는 고기 요리가 자주 나오는 편이네?"

나는 해인에게 지나가는 말처럼 메뉴에 대해 슬쩍 물었다. 평상시의 해인은 육류와 채소가 골고루 배치되도록 균형 있게 식단을 짜 왔지만, 왜인지 최근에는 기름진 육류 위주의 식단만이 계속되고 있었다. 건강한 요리를 중시하는 해인답지 않은 식단이라고 생각했다.

"요새 수병들의 육체노동이 늘었으니까요."

해인은 당연하다는 투로 이유를 설명하기 시작했다.

"지난 전투로 인해 보수 작업이나 기물 운반 등 기력을 소모하는 활동이 계속 이어지고 있습니다. 이런 시기에는 기력을 바로바로 회복할 수 있는 고기 요리가 좋습니다."

확실히 하루 종일 땀을 흘리고 고된 작업을 하고나면 기름진 고열량의 음식이 당긴다. 아무 생각 없이 요리의 질에만 전념하는 듯 보여도 해인은 수병들을 끔찍이 챙긴다. 비록 그 노력이 거의 보상받지 못하지만….

그런데 상석에서 잠자코 식사를 계속 하던 카밀라 함장이 갑자기 해인을 지그시 쳐다보았다. 카밀라 함장은 잠시 고개를 갸웃거리더니 대뜸 폭탄 발언을 꺼냈다.

"조리장, 계속 신경 쓰였는데… **요새 살찌지 않았어?**"

그 말 한마디에 화기애애했던 사관실의 분위기가 순식간에 식어 버렸다. 나도 여성에 대해 잘 알지는 못하지만, 여성에게 해서는 절대로 안 되는 몇 가지 금기 정도는 안다. 그 중 가장 유명한 것이 신체에 대한 지적. 특히 살이 쪘냐는 질문은 노골적인 시비나 마찬가지.

그런데 함장은 지금 아무렇지도 않게 그 **금기를 어겨 버린 것이다.**

"그, 그, 그게… 무, 무슨 말씀이십니까?"

해인은 평소와 같이 냉정한 표정으로 함장에게 반문했지만, 그녀의 목소리는 가늘게 떨리고 있었다. 심지어 해인이 손에 든 수저는 눈에 보일 만큼 부들부들 떨리고 있었다.

화났다. 진심으로 화났다. 해인이 저렇게 노골적으로 동요하는 모습은 같은 부서원인 나도 몇 번 보지 못했다. 나는 함장이 더 이상 허튼 소리를 하지 않기를 기원하며 잠자코 귀를 기울였다.

하지만 함장은 그 기대를 정면으로 배신했다.

"아니, 최근 들어서 인상이 순해진 느낌이랄까, 조금 전체적으로 **둥글둥글해진** 느낌이랄까—. 그래서 살이 찐 게 아닐까 해서."

함장님—!

주변에서 다른 사관들이 입을 뻐끔거리며 소리 없는 비명을 지르는 모습이 보였다. 아무리 눈치 없고 생각 없는 함장이라고 해도 저렇게 직설적인 표현을 내뱉을 줄이야! 하지만 함장은 눈치도 없이 계속 자기가 하고 싶은 이야기만 털어놓고 있었다.

"뭐랄까, 옛날에는 조금 샤프한 인상이었다고 해야 하나. 팔뚝

도 뼈가 드러날 정도로 말라서 싸늘한 느낌이었는데 요새는 전체적으로 둥글둥글해서 어린 아이처럼 귀여워! 아무래도 좋은 일이지. 흐흐."

나는 내심 누군가가 함장에게 일갈을 날리며 그녀를 말려 주길 바랬다. 하지만 함장이라는 계급적 위치 때문이었을까, 다른 사관들은 차마 그녀의 말을 막지 못하고 어색한 표정으로 서로의 눈치만 살피고 있었다. 반면에 그 말을 듣고 있던 해인은 '헤에—'나 '그렇군요—' 하며 간간히 맞장구를 쳐주고 있었지만, 이미 눈에는 살기가 가득 서려 있었다. 슬슬 앉은 자리가 가시방석처럼 느껴지기 시작했다.

누가 이 지옥 같은 사관실에서 날 좀 구해 줘.

그 때, 옆에서 차를 홀짝이고 있던 엘레나 포술장이 함장에게 핀잔을 주었다.

"함장님, 그만하시죠. 아무리 **하급자가 살이 쪘다고 해도** 그걸 직접 지적하는 건 실례입니다."

"에… 그런가? 미안, 미안. 하지만 살찌는 게 나쁜 것도 아니잖아? 다들 많이 먹고 팍팍 찌라고. 비실비실해서 포탄 하나도 못나르는 약골보다야 훨씬 더 써먹기 좋지. 하하."

…아아, 완전히 틀렸다. 이제는 무슨 말을 해도 돌이킬 수 없어.

엘레나 소교의 발언은 해인이 살이 쪘다고 공인하는 것이나 다름없었다. 이 눈치 없는 두 사관의 발언에 나머지 승조원들은 얼굴을 감싸 쥐고 생각하는 것을 그만두었다.

"의무장."

"네, 넵?"

갑자기 해인이 나를 부르는 바람에 나는 당황해서 존댓말로 대답하고 말았다. 하지만 해인은 그런 것도 알아차리지 못한 채 눈을 이글거리며 나를 올려다보았다.

"제가 살찐 것처럼 보이시나요?"

"…."

왜 이쪽으로 불씨가 튀는 거야. 정말이지 답하기 곤란한 질문이었다.

해인의 체형은 여전히 전체적으로 가늘었다. 살이 쪘다고는 하지만 나는 전혀 알아차리지 못했다. 가는 팔목이나 날씬하게 뻗은 다리 역시 전과 마찬가지였다. 물론 해인의 인상이 전보다 훨씬 부드러워졌다는 것은 나도 느끼고 있었다. 하지만 살이 찐 탓이냐고 물어도 확신할 수가 없었다. 하지만 안 쪘다고 하면 또 진심이 아니라며 호도할 텐데….

순간, 나는 간신히 일전에 들었던 모범 답안 하나를 떠올려냈다. 그리고 조심스럽게 그 답을 해인에게 던졌다.

"그… 가슴이 살찐 게 아닐까?"

말이 떨어지기 무섭게 해인이 주먹으로 내 얼굴을 가격했다.

"누가 대답을 하라고 했지 성희롱을 하라고 했습니까!"

역시 틀린 모양이다. 이래서 어른들이 만화나 영화를 따라하지 말라는 모양이다. 나는 욱신거리는 코를 부여잡으며 해인에게 다시 내 생각을 솔직히 털어놓았다.

"으윽… 그래. 솔직히 말하면 내 눈에는 전혀 달라진 것 같지 않아. 그대로도 괜찮은걸?"

하지만 해인은 고개를 저으며 제 말만 해댔다.

"전—혀 괜찮지 않습니다. 부지런히 몸을 단련해야 할 군인이 살이 찐다는 건 나태하게 살았다는 뜻입니다. 어쩐지 요새 몸이 조금 둔해진 기분이 들었는데…."

그러더니 해인은 무언가 결심한 표정으로 식탁을 탁 내리치며 사관들에게 공지했다.

"확실히 제 생각에도 최근 식단의 지방 비율이 너무 높았습니다. 이대로는 건강을 해칠 위험도 있으니, '잿빛 10월'의 식단은 앞으로 철저히 개선될 것입니다."

해인은 주먹을 불끈 쥐며 분노에 찬 표정으로 선언했다.

"내일부터 승조원들의 식사를 전량 채식주의자용 식단으로 대체하겠습니다."

"으으…."

몇몇 사관들이 낮게 신음을 내뱉었지만 노골적으로 불평을 표하는 사람은 없었다. 아무리 배의 명령체계가 지엄하다고 해도 밥을 만드는 일은 전적으로 해인의 몫이니까. 타 부서원이 이유 없이 그녀의 결정을 번복할 수는 없었다.

그보다 내일부터는 그럼 채식요리 뿐인가…. 더 이상 고기를 못 먹게 된다는 건 아쉬운데.

하지만 함장은 눈치도 없이 저 혼자 즐거운 표정으로 히죽거리며 엉뚱한 소리를 했다.

"응, 기대할게. 조리장. 무슨 요리가 나올까 기대되네."

함장이 그렇게 말하자 사관들이 못마땅한 표정으로 함장을 잠시 째려보았다.

하지만 그때만 해도 나는 이 일이 불러올 커다란 파란을 예측하지 못했다.

-2-

"무염 호밀빵에, 양파 수프, 두부 스크램블이라… 너무 풀떼기밖에 없는 거 아냐?"

아침 식사를 받아들었을 때, 기관부의 루나 일등 수병은 눈살을 찌푸리며 투덜거렸다.

"미안해, 오늘 아침부터 식단이 모두 채식 식단으로 바뀌는 바람에…."

아침 식사를 배식하던 트리샤 일등 수병은 식단이 바뀐 게 자신의 탓인 것마냥 송구스러운 표정으로 동기에게 고개를 숙였다. 하지만 그게 트리샤의 탓이 아니란 걸 알고 있었기에 루나는 화도 내지 못하고 손만 내저었다.

"아니, 네가 미안할 일은 아니지. 식단은 조리장님이 결정하시는 거잖아. 그런데 왜 갑자기 채식 식단만 나오는 거야? 어제까지는 고기 요리도 많이 나왔는데."

"글쎄? 어제 조리장님이 화난 표정으로 갑자기 식단에서 육류를 다 빼라고 하셔서 나도 영문은 잘 몰라."

"역시 너도 모르나. 어휴… 이런 식단으로 오늘 보수 작업을 마칠 수 있을런지나 모르겠다."

루나는 입을 비죽 내밀고 툴툴거리다가 내가 다가오는 걸 알아차리자 바로 쾌활하게 경례를 올려붙이며 인사를 건넸다.

"필승! 의무장 님, 좋은 아침입니다! 뭐… 식단은 그리 좋지 않지만요."

루나의 짓궂은 농담에 트리샤는 어찌할 줄 몰라 하다가 결국 또 사과를 했다.

"죄, 죄송해요. 어제 갑자기 셰프께서 화난 표정으로 육류는 앞으로 금지한다고 하셔서….."

"어제 사관회의에서 무슨 소리라도 들은 걸까. 의무장님은 짚이는 점이라도 있으신가요?"

"으음… 그게 말이지….."

나는 말끝을 흐리며 머리를 긁적였다.

이해인 조리장이 살이 찐 것 같다는 지적을 받고 홧김에 식단을 바꿨다고 하면 수병들이 뭐라고 생각할까? 아무리 생각해도 좋은 반응이 나올 것 같지는 않았다. 해인에 대한 수병들의 원망이 더 커질뿐더러 가뜩이나 얄팍한 간부에 대한 존경심도 바닥을 칠 것이다. 나는 최대한 해인을 변호하며 어제 있었던 일을 에둘러 설명했다.

"어제 사관실에서 최근 육류 요리의 빈도가 높아졌다는 지적이 나왔거든. 그래서 이해인 조리장이 생각하기에는 식단의 균형을 맞추기 위해 당분간은 육류 요리를 자제하고 채식 식단 위주로 배식할 예정인가 봐. 오래가진 않을 테니 걱정 마."

내가 차근차근 설명했지만 루나의 불만은 가시지 않은 모양이었다. 하기야 힘든 육체노동을 매일 해야 하는데, 식단조차 싫어하는 반찬 투성이라면 기운이 나지 않겠지. 루나는 한동안 배식대 앞에 서서 불만스러운 표정으로 툴툴거렸다.

"때 아닌 11월에 사순절(四旬節)이라니. 게다가 저는 크리스천도 아니라고요."

"저도 크리스천이 아닙니다. 루나 일등 수병."

뒤에서 갑자기 가시 돋친 목소리가 들려오는 바람에 나와 수병들은 황급히 뒤를 돌아보았다. 어느새 해인이 다가와 무뚝뚝한 표정으로 주걱을 획획 돌리고 있었다. 해인은 벽에 기댄 상태 그대로 음울하게 내 말에 이어 부연 설명을 해 주었다.

"저는 종교적, 관습적 이유로 식단을 바꾸지는 않습니다. 어제 사관실에서 들은 지적도 있고, 최근 칼로리 섭취량이 너무 늘었다고 생각되어서 말이죠. 당분간은 육류 소비를 줄여서 좀 더 몸을 건강하게 단련할 필요가 있습니다. 잦은 육류 소비는 지방의 축적량을 늘리고, 이는 신체를 둔하게 만들어 전투력 하락으로 이어집니다."

"신체의 둔화…? 전투력 하락…?"

루나는 해인의 말을 천천히 곱씹더니 대뜸 가장 나오지 않았으면 했던 화제를 꺼냈다.

"그 말은… 최근 살찌셨다는 뜻인가요?"

"야, 이 눈치 없는 수병아!"

나는 황급히 루나의 입을 막으려고 했지만 이미 늦었다. 해인은 벌레를 씹은 표정으로 눈살을 찌푸렸고, 트리샤는 직속상관의 심기가 불편해지는 것을 알아차렸는지 안절부절못했다. 하지만 다행스럽게도 곧 루나는 고개를 저으며 좋은 말을 해주기 시작했다.

"아뇨, 전혀 그런 뜻이 아녜요. 조리장님은 전혀 살찌지 않으셨는데요?"

"…정말?"

해인의 눈에 갑자기 생기가 돌아왔다.

옳지, 잘한다! 루나, 더 칭찬해!

주변에서 갑자기 호의적인 시선을 보내오자 루나는 분위기를 탔는지 신이 나서 하고 싶은 소리를 죽 늘어놓기 시작했다.

"그럼요! 우리 배에서 제일 날씬한 조리장님이 살을 빼신다니… 저 같은 서양계 승조원들이 들으면 공분할 소리라고요. **조리장님의 몸매는 일자로 곧게 뻗어서 어린 소녀들이 입을법한 나들이옷도 잘 어울리잖아요? 그에 비해서 이 가슴에 달린 지방 덩어리가 얼마나 거슬리는지 아세요?** 움직일 때 흔들려서 방해되지, 오래 걸으면 어깨 아프지…."

루나는 그렇게 말하며 자신의 두드러진 흉부를 주물럭거렸다. 반면에 해인은 평탄한 자신의 가슴을 슬쩍 내려다보며 감정 없는 한마디를 내뱉었다.

"호오."

'어디 계속 해 보시지' 라는 말이 금방이라도 튀어나올 것 만 같다. 분위기가 계속 싸늘하게 식어가고 있었기에 나는 황급히 루나를 뜯어 말렸다.

"그, 그만둬, 루나! 네가 지금 하고 있는 건 위로가 아니야, 도발이지!"

"왜요? 저런 어린애 같은 몸매가 얼마나 예쁜데."

"누가 원자력 기관병 아니랄까봐, 너는 어째 입 열면 나오는 말마다 핵폭탄급 직구냐!"

"그게 무슨 소리예요! 그보다 원자로에 쓰이는 우라늄과 핵폭탄에 쓰이는 우라늄은 원자량부터 다르다고요!"

내가 루나와 언성을 높이며 토닥거리자, 해인도 그제야 자신이 성내고 있는 소재가 유치하다고 생각했는지 짜증스러운 표정으로 손을 내저으며 말을 마무리했다.

"…수병들의 말에 일희일비할 때가 아니군요. 여하튼 이 식단은 앞으로도 계속 나올 겁니다."

하지만 루나는 아직도 미련을 못 버렸는지 아쉬운 표정으로 해인에게 다시 건의를 했다.

"그래도 채소는 싫은데…. 아, 조리장님. 그럼 황제 다이어트에 기초한 식단은 어떠신가요?"

"황제 다이어트?"

처음 듣는 생소한 식이요법에 해인과 나는 눈을 크게 치켜떴다.

"네, 황제 다이어트는 말 그대로 황제처럼 먹으며 살을 빼는 식이요법이에요. 살과 열량으로 가는 에너지원은 대부분 탄수화물이잖아요? 그러니까 탄수화물을 배제하고 단백질로 이루어진 고기만 먹고 생활을 하는 거예요. 그럼 근육도 자연스럽게 생기고, 살도 안 찌고…. 미국에서는 꽤 인기 있는 다이어트라고요?"

"하하, 요새도 그런 소릴 믿는 사람이 있구나."

나는 루나의 말을 들으며 어처구니가 없어서 낮은 웃음을 흘리고 말았다.

쉽게 살을 빼고 싶다는 여성들의 욕망에 편승하여 여러 가지

기상천외한 식이요법이 수세기 동안 계속 개발되어 왔지만, 그 대부분이 근거가 불분명한 사실을 기반으로 하는 엉터리 요법이었다.

루나가 말하는 황제 다이어트도 마찬가지다. 사람의 신체는 여러 가지 영양소를 소비하며 움직인다. 그런데 한 가지 음식만 먹어서 살을 뺀다니… 정말 살이 빠질지는 차치하더라도 십중팔구 몸을 망칠게 뻔했다. 그러니 나는 조리장이 이런 엉터리 식이요법을 귀담아 들을 리가 없다고 생각했다. 하지만 해인은 오히려 눈을 반짝이며 수첩을 꺼내 루나의 말을 받아 적기 시작했다.

"호오… 황제 다이어트라. 솔깃한 이야기군요."

"야! 다른 사람은 몰라도 네가 혹하면 안 되지!"

나는 정색하며 둘을 자리에 앉히고 일장연설을 하기 시작했다.

"잘 들어. 탄수화물을 배제하고 일시적으로 단백질만 섭취하면 살이 빠질지도 몰라. 당뇨병 환자들이 인슐린 생성을 못하는 상황과 비슷한 신체 조건이 만들어지니까. 하지만 그렇게 하면 몸을 크게 해치게 돼! 일단 단백질의 과다 섭취로 신장에 무리가 가는데다가, 나중에 정상 식단으로 돌아왔을 때 요요의 위험도 크다고! 더군다나 곡물과 야채에 들어있는 섬유질 성분을 제대로 섭취하지 않는다면… 변비가 심해질 위험성도 있어!"

"윽…."

변비라는 단어가 나오자 해인과 루나는 동시에 정곡을 찔렸다는 표정을 지으며 몸을 바르르 떨었다. 이 둘은 일전에 변비로 심하게 고생한 적이 있었다. 변비의 고통을 알고 있다면 이런 무모한 식이요법은 시도치 않겠지.

"그러니까 이왕이면 채식 위주의 건강한 다이어트를 하라고."

뭐, 개인적으로는 해인도 다른 승조원들도 살을 뺄 필요는 없다고 생각하지만… 여성들의 미적 감각이라는 건 남자인 나로서는 이해할 수 없는 영역이다. 그저 의무관으로서 이들이 건강을 해치지 않도록 조언만 하자.

한동안 알겠다는 표정으로 고개를 끄덕이던 루나는 갑자기 의아한 표정으로 질문을 던졌다.

"그나저나 의무장님은 식품 영양에 대해서 의외로 박식하시네요. 전문적으로 요리를 배운 사람마냥."

"뭐… 간호학의 기본 지식 중에는 영양학도 있으니까. 연방 군의학교에서 의무 요원들은 간단한 영양사 역할도 겸임할 수 있도록 영양학도 배워 둔다고."

"하지만… 황제 다이어트라는 말은 쇼우코 대위님께 들은 건데요?"

"도움이 안 돼요. 이 인간은….."

나는 이를 꽉 깨물며 고개를 돌려 사병 식당 한 구석에 앉은 군의관을 노려보았다. 쇼우코 대위는 오늘도 사관 식당이 아니라 사병 식당에서 밥을 먹고 있었다. 수병들과 자주 어울리는 만큼 장교로서 위엄 있는 모습을 보여주길 기대했건만, 그녀는 제복을 제대로 차려입기는커녕 남색의 체육복만 사복 위에 후줄근하게 걸친 채 빈 수저를 빨고 있었다. …정말이지 본받고 싶지 않은 상관이다.

그 때 내 떨떠름한 시선을 알아차렸는지 쇼우코 대위가 이맛살을 찌푸리며 내게 말을 걸어 왔다.

"…왜. 무슨 할 말이라도?"

"아무것도 아닙니다."

하지만 쇼우코 대위는 이상하다는 표정으로 고개를 갸웃거리더니, 곧 낮게 히죽거리며 나를 놀렸다.

"아무것도 아닌데 그런 음흉한 시선으로 상관을 볼 리가 없잖아? 분명 입으로는 아니라고 해도, 머릿속으로는 내 모습에 음란한 망상을 덧씌워 반찬으로 쓰고 있었겠지…."

"그게 무슨 중상모략입니까!"

"히이… 의무장한테 시간(視姦)당했어! 임신해버렷!"

"아, 정말 못 어울려주겠네! 이 엉터리 군의관—!"

군의관에게 한 마디 욕설이라도 던져줄까 고민하던 찰나, 스피커에서 다급한 목소리의 함 내 방송이 흘러나왔다.

〈알림! 각 부서 직별장 및 사관 총원 사관실 집합. 이상 당직사관!〉

"사관 총원? 지금 사관 총원이라고 방송 했지?"

"…네. 분명 사관 총원이라고 했습니다. 수병이 아닌 사관을 부르는 걸 보니 단순 작업원이나 직별 과업을 시행하려는 건 아닌 모양인데…"

보통 작업원이 필요하거나 당직 계통의 명령을 내릴 때는 부사관이나 수병들을 호출하기 때문에 사관 총원을 대뜸 소집하는 조금 전의 방송은 불길하게 느껴졌다.

"무슨 큰일이라도 났나?"

"아무래도 귀찮은 일이 생긴 예감이 드는데…."

그리고 잠시 후, 그 불길한 예감은 정확히 들어맞았다.

-3-

〈신원미상의 적 소대입니다! 어떤 루트로 침입했는지는 모르겠지만, 경비대원들이 속수무책으로 도륙당하고 있습니다! 도저히 대처할 방법이 없습니다! 이제 곧 지휘통제실도… 뭐야. 너 누구야. 어디서 나타난 거야? …저리 가. 저리 가라고, 이 귀신아! 으아아악—!〉

사내의 목소리가 끊기고 치직거리는 잡음이 사관실을 가득 메우자, 엘레나 포술장은 리모콘을 들어 모니터의 재생 파일을 종료시켰다.

"자루비노 항에서 들어온 무전은 이게 끝이야."

하지만 대부분의 사관들은 아직도 어리둥절한 표정으로 서로의 눈치만 살피고 있었다. 방금 들은 그 목소리의 주인공이 누구인지, 또 이 음성이 왜 녹음되었는지 아무도 이해하지 못하는 눈치였다.

"…이게 무슨 상황입니까?"

내가 먼저 손을 들고 조심스럽게 물었지만 포술장도 어깨를 으쓱거리며 말을 흐렸다.

"나도 자세히는 몰라. 그제밤 우리가 입항하기로 되어 있던 자루비노 군항에 보병 1개 소대가 침입해서 항만경비대대를 전원 몰살시켰어."

"그, 그런…."

현대전에서 한 개 소대로 대대를 몰살시킨다는 것은 거의 불가능에 가깝다. 병종의 상성이 완벽하게 우위에 있다하더라도 병력차는 그렇게 쉽게 뒤집히지 않는다. 한 쪽이 고의적으로 지려고 움직이지 않는 이상 이 정도의 참패는 일어나기도 힘들다. 하지만 실제로 자루비노의 항만경비대대는 전멸했고, 적 소대는 건재하게 항구를 점거하고 있다.

　엘레나 포술장은 씁쓸한 표정으로 고개를 저으며 말을 이었다.

　"그 외에도 순간이동을 한다느니, 죽지 않는 좀비 부대가 나타났다느니 하는 소리도 있었지만, 사령부에서는 극도의 공포로 인한 착란 증세 정도로 취급하는 모양이야. 하지만 앞뒤 정황이 너무 이상해서 정말 귀신에게라도 공격받은 기분이야. 바리게이트는 그대로 두고 도대체 어떤 루트로 침투한 건지…"

　엘레나 소교는 그렇게 말하고 한동안 이를 갈며 전술지도를 뚫어져라 노려보았다. 항만경비대가 손도 못 써보고 전멸했다는 사실에 어지간히 열을 받은 모양이었다. 불편한 침묵이 계속되자 한동안 말없이 있던 샤오지에 갑판장이 손을 들고 느릿느릿 질문을 던졌다.

　"그런데— 이번 사건의 배후는 누군가요?"

　〈그건 '그 배후'가 직접 공표했어.〉

　음울한 목소리와 함께 모니터 상단에 한 소녀의 얼굴이 떠올랐다. 마리아 작전관이었다.

　모니터에 비친 마리아는 무릎에 빵 접시와 에너지 드링크를 얹고 쪼그려 앉아 있었는데, 등 뒤로 비치는 푸르스름한 빛을 볼 때 전투정보실에 있는 모양이었다. 전 사관 호출에도 응하지 않고 자기 구역에 처박혀 화상 채팅을 시도하다니, 역시 프로 카우치 포테이토(Couch potato)답다 싶었다.

마리아는 곧바로 콘솔을 조작해 국제 뉴스 사이트에 접속하더니 메인 기사 하나를 자신의 화면 옆에 띄웠다. 기사의 제목이 모니터에 떠오르자마자 사관들은 일제히 한숨을 내쉬었다.

[연방의 용맹한 해병 수색대원들이 자루비노 항을 공격하여 학회의 군대를 몰살시켰다.]

"또 연방이냐…."

지난번 잠수함 전대의 습격으로 인해 잿빛 10월의 승조원들은 연방이라는 단어를 듣기만 해도 치를 떨 정도로 연방군에 질려 있었다. 잿빛 10월은 기적적으로 연방 잠수함 전대를 격퇴하는 데 성공했지만, 선체에 심각한 손상을 입어 수리를 위해 군항으로 이동하고 있었다. 자루비노 군항 습격은 그 해전에 대한 연방의 보복성 공격이라고 해도 좋으리라.

〈차라리 지금 바로 선수를 돌려 진주만 연안의 모항으로 이동하는 건 어때?〉

마리아가 모니터 너머에서 심드렁한 투로 제안을 했지만 엘레나 소교는 바로 기각해버렸다.

"학회 사령부에서는 잿빛 10월이 다른 지역으로 이동하는 안에 대해 부정적인 반응을 보이고 있어. 우리가 모항으로 배를 물리면 연방이 태평양으로 진출하는 계기를 마련해 줄지도 모른다고 말이야."

그리고 포술장은 포시예트 만 주변의 지도를 펼치며 희망적인 관측도 몇 가지도 내놓았다. "아무리 학회에 조차(租借)를 해 준 지역이라고는 하지만, 연방군이 자국의 영해를 침범해 군항을 점거했다는 사실에 러시아 정부는 분개하고 있어. 현재 러시아군이 포시예트 만 일대를 포위하고 있으니 더 이상의 연방 지원 병력이 자루비노로 들어갈 순 없겠지…. 하지만 항만경비대가 전멸한 마당에 앞 뒤 정황도 모르고 상륙전을 감행하는 건 미친 짓이야."

결국은 이러니저러니 해도 당장 잿빛 10월이 자루비노에 입항하기는 힘들어 보였다. 포술장이 설명을 마치자, 한참동안 상석에서 침묵을 유지하고 있었던 함장이 결국 입을 열었다.

"할 수 없지. 입항은 중지야."

"어휴…."

사관들이 시무룩한 표정을 지으며 한숨을 내쉬었다. 입항이 늦춰진다고 해서 당장 큰 일이 생기는 건 아니지만, 역시 바다 위에 계속 있는 것은 괴롭다. 일단 육지에 상륙을 해야 휴가나 외출도 갈 수 있고, 잡지나 신문 같은 간행물도 받아 볼 수 있다. 이는 아무리 과학 기술이 발전한다고 해도 배 위에서는 즐길 수 없는 유희다. 또한 음식의 질도 정박할 때가 훨씬 높다. 우유나 치즈 같은 유제품은 물론이고, 달걀, 채소 등 신선도를 중요시하는 식자재도 자유롭게 쓸 수 있다.

"아."

식재료라는 단어를 떠올리고 나서야 깨달은 사실이었지만, 솔직히 지금 가장 충격을 받았을 승조원은 이해인 조리장이 아닐까. 안 그래도 채소가 모자라다고 2주 전부터 우는 소리를 했는데, 입항이 무기한 연기되었으니….

"으그으으윽…."

아니나 다를까. 고개를 돌려 옆 자리를 보니 해인이 금방이라
도 폭발할 것 같은 표정으로 이를 갈고 있었다. 아무래도 큰 소동
의 예감이 드는걸…. 내가 안절부절못하며 주위를 둘러보고 있는
데, 갑자기 해인이 손을 번쩍 치켜들었다.

"함장. 채소의 보급은 어떻게 됩니까."

"…어?"

카밀라 함장이 방금 잠에서 깬 듯한 표정으로 해인을 쳐다보았
다. 하지만 해인은 아직도 눈에 쌍심지를 켠 채 함장을 지긋이 노
려보고 있었다.

"채소 재고가 거의 떨어졌습니다."

"그거 중요해?"

"중요합니다."

해인은 함장의 말이 끝나기가 무섭게 즉답했다. 불안한 예감에
속이 살살 쓰려오기 시작했다. 하지만 카밀라 함장은 평소처럼
맥 빠진 목소리로 건성건성 대안을 내놓았다.

"그… 비상시니까 당분간은 냉동식품이나 레토르트 제품을 먹
는 게 어떨까."

"그걸 말이라고 하십니까!"

해인이 탁자를 콩 내리치며 자리에서 일어섰다.

아니, 말이고 자시고… 일반적인 군함이라면 지극히 평범한 대
안이다. 신선한 식재가 없으면 비상시를 대비하여 적재한 레토르
트 식품을 먹으면 된다. 하지만 그건 평범한 군함의 경우에나 그

렇다. 지난 한 달간의 경험에 비추어 보았을 때, 해인 앞에서 레토르트 음식을 먹자는 발언은 길가에 난 풀을 뜯어 먹으면서 돌격하라는 명령과 똑같이 간주된다. 한마디로 함장은 방금 해인의 역린을 건드린 것이다.

해인은 노기에 찬 표정으로 마구 말을 쏟아내기 시작했다.

"사람이 채소를 못 먹으면 살이 찌… 아니, 괴혈병에 걸린다고요!"

"어…? 비타민 영양제가 있으니까 채소 좀 못 먹는다고 중세 선원들처럼 괴혈병에 걸리지는 않을…."

쇼우코 군의관이 혼잣말처럼 해인의 말을 반박하려고 했지만, 해인이 군의관을 찌릿하고 노려보자 그녀는 입을 다물고 다시 뻣뻣하게 정자세로 앉았다. 그보다 조리장… 아직도 살찐다는 말 신경 쓰고 있었구나….

해인은 한참동안 의견을 개진한 다음, 씩씩거리며 함장에게 재차 물었다.

"다시 한 번 여쭈겠습니다. …입항은요?"

하지만 함장이 그런 해인의 마음을 살펴줄 리가 없었다.

"응, 중지야."

함장이 웃는 얼굴로 고개를 가로저었을 때, 나는 해인의 머릿속에서 무언가 끊어지는 소리를 들었다. 해인은 요란한 발소리를 내며 사관실 바로 옆에 있는 사관조리실로 들어가더니, 커다란 중화용 식칼을 들고 나타났다. 그 광경을 보자마자 사관들의 표정이 하얗게 질렸다.

"조, 조, 조, 조리장…!"

하지만 해인은 그 칼을 휘두르는 일 없이 엉뚱한 소리를 지껄였다.

"…저, 돌격할겁니다."

"어디로…?"

"저 혼자 자루비노 항에 쳐들어가서 채소 가지고 올 겁니다!"

이미 해인의 눈에는 생기가 보이지 않았다. 큰 사단이 날 거라고 생각했는지 포술장이 황급히 해인을 가리키며 소리쳤다.

"야, 야, 야. 누가 조리장 좀 말려 봐!"

순식간에 병기 사관들과 기관 사관들이 달려들어 해인의 팔을 구속했다. 하지만 해인은 얌전해지기는커녕 위험천만하게 칼을 위 아래로 휘두르며 소리를 질러댔다.

"이거 놓으십시오! 저는— 당장 채소를 가져와야 한단 말입니다—!"

해인은 그 후 30분이 넘게 발광을 하다가 샤오지에 갑판장이 타준 차를 마시고 어디론가 끌려가고 말았다. 여하튼 이로써 잿빛 10월의 입항은 무기한 연기되었고—

해인이 야심차게 계획했던 채식주의자 식단도 하루 만에 끝나고 말았다.

3. 사과

러시아 연방, 극동관구 프리모리예
자루비노, 광명학회 항만 사령부 건물 앞

고려 연방의 해병대는 미국이나 다른 국가의 상륙기동부대와는 달리 특수한 성향을 띄고 있다. 연방 해병대가 국방부에 소속된 정규군이 아니라 내무부에 소속된 준군사조직이기 때문이었다. 하지만 연방의 해병대는 정규군만큼─ 아니, 정규군보다 더 우수한 장비로 무장하고 전선에서 연방 해군과 함께 상륙 작전을 수행하고 있었다. 이러한 기형적인 형태의 군사 조직이 탄생하게 된 배경에는 오랫동안 지속되었던 연방의 내전이 자리 잡고 있었다.

지금이야 연방도 세계에서 손꼽히는 해군력을 보유하고 있지만, 지금으로부터 20년 전만 해도 연방의 군대는 육군에 지나치게 편중되어 있었다. 특히 당시 북부군은 해군과 공군은 빈약했던 반면에 엄청난 수의 육군 병력을 전방 사단에 배치했던 터라, 전선을 우회하여 해상으로 치고 들어오는 후방 공격에 취약했다. 남부군은 이를 간파하고 일찍부터 해병대를 육성하는데 주력했다.

그리고 2차 내전 당시, 남부군의 해병대원들은 기대한 대로 적의 후방을 공략하여 전쟁을 승리로 이끌었다. 수많은 해병대원이 전쟁 영웅이 되었으며, 대중들 사이에서의 이미지도 크게 상승했다. 하지만 문제는 통일 이후 지나치게 비대해진 해병 병력을 그대로 유지할 필요가 없어졌다는 점이었다. 의회는 해병의 숫자를 줄이려고 했지만 수많은 참전 예비역들과 현역 해병들의 반발로 의회는 해병대를 결국 축소시키지 못했고, 해병대는 한동안 계륵처럼 국방부에서 따돌림을 당했다. 그러자 당시 연방 총통이었던 최천중 대장은 해병대를 의회의 명령과는 상관없이 총통이 마음대로 부릴 수 있는 근위대처럼 독립시켜 버렸다. 총통의 이러한 행보에 반발하는 세력도 많았지만 전쟁 영웅이었던 해병들이 강력히 이 안을 찬성하고 나서는 바람에 반대 의견은 모두 흐지부지되었다.

이후 해병대는 총통의 명에 따라 최전선에 투입되어 혁혁한 공을 세워왔다. 그중에서도 특히 수색대원들은 해병대의 정예 요원들로 구성되어 극비로 취급되는 최신 무기와 장비를 시험해보기도 하였다.

이번 전투에 사용된 신체 강화 약물도 해병 수색 6중대, 그 중에서도 전투에 참가한 제 1소대원들에게만 지급된 것이다. 처음 이 약물을 복용했을 때, 소대장은 자신이 블록버스터 영화에 나오는 히어로가 된 기분이 들었다. 소대장뿐만이 아니다. 소대원들 모두가 자신들에게 행해지는 이러한 인체 실험에 대해 두려워하기는커녕 일말의 자부심 같은 걸 갖고 있었다. 연방군─ 아니, 전 세계의 군대 어디에도 이런 강인한 신체를 가진 병사는 없으리라. 전쟁사의 새로운 페이지를 써 나가고 있다고 생각할 때면 소대장은 희미한 희열마저 느꼈다.

단지… 이 영광스러운 자리에 불청객이 함께하고 있다는 사실만 제외하면.

"사각… 사각…."

한 여성이 항만사령부 건물 옆에 쪼그리고 앉아 노트북을 두드리며 사과 한 개를 베어 먹고 있었다. 민간인이나 포로는 아니다. 그녀 역시 소대장과 같은 연방의 군인이다.

상륙 돌격형으로 단정하게 머리를 민 해병들 사이에서 바닥에 끌릴 정도로 긴 흑발을 가진 여인의 모습은 유난히 도드라졌다. 하얀 피부와 군복 아래로 비쳐 보이는 가느다란 손목. 커다란 눈망울과 입가에 떠오른 장난스러운 미소는 군인이라기보다는 세상 물정을 모르는 천진한 소녀를 연상케 한다. 더욱이 그녀가 쓰고 있는 연보랏빛의 동글동글한 뿔테 안경은 그 외모를 실제 나이보다 더욱 앳되어 보이게 하고 있었다.

더군다나 전투복 위에 전술조끼를 걸치고 철모를 쓴 다른 대원들과는 달리 그녀는 MARPAT 위장의 팔각모와 전투복만 착용하고 있었다. 그 모습은 마치 그녀 혼자만 다른 전장에 있는듯한 인상을 주었다. 소대장은 그녀에게 다가가서 딱딱한 어조로 말을 걸었다.

"식사 안 하십니까, 서보라 대위님."

"이게 있잖아."

서보라 대위라고 불린 여성은 손에 든 사과를 흔들어 보이며 심드렁하게 대답했다. 소대장은 눈을 찌푸리고 사과를 유심히 노려보았다. 저건 또 어디서 난 거람? 이 일대에는 청과상은 물론이고 구멍가게조차 존재하지 않는다. 항구 앞에 있던 마을도 폐촌이 되어 버린 지 오래다. 그런데도 서 대위는 매일 식사 때마다 싱싱한 과일을 어디서 구해와 밥 대신 먹고 있었다. 사과의 출처가 어찌되었든 소대장은 그녀의 행동이 마음에 들지 않았다. 멀쩡한 식사가 준비되어 있는데, 대용품 따위로 끼니를 때우다니… 이는 엄연한 군규 위반이다.

"해병에게는 식사도 전투의 연장입니다. 제대로 된 식사를 하시지요."

하지만 서 대위는 무슨 소리를 하냐는 표정으로 소대장을 올려다보며 고개를 갸웃거렸다.

"나는 해병이 아닌데."

순간 소대장의 관자놀이에 핏발이 섰다. 하지만 그는 화를 가까스로 억누르며 속으로 욕설을 삼켰다.

'빌어먹을 해군 계집년.'

항구에 주둔하고 있는 다른 수색대원들과는 다르게 서보라 대위는 연방 해군 소속의 군의관이었다. 군별이 다른 그녀가 해병대원과 같은 전투복을 입고, 함께 작전을 수행하는 이유는 해병대에 의정 병과가 없기 때문이다.

이는 미 해병대의 전통에서 유래하는데, 이 때문에 연방 해군에서는 오래전부터 의무관 중 일부를 차출하여 해병대에 배속시켜 왔다. 이러한 관습은 해병대가 완전히 독립한 지금에도 계속 이어져, 연방 해병대의 군의관 및 의무병들은 아직도 해군 소속이었다. 서보라 대위는 연방 해군 소속의 군의관으로서 약물 복용의 징후를 관찰하고, 의료 지원을 하기 위해 1소대와 동행하고 있었다. 하지만 일반적인 군의관들이 훈련을 통해 자위를 위한 최소한의 전투 능력은 갖춘 것과는 달리, 서보라 대위는 전투 능력이 전무했다. 아니, 오히려 다른 수색대원들에게 짐이 될 정도로 빈약한 체력의 소유자였다.

소대장은 이 여자가 어떻게 군에 들어왔는지 이해가 가지 않았다. 물론 이런 기적의 약물을 만들어낸 건 크게 치하할 만하지만, 그녀는 군과 전혀 연관이 없는 민간인이었다. 하지만 몇 년 전 서보라 대위는 갑작스럽게 연방군 정보 사령부에 의무 교관 자격으로 특채되었다. 그 때까지만 하더라도 해군과 해병대의 고위 장교들은 그녀가 전선 후방에서 비전투요원으로서 의무 요원을 양성하는 일만 담당할거라 예상했었다. 하지만 사령부는 무슨 생각이었는지 대뜸 작년 말 그녀를 해병 수색 6중대의 군의관으로 배속시켰다. 총 하나 제대로 쏠 줄 모르는 여자가 수색 중대에 배치되었다는 말에 해병들은 아니꼬운 기색을 감추지 못했다.

서보라 대위의 외모는 여간한 아이돌 뺨칠 만큼 아름다웠지만, 그녀가 보여준 기행은 되레 해병들의 호감도를 더욱 떨어트려 놓았다. 마취 없이 수술을 진행하는 것은 예삿일이고, 전투 중 적의 시체를 노획하면 뛸 듯이 기뻐했다. 이런 괴상한 행동을 보고 대원들은 그녀를 미친년이라며 공공연히 비난해댔다. 그리고 소대장 역시 그 멸칭에 공감하고 있었다. 이 여자는 군대는 물론 사회에도 어울리지 않는 미친년이다.

소대장이 한동안 입을 열지 않고 우두커니 서 있자, 군의관이 먼저 낌새를 알아차리고 입을 열었다.

"그보다 식사를 권하러 온 게 아닌 모양인데, 소대장."

'미친년이 눈치 하나는 빠르단 말이지.'

소대장은 속으로 혀를 차며 본론을 털어놓았다.

"이번 작전에서 척후를 맡았던 유한성 해병의 상태가 이상합니다."

"이상하다니, 어떻게?"

처음으로 군의관이 눈을 빛내며 소대장을 응시했다. 그녀는 노트북을 닫고 의무 수첩을 꺼내 들더니 소대장의 말을 정신없이 기록하기 시작했다.

"…일단 식사를 하지 못하고 있습니다. 먹는 것을 본인이 거부할뿐더러 억지로 먹게 하면 모두 게워냅니다. 또, 다른 해병들과 제대로 어울리지 못하고 있습니다. 감정 표현이 지나치게 단조로워졌으며 말 수가 적어졌습니다. …PTSD (Posttraumatic stress disorder, 외상 후 스트레스 장애) 일까요?"

서보라 대위는 소대장의 보고를 듣고 잠시 생각에 잠기더니 곧 고개를 저으며 부정했다.

"음, PTSD는 아냐. 너무 약물을 자주 남용한 탓이랄까. 뇌가 맛이 갔어."

그렇게 말하고 군의관은 펜을 관자놀이 가까이에 대고 빙빙 돌리며 낄낄거렸다. 아무리 그래도 같은 부대원의 문제인데 어쩜 저렇게 무례하게 행동할 수 있단 말인가. 소대장은 서 대위의 머리를 산탄총으로 쏴 버리고 싶다는 충동에 휩싸였다. 열악한 야전의 환경도, 고된 훈련도 모두 견뎌낼 수 있었지만, 이 군의관의 정신 나간 소리를 더 이상 듣고 싶지는 않았다. 이런 인성도 지휘 능력도 떨어지는 여자가 계속 소대를 마음대로 하게 둔다면 해병 수색대의 명예도 크게 실추될 것이다. 하지만 소대장은 차마 그녀에게 산탄총을 겨눌 수 없었다. 그녀가 죽어 버린다면 약물의 부작용이 나타났을 시에 수습을 해 줄 사람이 아무도 없었기 때문이다.

소대장 본인도 이미 같은 약물을 복용했다.

그는 이 미치광이 해군 군의관의 말을 따르는 게 아니라, 국가의 명령을 따르는 거라며 스스로를 타일렀다.

자신은 연방 해병대의 영광을 이어가기 위해 싸우는 거지, 쥐새끼처럼 죽으려고 약물을 복용한 게 아니다…. 하지만 서보라 대위는 소대장의 심정도 모르고 즐거운 듯 미친 소리를 재잘거리기 시작했다.

"괜찮아, 걱정 마. 어차피 이 정도 수치로는 안 죽어. 영양 보급은 IV(Insult Vain : 정맥 주사)로 처리하고 당분간 혼자 놔둬. 오히려 통각이 둔해져서 전투에는 더 쓸 만할 거야. 게다가 무리한 명령을 내린다며 항명을 하지도 않을 거라고. 좋은 일이지. 뭐, 물론 더 약물을 남용했을 때, 어떻게 변할지는 아직 미지수지만… 이 자체로는 흥미로운 소재 아냐?"

군의관이 떠드는 말을 듣고 소대장은 어처구니가 없어 이제는 화조차 나지 않았다.

'…역시 미친년이야.'

이미 그녀의 머릿속에 병사들이 생명을 가진 사람이라는 인식은 없는 듯했다. 이런 미친년의 말에 일희일비하다가는 일을 그르치게 된다. 소대장은 해병의 계명을 곱씹으며 냉정을 유지하기로 했다.

"그럼 혹시 저희도 유 해병처럼 되는 겁니까?"

"뭐… 나도 확신은 할 수 없어. 아직은 연구 단계니까. 그러니 가능하면 너무 남용하지는 말라고. 너희들이 복용한 약물은 신체를 강화시키고 치유 속도를 높이지만… 무적의 몸을 만들어 주는 건 아냐."

서보라 대위의 무책임한 말을 곱씹으며 소대장은 고개를 떨어뜨렸다.

확실히 소대원들은 강해질 수 있다는 이유 하나만으로 약물을 너무 지나치게 남용했었다. 특히 1년 전부터 약물을 꾸준히 복용해 온 일부 분대장들의 경우에는 신체가 망가지고 다시 수복되는 과정에 몸이 익숙해진 탓인지, 여간한 부상에는 통증을 거의 느끼지 않게 되었다.

사실상 몸이 익숙해졌다기보다는 망가졌다는 표현이 더 옳으리라. 약물에 중독된 병사들은 전투가 끝나도 감각을 느끼지 못했다. 음식을 먹어도 맛이 없으며, 칼로 찔려도 아프지 않다. 처음에는 신기해했지만, 결국 무감각의 지옥 속에서 해병들은 괴로워하다가 서서히 미쳐가기 시작했다.

실제로 이번에 척후를 맡았던 병사는 일부러 부상을 입기 위해 위험천만한 돌격을 감행했다고 한다. 조금이라도 더 고통을 느끼기 위해서 말이다. 자신도 나중에 그렇게 변할지도 모른다고 생각하자 소대장은 갑자기 욕지기가 치밀어 올랐다.

"…이래서야 움직이는 시체에 불과하지 않습니까."

"그게 왜 시체야?"

군의관은 정말 모르겠다는 투로 고개를 갸웃거리며 설명을 이어갔다.

"호흡, 맥박, 혈압, 체온… 유한성 해병의 생체 징후는 모두 정상이야. 시체는 뇌파가 끊기거나 심장이 완전히 정지한 육체를 이르는 말이라고."

그리고 그녀는 작게 한 마디를 덧붙이며 킬킬거렸다.

"뭐, 그렇게 된다 해도 내가 살려낼 거지만."

"…잘 못 들었습니다만?"

"하하, 신경 쓰지 마."

서보라 군의관은 민망한 듯 웃으며 손을 내저었다. 그녀의 웃는 표정은 처음 보는 남자도 홀릴 만큼 아름다웠지만, 소대장은 그녀가 전혀 매력적으로 느껴지지 않았다. 서 대위는 수통의 물을 들이켜 입 안을 씻어내다가, 갑자기 생각났다는 표정으로 검지를 치켜세우며 엉뚱한 질문을 던졌다.

"그런데 소대장. 혹시 소대장은 연방군 의무 사령부의 표어를 알고 있어?"

"…'살려야 한다' 아닙니까?"

"응. 그런데 해군 의무대의 표어는 그 앞에 한 마디를 더 붙여."

그녀는 생글생글 웃으며 검지로 소대장을 가리켰다.

"죽은 사람도 살려야 한다."

4. 커피

-1-

"으으… 추워."

얼어붙어 제대로 닫히지 않는 격실의 수밀을 힘껏 조인 다음, 나는 손에 입김을 쐬며 밖으로 나왔다. 잿빛 10월이 북상했기 때문일까, 매일 갑판에 나올 때마다 나는 기온이 떨어지는 것을 피부로 실감하고 있었다.

실제로 같은 달이라 하더라도 오키나와 근해와 포시예트 만의 기온은 20도가 넘게 차이난다. 그래서인지 오키나와 근해에서는 반팔에 미니스커트만 입고 다니던 수병들도 북위 38도선을 넘어가자 두꺼운 옷을 껴입고 몸을 움츠리기 시작했다. 수병들의 노출도가 떨어진 게 아쉬워서 그런 건 아니지만, 개인적으로 나는 겨울이 끔찍하게 싫다. 내 고향인 진해가 눈이 거의 오지 않는 따뜻한 지방이었기 때문이다. 어릴 적부터 온난한 기후에서 살아왔던 터라 나는 더위는 그럭저럭 견딜 수 있었지만, 추위에는 끔찍하게 약했다. 그래서 잿빛 10월이 러시아 근해로 진입한 이후로는 꼭 필요한 일이 아니면 갑판상에 나오지 않았다.

하지만 오랜만의 함상 휴일을 맞아 승조원들이 대청소를 하느라 대량의 페인트 시너가 함 내에 뿌려지고 있었다. 그 특유의 강렬한 휘발성 냄새를 계속 맡고 있노라면 구역질이 날 것만 같았기에 나는 쌀쌀한 날씨임에도 불구하고 잠시 현측을 산책하기로 했다.

날씨가 추웠던 탓일까. 갑판상에는 아무도 나와 있지 않았다. 평소라면 부산하게 갑판을 청소하던 갑판병들도 오늘은 웬일인지 아무도 보이지 않았다. 나는 갑판에 낀 서리에 미끄러지지 않게 조심하며 우현 구명정 밑의 그늘로 발길을 옮겼다.

이 구명정 아래의 현측 난간은 특별히 함 내 격실과 이어진 통로가 아니기 때문에, 승조원들이 거의 지나가지 않는 구역이었다. 그 때문에 나는 혼자 우울할 때면 이곳에 앉아 종종 시간을 보내고는 했다. 나는 늘 그랬던 것처럼 양동이를 하나 뒤집어 끌어당긴 후, 그 위에 앉아 바다를 내려다보았다.

"와아⋯."

바다를 내려다보자 나도 모르게 탄성이 절로 터져 나왔다. 바다에 살얼음이 끼어 있었다. 물론 고위도 해상에서는 바다도 얼 수 있다는 사실은 익히 들어 알고 있었다. 하지만 뭐든지 실제로 보면 더 절절히 느껴지는 법이다. 따뜻한 남쪽의 바다가 동적이고 활달한 남국의 소녀를 떠올리게 한다면, 북쪽의 바다는 얕은 숨을 몰아쉬며 잠이 든 겨울 소녀처럼 보였다.

특히 초겨울의 바다는 완전히 얼어붙지 못하고 날씨에 따라 얼었다 녹기를 반복하는데, 그 때문인지 바다의 표면은 보석 결정처럼 아름답게 갈라져 있었다. 좀 더 추위가 거세지면 바다도 호수처럼 꽝꽝 얼어붙기 때문에, 이처럼 아름답게 부서진 겨울 바다는 이 시기에만 볼 수 있는 장관이었다. 밖에서 내려다 본 겨울 바다가 생명력을 잃고 죽은 것처럼 보여도 얼음 밑에서는 거대한 해양 생태계가 여전히 쉬지 않고 순환하고 있다. 생명력을 고이 간직한 이 바다에 다시 봄이 오면, 그녀는 기운찬 처녀아이처럼 다시 파도를 몰고 약진할 것이다.

"…으으."

칼바람이 다시 얼굴을 때렸다. 분명 이 장소에서 내려다보는 바다는 넋을 잃을 만큼 아름다웠지만, 얼음 위를 훑고 불어오는 바닷바람 역시 그 아름다움만큼 매섭다. 아름다움에는 치명적인 독이 따라다닌다는 말은 이럴 때 쓰는 걸까.

"핫 팩을 가져올걸 그랬어."

동장군이 할퀴고 간 양 뺨이 화끈거리자 나는 결국 자리에서 일어섰다. 무언가 몸을 덥힐만한 따뜻한 물건을 가지고 오는 게 좋겠어―.

"어머? 선객이 계셨네요?"

그 때, 누군가가 현측 사이로 고개를 내밀며 놀란 듯 호들갑을 떨었다. 그 나긋나긋한 목소리의 주인공은 샤오지에 갑판장이었다.

"아, 갑판장님."

내가 황급히 자리에서 일어서 경례를 올려붙이려 하자 샤오지에 갑판장이 손을 내저었다.

"하하. 너무 그렇게 딱딱하게 인사하지 마세요. 어차피 오늘은 휴일인걸. 그냥 편하게 넘어가 주세요."

편하게 있으라고 해도 샤오지에 갑판장은 상관이다. 상관이 편하게 있으라는 말에 정말로 편하게 긴장을 풀어 버리는 군인은 없을 것이다. 루나나 마리아처럼 처음부터 군기가 존재하지 않았던 녀석들이라면 모를까….

나는 뻣뻣하게 자리에서 일어서며 질문을 던졌다.

"여기에는 어쩐 일이십니까?"

"제가 먼저 묻고 싶은걸요. 이 장소는 어떻게 아셨어요?"

갑판장은 내가 방금까지 의자 대용으로 깔고 앉았던 양동이를 가리키며 미소를 지었다. 아아, 어쩐지. 버려진 장소치고는 양동이가 늘 말끔하게 닦여 있구나 싶었더니만. 갑판장도 이 장소를 종종 애용했던 모양이었다.

"승선 초에 사람을 피해 숨어 다니다 보니 우연히…."

"그런가요. 그거 반갑네요. 저도 자주 인적이 드문 장소를 찾아다니는 편이거든요."

샤오지에는 입을 가리고 작게 웃으며 동감했다. 잿빛 10월의 최선임 부사관인 샤오지에 병조장이 사람을 피해 다닐 이유가 뭐 있을까 싶지만… 병조장에게도 병조장 나름의 고충이 있으리라.

샤오지에는 옆에서 양동이 하나를 더 꺼내오더니 내 옆에 뒤집어 놓고 격 없이 털썩 주저앉았다. 그리고 바다를 내려다보며 아까의 나처럼 탄성을 내질렀다.

"아… 정말 아름답네요. 늘 느끼지만 여기가 바다를 감상하기엔 최고의 명당이에요."

"예. 조금 춥긴 하지만."

나는 양손을 비비며 몸을 부르르 떨었다. 이제 슬슬 손끝이 저려오기 시작했다. 샤오지에 갑판장도 고독을 즐기고 싶을 테니 슬슬 추위를 핑계로 먼저 일어설까….

"저, 저는 먼저—."

"사실 추울 줄 알고 따뜻한 음료를 가져 왔답니다. 1인분이라 양은 조금 모자라겠지만… 한 잔 할래요?"

아니나 다를까, 갑판장이 품에서 보온병을 꺼내들고 음료를 권했다. 사양도 하기 전에 갑판장은 플라스틱 잔에 음료를 따라 내게 내밀었다. 나는 함 내로 들어가고 싶은 마음이 굴뚝같았지만, 갑판장의 표정이 너무 완고했기 때문에 마지못해 잔을 받아들었다.

"예, 그럼 조금… 마시겠습니다."

갑판장으로부터 받아든 잔 안에는 흑갈색의 진한 음료가 담겨 있었다. 향은 조금 낯설었지만 음료를 입에 머금자 쓰디쓴 맛이 입 안에 가득 퍼졌다. 이건… 커피 원두를 진하게 달인 건가?

"이건 커피 에스프레소인가요?"

나는 입맛을 다시며 갑판장에게 물었다.

"아뇨. 흑차(黑茶)예요. 아, 커피를 가져올 걸 그랬나?"

"아닙니다. 이것도 충분히 맛있는 걸요."

나는 애써 고개를 저으며 다시 잔을 입으로 가져갔지만, 아까의 쓴 맛을 떠올리니 더 마실 엄두가 나지 않았다. 사실 이런 곳에서 먹는 음료라면 연유와 설탕을 가득 넣은 달달한 믹스 커피가 좋은데… 인스턴트라면 치를 떠는 해인이 배에 믹스 커피를 들여놨을 리가 없다.

지금은 이 흑차라도 달게 마시자.

그래도 따뜻한 음료를 마시니 훈훈한 온기가 몸 전체로 퍼져나 갔다. 몸도 이제는 거의 녹아 구명정 밑으로 새어드는 한기도 그 럭저럭 견딜 수 있게 되었다. 쓰디쓴 흑차를 달게 마시는 갑판장 을 보며 문득 궁금증이 떠올랐다. 샤오지에 병조장은 언제나 차 를 입에 달고 살았지만, 정작 서양인들의 차라고 할 수 있는 커피 를 마시는 모습은 보인 적이 없었다. 커피에 알레르기라도 있는 걸까.

"그러고 보니 갑판장님은 커피는 안 드십니까?"

"역시 이 차가 별로 마음에 안 들었나 보네요."

"윽… 죄송합니다."

갑판장이 방글방글 웃으며 내 의중을 꿰뚫어보자 나는 앓는 소 리를 내며 시선을 피했다. 생글거리며 매사를 무신경하게 넘기는 듯 보여도 의외로 갑판장은 눈치가 빠르다.

"미안할 건 없어요. 뭐…딱히 커피를 싫어하지는 않지만, 갑판 부 아이들이 워낙 차를 좋아해서요."

"호오, 갑판병들이 차를 좋아한다고요?"

잿빛 10월의 갑판병들은 중국인으로만 이루어져 있었는데, 다 들 말수도 적고 눈매도 사나워서 다른 부서와는 달리 저들끼리 겉도는 일이 흔했다. 그런 무뚝뚝한 아가씨들이 한데 모여앉아 절도 있게 차를 달여 마신다고 생각하니 왠지 그럴싸하다는 생각 이 들었다.

"편견일지는 모르겠지만 역시 중국인이라는 느낌이네요."

군의관인 쇼우코 대위는 일본인임에도 불구하고 회를 거의 먹지 못한다. 그런 점에서 비교하자면 차를 즐겨 마시는 중국인이란 얼마나 알기 쉬운 이미지인가!

"후후. 그렇지요. 느긋하게 향을 즐기며 찻물을 입 안에 머금고 여유를 즐기는 다도는 중국의 미덕인 '만만디(慢慢地)'와 꽤 닮아 있어요.

…하지만 요새는 중국인들도 느긋이 차를 즐기지는 못해요. 지금의 중원은 좋은 말로도 평화롭지는 않으니까요."

샤오지에는 끝내 씁쓸한 미소를 지으며 말끝을 흐렸다. 갑판장이 굳이 부연 설명을 해주지 않아도 오늘날의 중국이 혼란스럽다는 것은 나 역시도 잘 알고 있었다.

한 때 중국은 동방의 용으로 불렸을 정도로 부강한 나라였지만, 현재는 오랜 내전으로 인해 심각한 경제난에 허덕이고 있다. 남경을 수도로 하고 있는 중화민국과 북경을 수도로 하고 있는 중화인민공화국은 오랫동안 팽팽하게 전 전선에 걸쳐 국지전을 벌여 왔고, 그 틈을 타 소수민족들까지 독립 전쟁을 벌이기 시작했다. 상황이 이렇게 되다보니 수천 년간 쌓아왔던 문화재의 관리는 고사하고 시민들은 내일 아침의 끼니를 걱정할 수준에 이르렀다. 차와 비단으로 대표되던 중국 전통 문화도 쇠락하고, 초연의 매캐한 그을음과 전사자의 명부가 가득 적힌 종잇장만 남게 되었다.

"하지만 아버님께서는 어딜 가든지 항상 차를 마시는 시간을 가지라 하셨어요. 선현이 하던 방식대로 차를 달여 마시면 싫어도 전통이 자연스럽게 몸에 배일 거라면서요."

샤오지에 갑판장은 차가 담긴 잔을 조심스럽게 만지작거리며 부친의 이야기를 꺼냈다. 그녀로부터 직접 들은 것은 아니지만 샤오지에는 고명한 가문의 아가씨라고 했었다. 과연 그래서 시중에서는 보기 힘든 비싼 차도 쉽게 구해 올 수 있는 걸까.

그런데 한동안 입을 다물고 있던 샤오지에가 갑자기 쓸쓸한 목소리로 작게 중얼거렸다.

"하지만 저는 전통을 지키는 것도 좋지만, 변할 수 있는 새로운 가능성에 도전하는 것도 좋다고 생각해요."

"새로운 가능성이요?"

그 말이 평소의 샤오지에 갑판장답지 않다고 생각되어 나는 눈을 동그랗게 뜬 채 그녀의 말에 반문했다. 그러자 갑판장은 방금 잠에서 깬 사람처럼 화들짝 놀라며 손을 내저었다.

"아… 죄송해요. 방금 말은 못 들은 걸로 해주시겠어요?"

"물론이죠."

언제나 느긋하고 현상 유지를 즐기는 갑판장의 입에서 변화나 가능성과 같은 이야기가 나오다니 별일이다 싶었다. 하지만 사람의 마음이라는 것이 늘 같을 수는 없는 법이라, 나는 그녀의 변덕이려니 치부하고 다시 생각을 비웠다.

하지만 갑판장은 못내 불안했는지 말을 돌리려 애쓰다 말고 갑자기 짓궂은 미소를 씩 흘리며 말을 걸어왔다.

"그리고 보니 요새 해인 양과 사이가 좋아 보이던데요."

"엑… 갑, 갑자기 그게 무슨 말씀이신지…."

나는 식은땀을 흘리며 시치미를 뗐다. 전에 있었던 예의 키스 사건이 들켰나? 하지만 샤오지에 갑판장은 여전히 평소처럼 생글

생글 웃으며 손가락을 흔들어보였다.

"앞에서는 원수마냥 티격태격해도 해인 양의 눈에 콩깍지가 잔뜩 끼어 있던 걸요. 후후, 뒤에서 갑자기 덮쳐오지는 않던가요?"

해인과 입을 맞추었던 그 날의 기억이 떠오르자, 얼굴이 확 달아올랐다. 분명 그 때 그 장면을 본 사람은 트리샤 일등 수병뿐이었는데. 혹시 트리샤가 함구령을 어기고 다른 사람들에게 털어놓았나?

"그, 그걸 누구에게… 아차."

나는 더듬거리며 변명을 하려다 샤오지에의 의기양양한 표정을 보고 그녀가 유도심문을 했다는 걸 깨달았다. 처음부터 갑판장은 심증만 갖고 나를 떠봤던 모양이다.

역시… 괜히 잿빛 10월의 최선임 부사관이 아니다. 나는 머리를 헝클어트리며 변명처럼 그 일에 대해 말했다.

"그러니까 고의는 아니고, 어쩌다보니 그리 된 건데…."

"걱정 마세요. 다른 사람들한테는 말하지 않을 테니."

갑판장은 기분이 한 층 나아진 표정으로 차를 홀짝이며 전에 함장과 포술장이 했던 말을 꺼냈다.

"일전에 함장님과 레나 양은 해인 양이 둥글둥글해졌다고 놀려댔지만, 그건 살이 찐 게 아니라 마음에 여유가 생겨서 그래 보였던 거에요. 분명 의무장이 그녀의 마음에 큰 구멍을 뚫어놓은 게지요?"

샤오지에는 입을 살짝 가리며 후후후 하고 소리 나게 웃었다. 갑판장이 이렇게 연애에 열을 올리는 캐릭터인줄은 몰랐는데. 아무렴 어떠랴. 나는 될 대로 되라 싶은 기분이 되어 그녀의 말에 답하지 않고 차만 홀짝거렸다.

차는 아직도 쓰게 느껴졌다.

"우리 갑판부 아이들도 좀 여유가 생기면 좋으련만."

내가 반응을 하지 않자 갑판장은 흥이 깨졌는지 입을 쑥 내밀고 투덜거렸다.

"너무 후부(後部) 아이들만 챙겨주지 말고 전부(前部)의 갑판병들도 챙겨주세요, 의무장님."

"아… 넵."

나는 가볍게 대꾸하며 마지막 남은 차를 들이켰다. 조금 소란스럽긴 했지만 바깥바람을 쐬고 나니 몸도 마음도 상쾌해졌다. 이제 슬슬 의무실로 돌아갈까―.

"우앗!"

그 때, 갑자기 위쪽 현측에서 금발의 머리가 거꾸로 쑥 하고 내려오는 바람에 나는 비명을 지르고 말았다. 깜짝이야. 사람이 떨어지는 줄 알았네. 그 금발 머리의 소유자는 루나 일등 기관 수병이었다.

"오, 의무장님! 좋은 아침입니다! 의무실에 안 계신다 했더니만 여기 계셨네요. 혹시 기관장님 보셨나요?"

루나 수병은 언제나 그렇듯이 기세 넘치는 태도로 말을 걸어왔다.

"아니, 못 뵈었는데."

내가 바로 부인하자 루나는 시무룩한 표정을 짓다가 내 옆에 앉아있던 샤오지에 갑판장을 발견하고는 갑자기 눈을 동그랗게 떴다.

"어라…? 갑판장님과 의무장님이 단둘이 계시는 건 처음 보는데요. 혹시… 지금 밀회 중?"

"아니야."

이 배의 수병들이 하는 막말에는 어지간히 익숙해져서 이제는 화를 낼 기력도 나지 않았다.

루나는 위험천만하게 난간에 매달리더니 거꾸로 제비를 돌며 내가 있는 아래 현측으로 내려왔다. 마치 고양이가 나무 위에서 뛰어내리는 모습 같았다. 내려와서 마주한 루나의 복장은 더더욱 가관이었는데, 근무복 위에 재킷까지 껴입은 나나 갑판장과는 달리 루나는 잿빛 10월의 부대 마크가 새겨진 하얀 면 티셔츠 한 장만 입고 있었다. 얼어붙은 바다와 그 패션을 비교하고 있자니 보는 사람이 다 오싹해질 지경이었다. 나는 황급히 내 재킷을 벗어 루나에게 걸쳐주며 물었다.

"감기 들겠다. 왜 티셔츠 한 장으로 돌아다니는 거야?"

"방금 전까지 보일러실 근처의 배관을 수리하느라 더웠거든요. 헤헤…. 그보다 기관장님이 안 계시면 곤란한데."

루나는 계속 기관장 타령을 하며 투덜대다가, 갑자기 나를 보고는 손바닥을 가로로 들어 내 키를 가늠해 보기 시작했다.

"아… 이 정도면 되겠다! 그럼 좀 의무장님이 기관장님 대신에 도와주세요!"

"무슨 일인지나 설명부터 해!"

"빨리요. 빨리. 금방 끝난답니다."

루나는 억지로 팔짱을 껴 나를 단단히 잡은 다음 끌어당겼다.

나는 그렇게 영문도 모르고 루나를 따라 기관부 구역으로 내려가게 되었다.

-2-

나와 샤오지에 갑판장이 루나를 따라 도착한 곳은 갑판 하부의 수밀에서도 수직 사다리를 타고 내려가야 도달할 수 있는 배의 가장 밑바닥에 위치한 격실이었다. 내가 알기로 이 격실은 평시에는 특별한 용도가 없어 보수 자재를 쌓아놓는 창고처럼 사용하고 있었는데, 저번의 전투로 보수 자재를 모두 소비해 버려서 지금은 격실 전체가 말끔하게 치워져 있었다. 나는 반짝반짝하게 윤이 나는 바닥을 손으로 훑으며 감탄했다.

"오, 꽤나 깨끗하게 치워놨네. 흙발로 들어가는 게 미안할 지경인 걸."

"헤헤, 감사합니다. 하지만 신발을 신고 들어오셔도 크게 더러워지지는 않아요. 해상 승조원들의 신발에 흙이 묻어 있을 리가 없잖아요?"

"그건 그렇지만. 하여튼 그래서 문제가 뭔데?"

루나는 잠시 고개를 갸웃거리더니 매끈하게 닦인 바닥을 가리키며 괴상한 주문을 해왔다.

"일단 의무장님. 엎드려 주세요."

"뭐? 왜?"

"일단 빨리요. 엎드려 주시면 알아요."

나는 루나의 말에 속는 기분으로 팔과 다리를 굽히고 개처럼 바닥에 엎드렸다. 무언가 떨어뜨리기라도 했나. 그 다음에는 무엇을 해야 하냐고 물으려던 찰나—

"여차."
루나가 자연스럽게 내 등을 밟고 올라섰다.
"뭐하는 짓이야!"
나는 자리에서 벌떡 일어서며 소리를 질렀다. 루나는 내가 일어나자 휘청거리며 바닥에 착지하더니 오히려 역으로 화를 내기 시작했다.
"의무장님이야말로 뭐하는 짓이세요! 자칫하면 바닥에 넘어질 뻔 했잖아요!"
"어이… 루나. 무례에도 정도가 있어야지. 감히 어디서 상관의 등을 발판으로 쓰는 거야?"
하지만 루나는 내 훈계에도 불구하고 반성의 기색을 보이기는 커녕 투덜거리며 변명을 하기 시작했다.
"하지만 그럴싸한 발판이 안 보였는걸요? 제 키로 저 위의 파이프를 수리하는 건 도저히 무리였다고요! 아, 물론 신발 밑창은 깨끗이 닦아 뒀으니 걱정 마세요."
"….."
…살면서 정말로 여자에게 욕을 하고 싶어진 건 처음이었다. 평소 성질 같았으면 F가 들어간 네 글자 단어를 남발했으리라. 하지만 옆에서 갑판장이 방글거리며 흑차가 담긴 보온병을 흔들어 보였기에 나는 이번에도 꾹 참고 넘어가기로 했다. 하지만 이번 일은 아무리 생각해도 괘씸하군. 나중에 기관장에게 일러 루나의 기강에 대해서는 한마디 하고 넘어가도록 하자.

…기관장? 그러고 보니 루나 녀석, 처음에는 기관장을 찾지 않았던가?

"너… 설마 내가 없었으면 기관장님을 발판으로 쓰려고 했던 거야?"

"설마요, 제가 그렇게 무례한 짓을 할 리가 있나요? 기관장님께는 목말을 태워달라고 하려고 했죠."

루나는 뭐가 그렇게 자랑스러운지 으쓱거리며 어처구니 없는 소리를 계속 늘어놓았다. 같은 부서의 교관급 장교에게 목말을 태워달라고 부탁하는 수병이라니… 머리가 다시 지끈거렸다.

"…하고 싶은 말이 많지만 일단 오늘은 넘어가지. 자."

나는 다시 무릎을 굽혀 몸을 낮추어 주었다.

"네…? 다시 밟아도 되나요?"

"목말이다! 목말! 처음부터 나한테도 목말을 태워 달라고 했으면 되잖아!"

"그, 그래도 되나요? 어쩐지 죄송스러워서…."

"내 등을 구둣발로 밟는 건 안 죄송스럽냐?"

나는 툴툴거리면서도 루나가 편하게 목말을 탈 수 있도록 고개를 숙여 배려하였다. 루나는 내 뒤로 다가와 어깨를 붙잡고 양 다리를 올리더니, 팔로 내 머리를 꽉 붙잡았다. 나는 루나가 완전히 내 어깨 위에 올라탄 것을 확인하고 조심스럽게 몸을 일으켰다. 무게중심이 바뀐 몸이 휘청거리자 루나가 비명처럼 낮게 소리를 질렀다.

"우아… 새, 생각보다 조금 무서운 걸요."

"떨어지지 않게 꽉 잡아."

"이미 꽉 잡고 있다고요⋯."

루나는 그렇게 말하면서도 떨어질까 불안했는지 다리를 꼬아 하반신을 내 몸에 더욱 단단히 밀착시켜왔다.

⋯막상 자세를 취하고 나서야 알게 되었지만, 목말이라는 행위는 의외로 성인 남녀가 취하기에는 꽤 민망한 자세였다. 여성의 고간이 남성의 뒤통수에 가까이 붙어 있는데다가 특유의 말랑말랑한 허벅지가 양 목덜미를 찰싹 죄여왔기 때문이다. 정말이지 루나가 긴 바지를 입고 있었기에 망정이지, 평소처럼 맨다리에 스타킹만 신고 있었다면 다른 의미로 새로운 페티시에 눈을 뜰 뻔 했다. 사실 천 위쪽으로 느껴지는 루나의 말랑말랑한 허벅지는 이미 충분히 위험할 정도로 따스하고 부드러웠다.

"⋯의무장, 얼굴이 풀어졌어요."

갑자기 샤오지에 갑판장이 싸늘한 목소리로 지적을 해 오는 바람에 나는 말을 더듬으며 정색했다.

"네, 네? 무, 무슨 소리이신지."

"루나 양의 허벅지가 의무장의 목덜미에 닿자마자 얼굴이 풀어졌어요. 혹시 알아차리지 못했었나요?"

"윽⋯."

갑판장의 표정은 평소처럼 미소가 가득했지만, 어쩐지 말투에서 싸늘한 한기가 돌고 있었다. 수병을 놀리려 한다고 생각한 걸까. 온화한 줄로만 알았던 갑판장이 이런 지적을 해오니 나는 더욱 위축이 되어 변명조차 하지 못했다. 그러는 와중에도 루나는 불안해하면서도 농담을 걸고 있었다.

"어라? 의무장님 다리 페티시도 있으셨어요? 에에, 이럴 줄 알 았으면 치마로 갈아입고 올 걸…. 죄송해요."

"넌 그냥 작업에나 신경 써라…."

나는 이를 꽉 다문 채 루나에게 마지막 경고를 던졌다. 루나도 더 이상 장난을 칠 여유는 없었는지 곧 허리춤에서 공구를 꺼내 배관을 수리하기 시작했다. 그녀가 하고 있는 작업은 쥬브리식 패칭이라는 해상 승조원에게는 익숙한 방수 작업이었다. 배관에 서 물이 새기라도 하는 걸까. 나는 루나가 만지고 있는 배관을 힐 끗 올려다보며 중얼거렸다.

"별일이네. 전에는 괜찮아 보였는데."

"아, 지난 번 전투의 영향인지는 몰라도 이 격실 위를 지나가 는 청수관에서 요새 계속 물이 새고 있거든요."

과연. 루나가 만지고 있는 청수관 외에도 격실을 오고가는 배 관 사이에서는 간헐적으로 물이 뚝뚝 떨어지고 있었다. 보수병들 이 임시방편으로 그 밑에 양동이를 가져다 놓아 물을 받고 있었 지만, 이는 말 그대로 임시방편일 뿐이다.

"찌그러진 파이프를 새로운 것으로 대체하고 엔진도 전체적으 로 손봤으면 좋겠지만… 당분간은 기항할 수 없다고 하니 이렇 게라도 손질을 해 둬야지요."

"기관부도 고생이 많네요."

옆에서 샤오지에 갑판장이 걱정스러운 표정으로 루나를 올려 다보자, 루나는 한 손으로 머리를 긁적이며 부끄러운 듯 혀를 내 밀었다.

"헤헤, 갑판장님께 그런 말을 들으니 부끄럽네요. 사실 항해가 길어지면 제일 고생하는 건 갑판부인데….”

“천만에요. 갑판을 정비하는 건 저희 평소 임무인걸요.”

샤오지에 갑판장은 그렇게 말하고 손으로 입가를 가리며 수줍게 웃어보였다. 과연 귀족가의 아가씨다운 태도다.

…해인에게는 미안한 소리지만 사실 항해가 길어지면 제일 곤란한 일은 식자재를 원활하게 수급할 수 없는 점이 아니라 이와 같은 함선의 보수 및 수리가 지연되는 일이다.

소금기가 가득한 해상 위를 항해하는 함정은 항해 중에도 계속 조금씩 부식되고 있다고 해도 과언이 아니다. 갑판상의 철제 구조물은 물론이고 배 안에 있는 기관과 시설도 조금씩 노후화되고 부식된다. 그렇기 때문에 배는 정기적으로 육상의 건선거에서 수리 및 보수를 받아야 할 필요가 있다. 더군다나 지난 번 전투로 인해 잿빛 10월은 제대로 된 자력 항해도 하지 못할 정도의 피해를 입었다. 잿빛 10월은 당장이라도 수리를 받아야 할 상황이었지만 연방 해병대가 현재 자루비노의 선거를 점거하고 있는지라, 이처럼 입항하지 못하고 바다 위에서 손만 빨고 있었다. 해인의 채소 수급 문제가 아니더라도 이러한 점에서 자루비노 군항은 조속히 수복되어야 했다. 하지만 당장 뾰족한 수도 없으니….

“으음… 이만 하면 될까요?”

한참동안 배관을 매만지던 루나가 땀을 훔치며 고개를 갸웃거렸다. 깔끔하게 보수된 배관은 더 이상 물이 새지 않았지만, 루나는 무엇이 불안했는지 스패너를 들어 다시 파이프를 좀 더 단단히 죄기 시작했다.

"아냐. 조금만 더 해 보자… 에잇…!"
루나가 세 바퀴 정도 볼트를 더 돌렸을 무렵.

퐁!
경쾌한 소리와 함께 무언가가 세차게 날아와 내 머리를 맞추었
다. 인상을 찌푸리며 고개를 돌리려는 순간, 여기저기서 동시다
발적으로 바람 빠지는 소리가 나기 시작했다.

퐁, 퐁, 퐁!
나는 내 머리를 맞고 떨어져 나간 그 금속질의 물체를 집어 들
었다. 이건 볼트 나사잖아? 이게 왜…

쏴아아아ㅡ.
생각을 마치기도 전에 격실을 둘러싼 파이프에서 물이 뿜어져
나오기 시작했다. 격실 곳곳의 배관이 동시다발적으로 터졌던지
라, 이미 패칭 한두 개로 막을만한 상황이 아니었다.

"아… 망했네요."
루나가 죽은 눈을 지으며 격실을 둘러보았다.
"아무래도 파이프가 전체적으로 손상돼서 겨우겨우 수압을 버
티고 있었나 봐요. 거기에 패칭을 해버렸으니…."
"루나, 정신 차려! 빨리 물이 더 새기 전에 막아야지!"
나는 루나를 독려하며 고무판과 새끼줄을 들고 물이 세차게
뿜어져 나오고 있는 파이프를 향해 달려갔다. 방수 훈련은 나도

받았기 때문에 고무판으로 누수를 막는 건 어렵지 않았다. 다만 훈련 때처럼 차가운 청수가 새어 나오고 있을 거라고 생각했는데….

"…어? 따듯하잖아."

놀랍게도 파이프에서 뿜어져 나오고 있는 물에서는 하얀 김이 모락모락 올라오고 있었다. 손을 데일 정도로 뜨거운 물은 아니었고, 추운 몸을 녹일 수 있을 정도의 따뜻한 온수였다. 뒤늦게 보수 도구를 들고 온 루나가 나에게 추가 설명을 해 주었다.

"놀라실 건 없어요. 이 옆이 보일러실이니까요. 이 격실 위로는 방금 데워진 따뜻한 물이 상시 흐르고 있지요."

"그래? 불행 중 다행이네. 새는 물이 얼음장처럼 차가웠으면 작업하기도 싫었을 거야."

나는 다른 파이프도 고무판과 새끼줄로 보수하기 시작했지만, 물이 새는 곳이 너무 많아 제 시간에 처리할 수 있을지 걱정이 되었다. 그래서 나는 갑판장에게 도움을 요청하기로 했다.

"갑판장님. 아무래도 손상 개소가 너무 많아서 저희끼리 하기에는 무리일 듯합니다. 좀 도와주실 수…."

나는 고개를 돌려 갑판장에게 부탁을 하려다 말고 숨을 삼켰다. 갑판장의 옷이 물에 젖어 그녀의 몸매가 그대로 드러나고 있었기 때문이었다.

"아…."

검은색의 근무복은 물에 젖어 그녀의 몸에 찰싹 달라붙어 있는데, 그 바람에 평소에는 잘 드러나지 않았던 샤오지에의 신체 라인이 고스란히 노출되고 있었다.

평소에 옷을 펑퍼짐하게 입어서 몰랐는데, 샤오지에 갑판장의 가슴은 의외로 엄청났다. 함장만큼은 아니었지만 기관장에 버금 갈 정도가 아닐까…. 오히려 허리가 가늘어서 그런지 겉으로 보기에는 더 커 보였다.

"왜 그러세요?"

내가 말을 하다말고 얼굴을 붉히며 우물쭈물하자 갑판장이 이상하다는 표정으로 고개를 갸웃거렸다.

"아뇨, 그게 그러니까… 방수작업을 도와주시겠어요?"

"물론이지요. 잠시만 기다려 주세요."

갑판장은 고개를 끄덕이며 바로 배관 하나를 맡아 방수처리를 하기 시작했다. 하지만 난 샤오지에 갑판장의 젖은 제복 차림이 신경 쓰여서 그랬는지 새끼줄을 감는 손이 계속 미끄러졌다. 청순한 동안의 얼굴 아래에 저런 무시무시한 몸매를 가지고 있었을 줄이야…. 이래서 사람은 겉보기만으로는 모른다는 것이다.

"의무장님, 무슨 일 있으신가요?"

나는 루나의 말에 대답하기 위해 그녀를 쳐다보았다가 역시 마찬가지로 다시 숨을 삼켰다. 루나 역시 물에 흠뻑 젖은 탓에 내의가 비쳐 보이고 있었다. 하얀 면 티셔츠 아래로 브래지어의 푸른색이 선명했다. 키는 좀 작긴 해도 역시 미국인 아니랄까봐, 가슴 발육만큼은 해인이나 군의관 같은 다른 동양인 승조원들보다 훨씬 빼어났다.

하지만 루나는 내 미묘한 시선을 바로 알아차렸는지 자신의 상의를 내려다 본 뒤 얼굴을 붉히며 말끝을 흐렸다.

"저… 의무장님? 물론 좋은 눈요깃거리가 눈앞에 펼쳐져 있다는 건 여자인 저도 이해했지만… 일단 상황이 급하니 방수작업부터 계속 도와주시겠어요?"

"어, 어? 그래야지. …그보다 눈요기 한 거 아냐!"

내가 황급히 변명을 했지만 루나는 다 알고 있다는 투로 히죽거리며 손을 내저어 보였다. 억울했지만 이번만큼은 루나가 완전히 오해한 것도 아니었기에 나는 더 이상의 변명을 하지 않았다.

우리 세 사람이 빠르게 보수 작업을 한 덕분에 누수는 30분도 지나지 않아 모두 멎었지만, 격실은 이미 반 이상 침수되어 버렸다.

-3-

"따뜻한 청수가 격실에 반 이상 찼다고?"

방수 작업이 끝나고 샤오지에 갑판장과 나는 상황보고를 하기 위해 바로 함장실로 올라갔다. 카밀라 대교는 함 내 누수로 격실 하나를 못 쓰게 만들었다는 보고를 받고도 성내거나 근심스러워하기는커녕 오히려 흥미로운 표정으로 눈을 반짝이고 있었다. 그런 함장의 얼굴을 마주하자 그녀가 또 무언가 엉뚱한 모략을 꾸미고 있는 건 아닌지 나는 불안해졌다. 함장이 고개를 갸웃거리며 혼잣말을 했다.

"물을 빼 버리긴 아깝군."

"물론 해상에서 민물은 소중한 법이니까요. 하지만 어쩌겠습니까. 이미 새어버린 물인걸."

하지만 함장은 손을 내저으며 이상한 소리를 했다.

"아니, 그게 아니라 승조원 애들 대부분이 목욕이 그리워지던 참이었거든. 원래대로라면 자루비노에 상륙해서 커다란 육상 목욕탕을 대절한 다음 하루 종일 온천을 즐길 예정이었는데….”

“그게 지금 상황과 무슨 상관입니까?”

“그런데 이 시기에 격실에 가득 찬 따뜻한 물이라….”

순간 불길한 예감이 뇌리를 스치고 지나갔다.

“아니, 아니. 함장님. 지금 무슨 생각을 하시는 겁니까?”

그리고 카밀라 함장은 내 기대를 저버리지 않고 그 불길한 생각을 입 밖으로 꺼내 그대로 읊었다.

“좋아. 함장 명령이다! 지금부터 그 격실을 목욕탕으로 개조할 수 있도록!”

“지금 뭐하시는 겁니까! 배 밑바닥에 물이 찼는데 뺄 생각은 안 하고 목욕탕 개조를 한다니!”

하지만 함장은 대수롭지 않다는 투로 손을 내저었다.

“왜에— 목욕 좋잖아? 하루에 1시간 정도는 원일이 너도 쓸 수 있게 해 줄게.”

“제가 쓰고 싶어서 그러는 게 아닙니다! 이 배는 지금 물 위에 떠 있다고요! 자칫하면 배의 균형이 어긋날 수 있을뿐더러 배를 부식시킬 수도 있습니다! 저보다 더 잘 아시는 분이….”

나는 물을 빼지 않으면 안 되는 이유에 대해 장황하게 설명했지만, 함장의 표정은 요지부동이었다. 나는 결국 한숨을 내쉬며 옆에 있던 엘레나 소교에게 도움을 요청했다.

“포술장님도 한마디 해주십시오. 배에 목욕탕을 만든다니, 그게 무슨 어처구니없는 발상입니까.”

하지만 엘레나 포술장은 평소와는 다르게 손가락으로 관자놀이를 긁적이며 말끝을 흐렸다.

"어… 목욕탕 정도는 괜찮지 않을까…?"

"포술장님마저!"

평소에 엄격하게 규칙을 준수하던 포술장조차 목욕탕 설치에 호의적인 의견을 내놓자 나는 배신이라도 당한 기분이었다. 뒤를 돌아보니 샤오지에 갑판장이 어깨를 으쓱거리며 미소를 짓고 있었다. 복잡한 마음으로 한숨을 깊게 내뱉고 있노라니, 함장이 생글거리며 다시 엉뚱한 질문을 던져왔다.

"원일 군. 원일 군은 여자에 대해서 얼마나 알고 있지?"

"그게 지금 상황이랑 무슨 관계가 있습니까."

"여자란 말이야. 하루에 목욕을 세 번 정도 하지 않으면 죽어버릴 것 같다고. 그 정도로 목욕은 중요해."

확실히 여성들은 남성에 비해 위생이나 청결에 민감하다는 이야기를 들은 것 같기도 하다. 하지만 여태까지도 목욕 시설 없이 잘 버텨오지 않았던가.

"여태까지는 목욕 안 하고도 잘 지내오셨으면서도."

"그래서 다들 시무룩한 거잖아. 복지 시설은 승조원들의 사기와도 연결돼. 안 그래도 입항을 못해서 풀이 죽은 승조원들에게 기분 전환 거리를 마련해 줘야지. 안 그래?"

"그건 그렇습니다만…."

나는 머리를 거칠게 헝클어트리고는 결국 마지못해 함장의 의견을 받아들이기로 했다.

"함장님께서 그렇게 말씀하신다면 어쩔 수 없지요. 하지만 의무장으로서 말씀드리건대, 이틀 이상 물을 받아 놓는다면 위생상의 문제가 생길 겁니다. 그 이상은 안 됩니다."

함장은 이미 내 의견과는 상관없이 따뜻한 탕에 몸을 담글 생각으로 들떴는지 무성의하게 손을 내저으며 작업 계획을 짜기 시작했다.

"알았어. 알았어. 그럼 보수병들에게 연락해서 빨리 격실의 개조를…."

"에취."

그 때 갑자기 뒤쪽에서 귀여운 기침 소리가 들려왔다. 고개를 돌려보니 샤오지에 갑판장이 새빨갛게 달아오른 표정으로 입가를 가리고 있었다. 함장은 의외라는 표정으로 눈을 치켜뜨며 갑판장에게 물었다.

"갑판장, 혹시 감기 걸렸어?"

"아뇨.. 옷이 젖은 채로 계속 있었더니 몸이 차서…."

"저런. 여자아이는 몸을 차게 하면 안 된다고. 빨리 가서 옷을 갈아입고 난로라도 쬐고 있어."

"예. 배려에 감사드립니다."

샤오지에 갑판장은 경례를 올려붙이고선 작게 재채기를 하며 함장실을 빠져나갔다. 그러고 보니 나도 젖은 몸이 식어서 그런지 몸이 으슬으슬 추워졌다.

"함장님, 그럼 저도 돌아가서 옷을…."

"아, 남자는 감기 걸려도 괜찮아!"

"남녀차별이잖습니까!"

함장의 다분히 차별이 섞인 말에 나는 다시 울컥할 뻔했다. 이 배, 어쩐지 남성에 대한 대우가 엄청 박하다니까? 그저 유일한 남성 승조원인 내 대우가 박한 것일지도 모르겠지만…. 함장은 내 말에 잠시 머리를 긁적거리더니 곧 새로운 명령을 내렸다.

"에에… 그럼 옷 갈아입고 빨리 침수 격실 쪽으로 가 봐. 목욕탕의 위생 검사를 포함해서 이것저것 작업할 게 많을 테니까."

격실 보수도 내가 거의 다 했는데…!

나는 불평을 하려다가 곧 그만두었다. 어차피 나는 일등병조, CPO도 아닌 일개 부사관이 함장의 말에 거듭 항명을 하는 것도 모양새가 우스웠기 때문이다. 나는 못마땅한 표정으로 경례를 올려붙인 다음 일단 옷을 갈아입기 위해 의무실로 향했다.

-4-

"아… 정말 좋은 탕이었지?"

"배 위에서 목욕을 할 수 있다니… 정말 이번만큼은 함장님이 멋진 결정을 내렸다니까."

나는 복도에 간이 의자를 가져다 놓고 앉아, 꺅꺅거리며 지나가는 수병들을 멍하니 쳐다보았다. 촉촉하게 젖은 수병들의 머리에서는 따끈한 김이 피어오르고 있었고, 개중에는 수건으로 머리를 틀어 올려 양의 뿔처럼 머리를 장식한 수병도 있었다. 모두 방금 목욕을 마치고 나오는 중이다.

수병들은 목욕에 대한 감상을 소란스럽게 떠들다가 격실 앞에서 뚱한 표정으로 앉아 있는 나를 마주하자 어색한 표정으로 경례를 올려붙인 채 황급히 달아났다. …어쩐지 여탕 앞에서 서성이는 변태 취급을 받은 것 같아 기분이 썩 좋지 않았다.

"누구는 따뜻한 물에 목욕하는데, 누구는 몸이 식은 채로 추가 과업이나 하고 있고….”

나는 추위로 딱딱거리는 턱을 강제로 고정시키며 작게 투덜거렸다. 솔직히 마음 같아선 당장이라도 나도 뜨끈한 탕에 몸을 던지고 싶었지만, 다른 수병들이 욕실에 먼저 들어가 있는지라, 나는 이곳에서 탕에 들어가는 승조원의 수만 체크하고 있었다. 방금 나간 수병까지 합하면 벌써 50명째. 목욕탕을 설치했다는 소문이 난 지 반나절도 지나지 않아 승조원의 반 이상이 목욕탕을 찾았다. 이런 추세로 승조원들이 목욕을 먼저 마쳐 준다면 오늘 식사 후 즈음에는 나도 목욕탕을 쓸 수 있을지도 모르겠다.

몸을 파고드는 한기 때문에 툴툴거리긴 했지만, 목욕을 막 마치고 나온 승조원들을 관찰하는 건 또 나름의 재미가 있었다. 평소와는 달리 느슨한 차림의 승조원들을 볼 수 있었기 때문이다. 머리를 풀거나 제복 대신 체육복을 입은 것만으로도 승조원들의 인상은 크게 달라졌다. 실례로 해인이 머리를 풀고 왔을 때는 평소보다 인상이 훨씬 더 부드러워 보여서 못 알아볼 뻔했다. 물론 그 특유의 짜증스러운 표정 때문에 금방 알아차렸지만. 그 외에도 승조원들은 근무복 대신 간편한 활동복을 입고 목욕탕을 빠져나오고 있었다. 혹은 유카타를 입고 다닌다든지….

“…응? 유카타?”
“오, 의무장이잖아?”
뜬금없이 유카타를 입은 승조원이 보인다 싶었더니만, 내 직속 상관인 쇼우코 대위였다. 함 내에서 사복, 그것도 전통복을 입고 있다니— 제정신인가, 저 사람?

하지만 내가 무어라 말을 하기도 전에 쇼우코 군의관은 종종걸음으로 다가와 해맑은 표정으로 손을 흔들어 보였다.

"추운데 고생이 많네—. 의무장은 목욕 안 해?"

"수병들이 들어가 있는데 제가 어떻게 목욕을 합니까."

"왜, 왜. 알몸의 교제를 다진다는 핑계로 탕 내에 난입해 봐."

만나자마자 헛소리를 하는 게 쇼우코 대위다웠다.

"그랬다가는 성군기 위반으로 헌병대에 끌려갑니다."

"에, 혼탕 문화도 이해를 못 한다니. 구시대적 발상이야."

나는 계속 헛소리를 하는 군의관을 가볍게 무시한 채 턱 끝으로 그녀가 입은 유카타를 가리키며 물었다.

"그보다 웬 유카타입니까?"

"이거? 일본인이라면 목욕 후에는 당연히 유카타지! 바깥바람이 춥긴 해도 몸이 충분히 덥혀져서 괜찮아."

물론 유카타라는 게 원래 목욕용 가운으로 자주 쓰이긴 하지만… 쇼우코 대위가 일본인을 운운하니 어쩐지 부자연스럽게 느껴졌다.

"회도 못 먹는 가짜 일본인 주제에…."

"응? 뭐라고 했어?"

"아닙니다."

나는 고개를 저으며 다시 쇼우코 대위를 내려다보았다. 군의관은 한 손으로 미늘 무늬가 새겨진 펠트 소재의 주머니를 끌어안고 있었는데, 움직일 때마다 무언가가 부드럽게 찰랑거리는 소리가 났다.

"그건 탕파인가요?"

“응? 아니, 커피 우유야! 목욕 후에 마시면 좋을 것 같아서 만들어 가져왔지.”

“오, 반갑네요. 저도 어릴 적에는 목욕을 마치면 아버지가 사 주는 커피 우유를 종종 마시곤 했는데….”

연방의 목욕탕 문화는 일본과 비슷한 점이 많은데, 특히 뜨끈한 탕에서 땀을 쏙 빼고 나와서 달콤한 가공 우유를 한 잔 마시는 건 양국에서 관례처럼 되어 있다. 그 중에서도 가장 인기있는 건 커피 우유였는데, 사면체의 폴리에틸렌 필름으로 포장된 커피 우유는 오랫동안 연방인들의 향수를 자극하며 아직까지도 시중에서 꾸준히 팔리고 있었다. 유감스럽게도 군 내 PX에서는 취급하지 않는 품목이었던지라, 나도 커피 우유를 마셨던 지는 꽤 되었다.

“한 잔 마셔 볼래?”

“기꺼이요.”

쇼우코 대위의 제안에 나는 달갑게 잔을 받아들었다. 쇼우코 대위는 주머니에서 동제 물병을 꺼내 잔을 향해 기울였다.

잔 안에 가득 채워진 진한 황갈색의 커피 우유 위에선 달콤한 향이 섞인 수증기가 하얗게 피어오르고 있었다. 입 가까이 잔을 가져다 대자 쌉싸래한 커피의 향이 코를 간질였다. 잔을 기울여 입 안으로 음료를 조금 흘려보내자 향과는 정 반대의 달콤한 맛이 부드럽게 혀끝에 감겨왔다. 설탕의 단 맛과 대비되는 싸구려 커피의 씁쓸한 맛이 간간히 거슬리기는 했지만, 이 저렴한 맛이야말로 가공 우유만의 매력 아니겠는가. 정말이지 오랜만에 마셔 보는 맛있는 커피 우유였다.

“맛있지?”

"예… 정말 맛있네요. 그보다 이 커피 우유는 어떻게 만드셨나요? 함 내에는 우유가 없는 걸로 알고 있는데."

커피 우유는 우유를 베이스로 그 위에 커피와 설탕을 섞어 만드는 음료이기 때문에 카페오레나 카푸치노처럼 커피가 베이스가 되는 음료보다 많은 양의 우유를 필요로 한다. 하지만 전에 해인이 우유가 없어서 타르트를 만들지 못한다고 툴툴대던 게 떠올라 나는 고개를 갸웃거렸다.

하지만 군의관은 고개를 끄덕이며 이상한 소리를 했다.

"응, 조금씩 **짜서** 모았어!"

"…네?"

내가 대위의 말을 이해하지 못하고 멍청히 눈을 치켜뜨자, 쇼우코는 다시 직설적으로 말을 던졌다.

"그러니까 **여자애들 젖에서 조금씩 짜서 모았어!**"

"푸읏!"

그녀의 충격적인 발언에 나는 입 밖으로 커피 우유를 내뿜고 말았다. 여자애들? 젖? 그보다 이렇게 많은 양을 구할 수 있기는 한가? 머리가 혼란스러웠다.

"지금 저한테 뭘 먹이시는 겁니까!"

내가 소리를 높여 항의했지만 쇼우코 대위는 태연한 표정으로 천연덕스럽게 답했다.

"어쩔 수 없잖아— 우유를 구할 곳도 없었고. 게다가 처녀의 초유는 유제 중에서도 최고급품으로 치는 진미라고?"

"진미고 자시고 성희롱이잖습니까! 그보다 이 미친 발상에 협조해 준 승조원은 또 누굽니까?"

"어… 이해인 조리장?"

갑자기 커피 우유 맛이 떨어졌다.

내가 죽은 눈으로 커피 우유와 군의관을 번갈아 보자 쇼우코 대위는 한 동안 입을 씰룩거리다가 결국 못 참겠는지 파안대소를 터트리며 손을 내저었다.

"캬하하. 농담이야. 농담. 해인이 아무리 신선한 음식을 추구한다 할지라도 그런 장난에 어울려 줄 리가 없잖아. 생우유 대신에 전지분유를 쓴 거야."

"깜짝 놀랐다고요!"

나는 놀란 가슴을 쓸어내리며 성을 냈다. 누가 함장의 동창 아니랄까봐, 쇼우코 대위의 성희롱도 함장이 하는 것만큼 질이 나쁘다. 더군다나 솔직히 해인이라면 선상에서 우유를 구하기 위해 기꺼이 승조원들의 가슴을 주물러댈지도 모른다는 생각이 불현듯 들어서… 잠깐이지만 정말로 식겁했다.

"아, 여기 있었군요. 의무장."

놀란 가슴을 쓸어내리고 있는데, 뒤에서 사근사근한 목소리와 함께 샤오지에 갑판장이 나타났다. 샤오지에 갑판장은 아까 입고 있었던 젖은 근무복 대신 남색의 제식 체육복을 입고 있었는데, 손에는 예의 차가 담긴 보온병이 들려 있었다. 또 무슨 좋은 차라도 달인 걸까.

하지만 갑판장은 근심스러운 표정을 지으며 내게 다가오더니 내 뺨에 가볍게 손을 대며 살갑게 말했다.

"몸이 차네요. 아까 물에 젖은 뒤로 몸을 녹일 새도 없이 계속 일을 하느라 추웠죠? 미안해요. 먼저 홀로 옷을 갈아입으러 가 버려서."

샤오지에 병조장의 따스하고 부드러운 손길이 뺨에 닿자 나는 얼굴이 확 달아오르는 것만 같았다. 그래서 나는 부러 고개를 저으며 손을 내저었다.

"저, 저는 괜찮습니다. 그보다 감기는 괜찮으신가요?"

"예. 괜찮아요. 옷을 갈아입고 난로를 쬐었더니 금방 좋아졌어요."

갑판장은 그렇게 말한 다음, 가느다란 팔을 들어 위 아래로 스윙을 하는 시늉을 해 보였다. 물론 갑판장의 혈색은 아까에 비해 훨씬 좋아 보였고, 피부에서도 온기가 느껴지고 있었지만 그녀의 태도만큼은 미묘하게 어색해 보였다. 무언가 따로 할 말이 있었던 걸까?

"저—."

"아, 갑판장. 커피 우유 마실래요?"

내가 무어라 말을 하기도 전에 옆에서 쇼우코 군의관이 갑판장에게 병을 내밀며 커피 우유를 권했다.

"커피… 우유요?"

갑판장은 커피라는 말에 살짝 어색한 미소를 지으며 쇼우코 대위가 들고 있는 동제 물병을 내려다보았다. 나는 옆에서 맞장구를 치며 군의관을 거들어주었다.

"아, 네. 군의관님이 만드신 커피 우유인데 정말 달고 맛있어요. 갑판장님도 한 번 드셔보세요."

"아, 아뇨. 저는 단 음료는 그다지…."

샤오지에 갑판장의 거절에 쇼우코 대위는 아쉽다는 표정을 지으며 입맛을 다셨다.

　"에에… 아쉽게. 이거 맛있는데."

　"그러게요. 정말 오랜만에 맛보는 맛있는 음료였는데."

　"아, 아뇨. 정말로 괜찮습니다. 괜히 모처럼 신경 써 주셨는데 죄송합니다…."

　하지만 갑판장은 어지간히도 커피 우유가 싫었는지 식은땀까지 흘려가며 연신 고개를 숙이고 있었다. 그렇게 되니 오히려 머쓱해진 건 쇼우코 대위 쪽이라. 군의관도 관자놀이를 긁적이며 같이 고개를 숙였다.

　"죄송할 것까지야. 괜찮아요."

　그 우스꽝스러운 사과가 끝나자 샤오지에 갑판장은 들고 있던 보온병을 감추려는 듯 허리 뒤에 숨기고 조금씩 뒷걸음질을 치기 시작했다. 오히려 그 어눌한 행동 때문에 나와 군의관의 시선은 완전히 그 보온병에 꽂혀 버리고 말았다. 결국 나는 궁금증을 참지 못하고 보온병을 가리키며 갑판장에게 물었다.

　"그 보온병에 든 건 갑판병들에게 줄 차인가요?"

　"아뇨. 이건… 비, 빈 병이에요. 신경 쓰지 마세요."

　그리고 샤오지에 갑판장은 부자연스럽게 목례를 하며 뒷걸음질을 쳐 복도를 빠져나갔다. 분명 빈 병이라고 말했지만 갑판장이 움직일 때마다 보온병 안에서는 찰랑거리는 소리가 나고 있었다. 왜 갑판장은 금세 들킬 거짓말을 하며 도망친 걸까? 그보다 샤오지에 병조장이 그렇게 동요하는 모습을 본 건 또 처음이라, 나는 내가 무슨 잘못이라도 했는지 걱정스러워졌다.

"군의관님. 제가 무슨 실수라도 했습니까?"

"그걸 내가 어떻게 알아? 뭐, 혹시 밤중에 갑판장 침실에 숨어 들어가서 요바이(夜這い)라도 했어?"

"요바이라뇨! 갑판병들이 시퍼렇게 눈을 뜨고 있는데 제가 죽으려고 작정한 것처럼 보이십니까?"

"호오…. 그 말은 갑판병들의 방해만 없었다면 이미 덮치고도 남았을 거라는 의미야?"

"…됐습니다. 제가 말을 말지."

나는 한숨을 내쉬고 고개를 돌려 한동안 샤오지에 갑판장이 떠나간 복도 너머를 멍하니 응시하고 있었다. 이 배에서 승조원들이 이상한 행동을 하는 건 하루 이틀 일이 아니었지만, 샤오지에 병조장이 오늘 보여준 기행은 유난히 신경 쓰였다. 전지분유에 값싼 원두를 섞은 커피 우유 때문이었을까. 그 이후에도 한동안 내 입 안에는 깔깔한 이물감이 남아 있었다.

-5-

나는 잿빛 10월의 승조원들이 모두 그날 중으로 목욕탕을 방문할 거라 생각했지만, 의외로 그렇지도 않았다. 일단 마리아처럼 다른 사람들과 함께 목욕하길 싫어하는 소심한 승조원도 꽤 많았고, 에이다 기관장의 경우에는 '제가 탕을 쓰면 탕의 라돈 함량이 높아질지도 모르겠네요'라며 씁쓸한 미소와 함께 거절했다. 하지만 비번인 승조원들이 언제 목욕탕을 쓰러 올지 몰랐기 때문에 나는 올지도 안 올지도 모르는 승조원들을 기다리며 오후 당직 시간을 모두 써 버리고 말았다.

그렇게 무의미한 시간이 지나고 현재 시각은 23시.

아무리 목욕을 좋아하는 승조원이라 할지라도 취침 시간이 지난 지금 목욕을 하러 오지는 않을 것이다.

"후우우…."

나는 탕에 몸을 담그며 숨을 길게 내쉬었다. 확실히 함장의 말대로 뜨끈한 물에 몸을 담구니 하루의 피로가 싹 풀리는 듯했다. 가끔은 함장도 좋은 소리를 하는구먼.

나는 뜨끈한 물에 수건을 적셔 머리 위에 얹은 채 탕을 천천히 둘러보았다. 보수병들의 완벽한 개조 작업 덕분에 격실은 아까 방수 작업을 할 때와는 달리 말쑥한 욕탕으로 변모해 있었다. 흘수보다 아래에 위치한 격실인지라 자연광은 들지 않았지만, 천장에 설치된 백열등이 은은하게 탕을 비추고 있었고, 날이 선 딱딱한 철제 난간은 나무로 덧대어져 따스한 질감을 내고 있었다. 온수는 벽을 따라 설치된 배관을 타고 끊임없이 흘러내리고 있었는데, 복잡하게 얼기설기 엮인 파이프 때문인지 스팀펑크 풍의 이벤트 욕탕에 들어온 기분이었다. 격실의 크기가 한정되어 있었던지라 탕 자체는 그리 넓지 않았지만, 열 명 정도는 거뜬히 들어오고도 남을 정도의 크기였다. 혼자서 쓰기엔 사치스러운 수준이다.

"하아…."

나는 다시 숨을 깊게 내쉬며 양팔을 뒤로 뻗어 가볍게 스트레칭을 했다. 처음 이 배에 승선했을 때는 뼈다귀처럼 가느다랗던 내 팔도 이제는 제법 근육이 붙어 봐줄만한 꼴을 하고 있었다. 이게 다 해인의 균형 잡힌 식단 덕분이려나. 사실 해인의 식단은 꽤 영양학적으로 철저한 편이라 군살이 붙을 염려는 거의 없었다. 식사를 수시로 거르는 몇 사람을 제외하면 잿빛 10월의 승조원 대부분이 균형 잡힌 탄탄한 몸을 갖고 있는지라…. 솔직히 식단을 짠 장본인인 해인이 살이 쪘다고 호들갑을 떤 것 자체가 우스운 일이었다. 깐깐하고 규칙적으로 식사를 해온 해인이 살이 찔 정도였다면, 다른 승조원들은 일찌감치 비만이 되었을 것이다.

게다가 해인은 재단하기라도 한 것마냥, 몸에 딱 맞는 제복을 늘 반듯하게 다려 입었기 때문에 한 눈에도 특유의 깡마른 몸매를 가늠해 볼 수 있었다. 물론 애석하게도 발전이 전혀 보이지 않는 작은 가슴 사이즈도 여실 없이 드러나고 있었지만 확실히 살이 찐 건 아니었다.

…생각해보니 함장을 제외한 동양계 승조원들은 대부분 가슴이 작은 편이었는데, 예외가 딱 한 명 있었다. 바로 샤오지에 갑판장이다. 나도 오늘 오전 방수작업 중에야 알게 되었지만, 물에 젖은 제복 위로 드러난 갑판장의 가슴은 여간한 서양계 승조원들과 비견해도 꿀리지 않을 만큼 컸다. 배 안에서 먹는 음식은 갑판장이나 다른 승조원이나 다 비슷할 텐데, 홀로 남다른 발육을 보이고 있으니 알 수 없는 노릇이었다. 이것도 유전이려나….

"…아니, 지금 내가 무슨 상상을 하고 있는 거야?"

나는 순간 내가 무슨 생각을 하고 있는지 깨닫고 뺨을 가볍게 두들겼다. 상관의 몸매에 대해 망상하다니. 군인으로서 덜 떨어진 행동이었다. 몸이 풀어진 탓인가. 자꾸 잡념이 머릿속으로 스며들어 왔다. 적당히 몸만 씻고 탕 밖으로 나가는 게….

삐이걱.

그 순간, 물기를 머금은 격문이 천천히 열리더니— 수건 한 장으로 앞섶을 가린 반라의 여성이 불쑥 들어왔다. 너무나 갑작스럽게 일어난 일이라 나와 그 여성은 서로 시선을 마주한 채 그 자리에서 얼어붙고 말았다.

가장 먼저 눈에 들어온 것은 어깨까지 흘러내린 세미 롱의 매끄러운 흑발이었다. 그리고 살짝 물기를 머금어서 반짝거리는 흑발 아래로 봉긋하게 솟은 가슴이 보였다. 동양인 치고는 글래머러스하게 부푼 가슴은 아름다운 모양의 커다란 쌍곡선을 그리고 있었으며, 수건 아래로는 군살 없는 탄탄한 허벅지가 보였다. 거기에 추위 때문에 발갛게 상기된 새하얀 피부까지….

머리를 풀고 제복을 입고 있지 않아서 바로 알아차리지는 못했지만 그 사근사근한 특유의 얼굴만큼은 너무나도 낯이 익었다.

"샤, 샤오지에 갑판장님?"

"이, 이원일 의무장? 어째서 여기에…."

갑판장은 황급히 가슴께를 가리며 얼굴을 붉혔다.

"죄, 죄송합니다! 지금 시간이라면 아무도 오지 않을 거라 생각해서 들어와 있었습니다! 지금 바로 나가겠습니다!"

나는 머릿수건으로 아랫도리를 가리며 황급히 일어선 다음, 갑판장의 몸을 보지 않도록 주의하며 탕에서 빠져나왔다. 내가 격문의 손잡이를 잡고 나가려는 순간—

"저, 저기…!"

갑자기 샤오지에 갑판장이 어깨에 손을 얹고 나를 불렀다. 어깨에 닿는 보드라운 감촉에 놀라 나는 나도 모르게 뒤를 돌아보고 말았다. 갑판장은 한 손으로 가슴을 가린 채 발갛게 달아오른 얼굴로 우물쭈물하며 말을 이었다.

"지, 지금은 나가지 말아 주세요…."

나가지 말아 달라니? 그게 무슨 소리지? 같이 목욕을 하자는 소리인가? 갑판장이 갑자기 내게 왜…?

너무 당황한 나머지 목에서 멱을 비틀린 오리 같은 괴상한 음색이 흘러나왔다.

"그으… 그, 그게 무슨 소리십니까?"

"저, 지금 밖에… 이비 이등병조가 있어요."

"아."

나는 그제야 갑판장의 말뜻을 이해했다.

전에 이비 이조는 내가 샤오지에게 음험한 짓을 한다면 가만두지 않겠노라고 협박을 한 적이 있었다. 그런데 샤오지에가 들어간 탕 안에서 내가 나온다면… 분명 이비 이조는 변명을 꺼내기도 전에 총검으로 내 멱을 쑤실 것이다. 하지만 다른 곳으로 도망치자니 들어온 격문 외에 빠져나갈 통로도 딱히 없었다. 꼼짝없이 나는 독 안에 든 쥐, 아니 탕 안에 든 쥐 신세가 되어 버렸다.

"이를 어쩐다…."

나는 샤오지에 갑판장을 힐끗거리며 초조하게 발을 굴렀다. 그렇다고 갑판장에게 먼저 나가 달라고 부탁하는 것도 말이 안 된다. 자신의 직속상관이 탕에 들어간 지 얼마 지나지 않아 당황한 표정으로 빠져나온다면, 이비 이조가 무어라 생각하겠는가. 그야

말로 외통수. 도망칠 방법이 떠오르지 않았다. 하지만 갑판장은 내가 계속 그녀를 힐긋거리며 곁눈질하자, 무엇을 오해했는지 얼굴을 붉히며 사근사근한 투로 말을 걸어 왔다.

"저… 의무장만 괜찮다면…."

그리고 샤오지에 병조장은 뜸을 들인 다음, 양 검지를 맞대며 기어들어가는 목소리로 말을 이었다.

"같이 씻어도 좋아요. 탕도 꽤 넓고…."

"네에?"

아니, 이 아가씨는 또 무슨 소릴 하는 거야?

혼욕이라니, 남성들의 로망과도 같은 상황이지만 이게 지금 이 상황에서 나올 법한 단어였던가? 그보다 어째서?

"사실 이렇게 된 건 누가 씻고 있는지 확인치도 않고 제멋대로 들어온 제 탓이 크고… 의무장도 간만에 탕을 쓰고 싶을 텐데, 저 때문에 폐를 끼칠 수는 없으니까요."

"폐라니, 그런…."

보통 폐라는 단어는 이럴 때 쓰는 표현이 아니다. 아무리 문화가 다르고 개인차가 있다 하더라도 서로의 알몸을 보였을 때 더 수치스럽고 부끄러운 건 일반적으로 여성 쪽이다. 그런데 갑판장은 그러한 자신의 사정은 전혀 고려치 않은 채 혹여 자신 때문에 내가 목욕을 제대로 하지는 못했을까만을 염려하고 있었다. …솔직히 갑판장이 왜 이런 친절을 내게 베푸는 지 전혀 이해가 안 갔다. 하지만 그러는 사이에도 갑판장은 내 안색을 살피며 조심스럽게 되물었다.

"호, 혹시 제가 불편하신가요?"

"아뇨! 불편할 리가요!"

나는 분위기에 휩쓸려 엉겁결에 다시 탕에 앉고 말았다. 물론 갑판장의 몸이 보이지 않게 등을 돌린 채 벽을 주시하고 있었지만 등 뒤에서 갑판장이 들어와 앉는 게 수면을 타고 느껴졌다.

물이 찰랑거리는 소리만 욕실에 가득한데, 한동안 불편한 침묵이 탕 위로 낮게 깔렸다. 아까는 엉겁결에 아니라고 했지만 역시 상관과의 혼욕은 불편하다. 물론 탕 안에 더 머무르며 이비 이조의 의심을 피한다는 건 좋지만, 과한 친절을 억지로 떠안은 기분이라 나는 안절부절못했다. 게다가 고개를 돌리면 바로 갑판장의 나신이 보일 테니, 시선조차도 마음대로 돌릴 수 없었다.

"후우."

그 때 갑판장의 달콤한 한숨 소리가 나직하게 탕 안에 울려 퍼졌다. 자꾸 다른 생각을 하려고 했지만 아까 보았던 갑판장의 나신이 눈앞에서 어른거려서 도저히 진정을 할 수가 없었다. 가는 몸매와 청순한 얼굴을 한 주제에 가슴은 그렇게 크다니. 완전히 반칙이잖아.

어쩐지 정신을 놓아 버리는 순간 아랫도리에 혈류가 몰릴 것만 같아서 나는 최대한 경건한 생각을 하기로 했다.

그래, 군함 행진곡이나 머릿속으로 읊조려 보자.

우리는 연방 남아— 바다의 사나이—
바다에 목숨 걸고— 젊음 태운다—

"저기… 너무 물이 덥지는 않으신가요?"

"아, 네, 넷? …네! 괜찮습니다! 따뜻해서 괜찮습니다!"

갑자기 정적을 깨고 샤오지에가 말을 걸어 오는 바람에 나는 당황해서 군기가 바짝 든 신병처럼 소리를 빽 질렀다. 그 바람에 기껏 다스린 평정심도 흐트러지고 말았다. 갑판장은 잠깐 놀란 표정을 지었지만, 곧 작게 쿡쿡 웃으며 쓸쓸한 미소를 지었다.

"역시 불편했던 모양이군요."

"…거짓말을 해서 죄송합니다."

"아녜요. 다시 말씀드리는 거지만 상황이 이렇게 된 건 전적으로 제 탓인걸요. 하지만 제가 바로 탕을 나가면 이비가 의심을 해 올 테니 조금만 더 불편을 감내해 주세요."

샤오지에 병조장은 이미 진정이 되었는지 평소처럼 나긋나긋한 투로 다시 양해를 구해 왔다. 탕 밖에 있는 후임이 무서워 이성 상관과 함께 목욕을 하고 있다니…. 상황만 놓고 본다면 꽤 우스꽝스러운 일이었지만, 갑판장의 부드러운 목소리를 듣고 있노라니 나도 어느새 긴장이 풀려 마음이 점차 차분해졌다.

…사실 이 배에서 계급과 출신을 불문하고 가장 마음을 놓고 대화할 수 있는 상대는 샤오지에 갑판장뿐이라고 해도 과언이 아니다. 강박증 때문에 신경질적인 모습을 보이고 기행을 일삼는 다른 승조원에 비하면 갑판장은 상식인 그 자체다. 게다가 힘든 과업에서도 자신보다 수병들을 더 챙기며 솔선수범하니 간부로서 인망도 높았다.

실례로 혼욕을 하고 있는 지금의 상황도 여성인 본인이 더 민망하고 부끄러울 텐데, 하급자인 내가 불편할까봐 먼저 따듯하게 말을 건네주고 있지 않은가. 단순하게 '친절한 군의 상관'이라고 여기기엔 뭔가 부족하다.

그래, 조금 더 친밀하고 애정을 표할만한 상대….

"누나…."

따듯한 물 덕분에 긴장이 완전히 풀렸던 탓일까. 나도 모르게 입에서 누나라는 말이 흘러나왔다. 나는 당황하며 재빨리 입을 가렸지만, 이미 샤오지에 병조장은 의아스러운 표정으로 이쪽을 바라보고 있었다. 아무리 긴장이 풀렸다고 해도 그렇지, 군의 상관을 격 없이 누나라고 부르다니!

"방금 무어라고 하셨나요?"

"아뇨! 아무것도 아닙니다!"

샤오지에 병조장이 고개를 갸웃거리며 물어왔지만, 나는 모른 척 잡아떼기로 했다. 어차피 '누나'라는 단어는 연방어인지라 샤오지에 병조장이 모를 수도 있다. 게다가 워낙 작게 말했으니 못 들었을 가능성도….

"흐음…. 분명 '누나'란 연방말로 손윗누이(Older Sister)를 이르는 말이었죠?"

들었다. 제대로 듣고 이해한 모양이었다.

나는 민망함에 어쩔 줄 몰라 하다가 결국 수면에 코를 박을 정도로 몸을 움츠린 채 기어들어가는 목소리로 사과를 했다.

"죄송합니다. 무심결에…."

하지만 무슨 일인지 샤오지에 병조장은 다가와서 내 어깨에 손을 턱 얹더니 눈을 반짝거리며 의외의 부탁을 해 왔다.

"다시 불러 주세요!"

"네?"

나는 순간적으로 그녀의 말을 이해하지 못하고 반문했다. 하지만 갑판장은 개다래나무를 발견한 고양이 같은 표정으로 숨을 불규칙하게 내쉬며 부탁을 했다.

"누, 누나라고 한 번만 다시 불러줄 수는 없나요? 아니. 이왕이면 중국어로 '지에지에(姐姐)'라고 불러주세요!"

"으… 왜 가, 갑자기 그런 부탁을…."

"어서요."

부끄러운 실수를 다시 지적받는 기분이라 내키지는 않았지만, 샤오지에의 눈이 너무 진지했기 때문에 도저히 거절할 수가 없었다. 나는 결국 작은 목소리로 그녀를 다시 누나라고 불렀다.

"지… 지에지에."

"하아아…."

내가 그녀를 다시 누나라고 부르자마자 샤오지에의 얼굴이 꿈을 꾸는 것처럼 화사하게 확 퍼졌다. 반면에 나는 민망함이 가중되어 죽을 것 같은 심정이 되었다. 뒤늦게 빨갛게 달아오른 내 표정을 알아차렸는지 샤오지에 병조장은 손을 내저으며 나를 위로했다.

"에이, 부끄러워할 거 없어요. 그런 실수쯤이야 다 한 번 쯤 하는걸요. 그리고 저는 그런 실수는 상관 안 해요."

상관을 안 하다 못해 너무 좋아하시는 눈치인데…. 샤오지에는 나를 독려하기 위해 비슷한 실수를 한 다른 승조원의 사례도 예시로 들어 주었다.

"아, 참고로 조리부의 트리샤 수병은 전입 신고를 할 때, 긴장한 나머지 카밀라 함장님을 '엄마'라고 불렀어요."

"으아…."

군 지휘관을 무심코 엄마나 아빠라고 부르다니. 도시 전설 속에서나 나오는 이야기인줄 알았다. 트리샤가 함장을 엄마라고 부른 뒤 펼쳐졌을 어색한 상황을 상상해 보자 어쩐지 내가 다 부끄러워졌다. 어째서 부끄러움은 항상 내 몫인가.

"물론 함장님은 그 소릴 듣자마자 '내가 그렇게 늙어 보여?' 라고 중얼거리며 사흘 동안 식음을 전폐하셨지만… 그에 비해 '누나' 정도는 귀엽잖아요?"

샤오지에 갑판장은 여전히 방글거리며 곤경에 처한 동생을 대하는 친 누나처럼 사근사근 말했다. 나는 어쩐지 그 표정에서 묘한 기시감을 느꼈다.

…그러고 보니 내 누이도 이런 느낌이었지. 업무를 보다가 부끄러운 실수라도 하면, 꼭 그냥 넘어가주지 않고 호들갑을 떨며 과장스럽게 놀려댔었다. 어릴적에 저질렀던 멍청한 실수들이 떠오르자, 어쩐지 부끄러움이 배가되어 나는 괜스레 비뚤어진 투로 툴툴거렸다.

"누나라는 존재는 다 비슷한 모양이네요."

"…의무장에게 누나가 있었던가요?"

"여동생 외에 연년생인 누이가 하나 더 있었지요."

나는 누이의 얼굴을 떠올리며 투덜거리듯 말을 이었다.

"조금 짓궂다고 해야 할까요. 어쩌다 동생이 부끄러운 실수를 해도 모른 척 넘어가 줄 것이지. 돌봐주어야 할 어린 아이를 보는 표정으로 계속 말을 걸어 오니 남자로서의 체면이 안 선다고요."

"남자로서의 체면… 인가요."

샤오지에는 쓴 웃음을 지으며 쿡쿡 웃더니, 내게 다가와 가볍게 머리를 쓰다듬어 주었다.

"하지만 이해해 주세요. 언니라는 존재는 항상 누군가가 자신을 의지해 주길 바라는지라, 저도 모르게 완벽한 어른의 흉내를 내게 되는 법이거든요."

"완벽한 어른이라…."

나는 그녀의 말을 뇌까리며 잠시 생각에 잠겼다.

세상에 완벽이란 없다지만, 이 배에서 그나마 가장 완벽에 가까운 사람을 꼽으라면 샤오지에 갑판장뿐일 것이다. 일도 철저하고 인성적으로도 흠잡을 데가 없다. 허구한 날 말썽만 일으키는 다른 사관들과 비교하자면 더더욱.

"제가 보기엔 갑판장님은 이미 완벽한 어른이십니다."

"예…? 와, 완벽한 어른이라니요. 그 말은…."

하지만 갑판장은 내 칭찬에 얼굴을 붉히며 예상 외로 당황한 표정을 지었다. 내가 이상한 소리라도 했나?

"아…!"

그제야 나는 갑판장과 내가 너무 가까이 마주하고 있다는 사실을 깨달았다. 서로의 앉은키 차이가 살짝 났던지라 내 시점에서는 갑판장의 풍만한 가슴골이 그대로 비쳐 보이고 있었다. 생각 없이 갑판장의 가슴을 주시하며 그런 소릴 했으니 방금 전의 그 발언이 성희롱으로 여겨질 법도 했다. 나는 황급히 그녀에게서 떨어지며 손을 내저었다.

"서… 성적인 의미가 아녜요!"

샤오지에 갑판장도 대강 내 의중을 짐작하고 있었는지 목욕 수건을 끌어올리며 어색하게 맞장구를 쳐 주었다.

"무, 물론이죠. 아무튼 그리 생각해 준다니 다행이네요."

또 다시 어색한 침묵이 흘렀다. 샤오지에를 여자로 인식해 버려서일까, 얼굴이 화끈거리고 민망하여 고개를 들 수가 없었다.

찰박… 찰박…

대화가 끊기니 파랑이 뱃전에 부딪히는 소리만 탕 안에 크게 울려퍼졌다. 그 나지막한 소리에 귀를 기울이고 있는데, 갑자기 갑판장이 작은 목소리로 무어라 중얼거렸다.

"사실은 완벽하기는커녕… 상대가 무얼 마시고 싶어 하는지도 모르는 반편이인데 말이죠."

"네? 뭐라고 하셨나요?"

"아녜요. 신경 쓰지 마세요."

갑판장은 손을 내저으며 짐짓 헛기침을 하더니 탕에서 일어서며 어색하게 웃어 보였다.

"그럼 전 먼저 나가 볼 테니 조금 뒤에 나와 주세요."

"예, 그럼."

나는 습관적으로 경례를 올려붙이고 갑판장이 격문을 열고 탕을 빠져나가는 모습을 묵묵히 쳐다만 보고 있었다. 어쩐지 그 뒷모습은 묘하게 쓸쓸해 보였다.

'광명학회 사람들은 다 사람과의 관계를 잃어버린 아이들로 이루어져 있어.'

문득 일전에 함장이 했던 말이 떠올랐다. 그녀의 말대로라면 갑판장도 사람과의 관계에 문제를 갖고 있다는 뜻일 텐데… 아무리 보아도 샤오지에 갑판장은 인간관계에 문제를 갖고 있는 것처럼 보이진 않았다. 일처리는 완벽하고 품성도 훌륭하다. 상관에게는 신임받는 부하이고, 후임에게는 존경받는 선임이다. 아무도 그녀를 미워하지 않는다. 그런데 무어가 문제란 말인가.

　"…내가 알지 못하는 곳에서 문제가 생긴 건 아닐까?"
　하지만 아무리 머리를 굴려 보아도 그 사람 좋은 갑판장이 다른 사람과 언쟁을 높이며 싸우는 모습은 쉽게 상상하기 힘들었다. 오히려 그녀의 직속 후임인 갑판병들이라면 모를까. 답이 나오지 않는 문제를 고민해서인지 나도 모르게 얕은 한숨이 흘러나왔다. 사람의 심리— 특히 여성의 심리는 아직도 어렵기만 했다.
　그보다 중요한 걸 잊고 있다는 기분이 불현듯 들었다. 뭔가 내 목숨을 위협할 만한 중대한 사안이 있었는데—

　삐걱.
　그 때, 누군가가 격문을 열고 탕 안으로 들어섰다.
　"어…."
　가장 먼저 눈에 들어온 것은 운동선수처럼 군살 하나 없는 탄탄한 몸매였다. 가슴은 그리 크지 않았지만 적당히 부풀어 있고, 허리에서 엉덩이로 이어지는 라인은 여성 특유의 부드러운 호를 분명히 그리고 있었다. 그 여성스러운 몸과는 정 반대로 보이시하게 짧게 커트한 머리와 꾹 다문 입술에서는 소녀다운 나긋나긋함이 거의 느껴지지 않았다.

오히려 살짝 살기가 감돌고 있다고 할까나….

"…."

"…."

말을 길게 이어 무엇 하랴. 그 상대는 전에 한 번 이야기를 나눈 적이 있었던 갑판사, 이비 이등병조였다.

한동안 침묵이 흘렀다. 탕은 아직도 뜨끈뜨끈했지만, 나는 얼굴에서 핏기가 빠져나가는 기분이 들었다. 눈앞에 다가온 죽음을 예감했기 때문일까.

"길게 묻지는 않겠습니다."

이비 이조는 자신의 몸을 가릴 생각도 하지 않은 채 평소의 무표정 그대로 또박또박 말을 이었다. 물론 전에 보았던 것과는 비교할 수 없을 정도로 진한 살기가 흘러넘치고 있었지만.

"언제부터 여기에 계셨습니까?"

나는 머리를 굴려 변명을 해보려고 했지만, 탕으로 이어지는 출구가 하나인 마당에 무슨 변명을 해도 먹히지 않으리라는 걸 본능적으로 실감했다. 나는 금세 포기하고 솔직히 실토하기로 했다.

"…샤오지에 갑판장이 들어오기 전부터."

"호오."

하지만 내 진솔한 고백과는 다르게 이비 이조의 목소리는 한층 더 싸늘해졌다. 그녀는 맨손으로 탕의 입구에 있는 황동 파

이프 하나를 비틀어 잡아 뽑더니 칼처럼 내게 겨누며 차갑게 말했다.

"자세한 이야기는 내세에 듣도록 하지요."

"잠깐만! 그거 그냥 죽인다는 소리잖아!"

"예. 전에 말씀드리지 않았습니까?"

이비 이조는 무슨 당연한 걸 묻느냐는 투로 답했다.

"샤오지에게 저속한 욕망을 품고 접근한다면 죽여 버린다고."

"오해다! 억울해! 나는 결코 의도하지 않았….."

내가 변명을 마치기도 전에 이비 이조가 휘두른 금속 파이프가 훅하고 바람을 가르며 날아왔다. 관자놀이에서 깡하고 청명한 금속의 타격음이 울려 퍼지며, 나는 그대로 정신을 잃고 말았다.

5. 삶은 콩 통조림

러시아 연방, 극동관구 프리모리예
자루비노, 광명학회 군항 항만 사령부 의무실.

의무일지의 마지막 구두점을 찍었을 때, 서보라 대위는 문득 갈증과 허기를 느꼈다. 현재 시각은 새벽 두 시, 마지막으로 식사를 한 뒤로 이미 일곱 시간이나 지난 후였다. 대위는 무언가 끼니거리가 될 만한 걸 먹고 싶었지만, 경계 근무를 서는 해병들에게 음식을 만들어 달라고 부탁할 수도 없는 노릇이었다. 서보라 대위는 기지개를 펴고 일어나 먹을 만한 것을 찾아 항만 사령부 건물 내를 어슬렁거리기 시작했다.

계단을 내려오던 대위의 눈에 불이 켜진 음료 자판기 하나가 보였다. 그 음료 자판기는 광명학회에서 쓰던 것으로 아직도 전력이 들어오고 있었다. 서 대위는 천천히 음료를 고르다 상단 우측에 위치한 푸른색의 캔을 유심히 바라보았다. 러시아에 수출되는 연방제 캔 커피였다.

"…아직 재고가 있으려나?"

그녀는 100루블짜리 지폐를 한 장 꺼내 자판기에 밀어 넣고 버튼을 눌렀다. 달칵, 소리와 함께 캔 커피 하나가 상품 배출구 아래로 굴러떨어졌다. 막상 집어든 커피는 생각만큼 따뜻하지 않았

다. 오히려 미적지근하다는 표현이 더 옳으려나. 하지만 그녀는
개의치 않고 커피를 든 채 콧노래를 흥얼거리며 건물을 나섰다.

　문을 나서자마자 차가운 공기가 옷깃 사이로 스며드는 바람에
서 대위는 몸을 움츠렸다. 그녀가 나고 자란 진해시는 한겨울에
도 이 정도까지 춥지는 않다. 새삼 서보라 대위는 자신이 연방을
떠나 있다는 걸 깨닫는다.
　"우라지오… 가까운 항구에서인가."
　대위는 연방의 오래된 시 한 구절을 읊조리며 피식 웃었다. 물
론 그 시의 정경과는 달리 지금의 자루비노 항에는 마우재 말도,
삽살개 짖는 소리도 들려오지 않는다.
　서 대위는 무언가에 홀린 것마냥 비척거리며 부두로 다가갔다.
바다가 가까워졌음에도 불구하고 파도가 콘크리트 외벽에 부딪히
며 내는 특유의 파음은 들리지 않았다. 서 대위는 조심스럽게 부
두의 난간 까지 걸어가 바다를 내려다보았다. 바다가 얼어붙어
있다. 그것도 살짝 살얼음이 얼어붙은 정도가 아니라 단단하게
꽝꽝 얼어붙어 있었다. 육지를 향해 몰아치던 파도가 그대로 얼
어붙은 탓일까, 부두 바로 밑의 얼음은 육지를 향해 솟아난 총검
처럼 새파랗게 날이 서 있었다. 언제나 따스하게 대지를 보듬어
주던 진해의 바다와는 다른 싸늘한 인상이다.
　"얼어붙은 겨울 바다는 전혀 살갑지가 않네."
　대위는 계류삭을 묶는 곡주 옆에 걸터앉아, 호주머니에서 캔
커피를 꺼냈다. 캔 커피는 아직도 미지근한 열기를 머금고 있었
다. 조심스럽게 따개를 따고 입에 커피 한 모금을 흘려 넣는다.

연유를 듬뿍 넣은 인스턴트커피는 몸서리가 쳐질 정도로 달았고, 심지어 씁쓸한 뒷맛이 입 안에 불쾌하게 달라붙어 왔지만, 그녀는 개의치 않고 남은 캔 커피를 깨끗하게 비웠다.

"커피 정도는 직접 달여 마시는 게 어떻습니까?"

그 때, 뒤에서 인기척도 없이 갑자기 사내의 목소리가 들려왔다. 서보라 대위는 떨떠름한 표정으로 휙 뒤를 돌아보았지만, 상대의 얼굴을 확인하자 다시 미소를 지으며 손을 흔들었다.

"아, 고양이 아저씨."

등 뒤에서 나타난 사내는 이름보다 '체셔 캣'이라는 코드 네임으로 더 잘 알려진 연방 정보부의 육군 소령이었다. 서보라 대위는 나름의 친근감을 담아 그를 '고양이 아저씨'라고 불렀지만, 체셔는 그 호칭이 영 못마땅한 모양이었다. 그는 언제나 생글거리던 미소를 살짝 누그러트린 채 자신의 소령 계급장을 가리키며 단호하게 말했다.

"…아무리 타군이라고 해도 상관을 아저씨라고 부르는 건 좀 그렇지 않나요. 제대로 된 계급으로 불러 주십시오."

"치이, 역시 고양이 아저씨는 재미없다니까. 그냥 넘어가─. 어차피 계급에 연연할 사이도 아니고."

"역시 괴짜라니까요."

체셔는 곧 체념한 듯 양 손을 허리에 짚은 채 쿡쿡 웃었다. 그가 웃을 때 마다 입 꼬리가 구부러진 3자처럼 살며시 떠올랐는데, 그 때문인지 그의 인상은 진짜 고양이처럼 보였다. 미소 짓는 고양이, 체셔 캣이라─ 정말이지 누가 붙였는지는 몰라도 '체셔 캣'

은 그에게 잘 어울리는 코드 네임이었다.

하지만 사실 그에게 체셔 캣이라는 코드 네임이 붙은 이유는 따로 있었다.

"그보다 해병들의 전투 수행 능력은 정말 훌륭하더군요. 마치 '진짜 순간 이동'을 하는 것처럼 보일 정도로요."

"지금 나 놀리는 거야, 고양이 아저씨?"

서 대위는 못마땅한 표정으로 손을 내저어 체셔 소령을 붙잡으려 했지만, 소령은 순식간에 모습을 감추었다가 그녀의 등 뒤에서 나타났다. 이 초자연적인 현상을 보고서도 서 대위는 그다지 크게 놀라지 않았다. 그저 벌레 씹은 표정을 지으며 낮게 툴툴거릴 뿐이었다.

"공간 도약 능력은 여전하네."

"'체셔 캣'이니까요."

체셔 소령은 손가락으로 뺨에 고양이 수염을 그리는 시늉을 하며 놀리듯 히죽거렸다.

루이스 캐럴의 소설, 〈이상한 나라의 앨리스〉에 나오는 체셔 고양이는 공간도약을 할 수 있는 이계의 생물로 묘사된다. 그리고 '우연한 일'이었지만 소령 역시 체셔 고양이처럼 공간 도약을 하는 능력을 갖고 있었다. 그 때문에 사령부에서는 그에게 '체셔'라는 코드네임을 부여하고 정보부의 일을 맡겼다. 체셔와 서보라 대위가 서로 알게 된 지는 벌써 몇 년이 흘렀지만, 서 대위는 과학자로서 그 공간도약의 원리가 늘 궁금했다.

"도대체 어떤 원리야? 그 공간 도약이라는 건?"

"저도 모릅니다."

서 대위는 재미난 장난감을 발견한 어린 아이처럼 눈을 반짝이며 품에서 메스를 꺼내 들었다.

"그럼 한 번만 뜯어보게 해 주면 안 돼?"

"사람을 라디오 키트처럼 말하지 말아 주세요."

체셔가 질색을 하며 그녀를 밀쳐내자, 서 대위는 골을 내기 시작했다.

"다 안 된대! 이래서야 과학은 영원히 제자리걸음이라고! 너무해! 고양이 아저씨는 러다이트라도 되는 거야?"

서 대위가 원망 섞인 눈초리로 그를 쏘아 보았지만, 체셔는 아랑곳하지 않고 특유의 알듯알듯한 미소만 계속 지어보이고 있었다.

"제가 보기엔 당신의 신체 강화 약물이 더 대단해 보이는 걸요."

하지만 서 대위는 무어가 마뜩찮았는지 입술을 비죽 내민 채 고개를 가로저었다.

"대단하긴. 아무리 신체 능력이 강화된다 하더라도 이것만으로는 바다를 가로질러 갈 수 없다고. 게다가 부작용까지 있으니 이건 실패작이야."

체셔는 고개를 갸웃거리며 전에 읽었던 보고서의 내용을 떠올려 보았다.

"부작용이라면 그 신경 둔화 말인가요."

"그것만이라면 괜찮은데…."

서 대위는 쓰고 있던 안경을 셔츠 자락으로 닦으며 심드렁하게 말을 이어 갔다.

"사전에 유인원을 대상으로 한 실험에서 이 약물을 투여받은 유인원들은 말이야. 약물 중독이 한계치에 이르자 서로를 공격해 잡아먹기 시작했어. 먹이가 풍부한데도 말이지."

"서로를 잡아먹었다고요…?"

"응. 특히 다른 부위보다 동종간의 뇌를 선호하는 경향이 컸어. 원생동물의 자가 수복 능력을 응용한 탓에 그랬을까? 뭐, 사람으로 말하자면 식인이지. 실험이 '정상적'으로 진행되고 있다면 당장이라도 자루비노의 해병들이 식인귀로 변한다 하더라도 이상하지가 않은 상황이야."

서 대위는 유쾌한 어조로 흥얼거리며 설명을 이어갔지만, 체셔는 미소를 살짝 일그러뜨리며 조심스럽게 물었다.

"…소대장에게는 말해 두었나요?"

"아니. 왜?"

지휘하는 부대원들이 당장이라도 자신의 뇌수를 파먹으러 달려올지도 모른다고 생각하면, 등골이 오싹해지는 게 당연하다. 심지어 서 대위 본인조차도 그 위험에 노출되어 있지 않은가. 하지만 서보라 대위는 그 '당연한' 감정이 결여되어 있는 것처럼 보였다.

'학자로서의 학구열이 인륜보다 우선시된다….'

체셔는 서 대위의 태도에서 문득 연방이 적대하고 있는 어떤 결사 단체를 떠올렸다. 국가와 인권보다 지식을 우선시하는 기술 본위의 결사단체, '광명학회(Illuminati)'.

연방과 학회, 두 단체는 서로의 결점을 물어 뜯으며 적대시하고 있지만 사실 진지하게 뜯어본다면 본질 그 자체는 서로 크게 다르지 않을 것이다.

"그 블루홀에서 실험을 조금만 더 진행했더라면, 이런 불완전한 약물이 아니라 진짜 공간도약 기술을 실용화할 수 있었을 텐데, 블루홀은 학회에서 독점하고 있으니. 으으….."

서 대위는 한동안 홀로 중얼거리며 불만을 한껏 늘어놓더니, 결국 머리를 헝클어트리며 신경질적으로 소리를 질렀다.

"골치 아픈 생각을 했더니 또 배가 고파!"

"보급품이라도 드시겠습니까?"

체셔는 가방에서 통조림 하나를 꺼낸 다음, 장난스러운 미소와 함께 서 대위에게 내밀었다. 그 통조림의 표지에는 붉은색의 키릴 문자로 '삶은 콩'이라고 크게 적혀 있었다. 서보라 대위는 통조림을 받아들자마자 흥미로운 표정으로 성분표를 유심히 살펴보더니 곧 주머니칼을 틈에 넣어 입구를 개봉했다.

캔 안쪽에는 아무런 조미도 되지 않은 황록색의 누에콩이 가득 담겨 있었다. 원재료 수준의 조악한 가공만이 이루어진 삶은 콩이었다.

우선 콩의 상태부터가 신선하지 못했다. 최악의 묵은 콩임이 분명했다. 게다가 캔을 개봉했을 때부터 주석 통조림 특유의 비릿한 향이 콩의 풋내와 뒤섞여 코를 찔러 오고 있었다. 비위가 약한 사람이라면 향을 맡는 것만으로도 토했을지 모른다.

그렇지만 대위는 무심하게 통조림 가에 입을 가져다대고선, 나이프를 써서 삶은 콩을 입 안에 퍼 담았다.

아작, 아작. 우물우물….

설상가상으로 캔 안쪽에 살얼음이 얼어 있었는지 콩을 씹을 때마다 얼음이 서걱거리는 소리가 났다. 향과 풍미는 차치하더라도, 내용물이 워낙 차가워서 서 대위는 콩 특유의 고소한 맛조차 거의 느끼지 못했다. 게다가 삶은 콩이라는 이름이 무색할 정도로 식감이 딱딱해서 그녀는 씹는 데 애를 먹었다. 내용물을 두세 번 대충 씹어 넘긴 후에야 서 대위는 비로소 떫고 비릿한 삶은 콩 통조림 특유의 '맛'을 느낄 수 있었다.

하지만 서보라 대위는 그 후에도 눈 하나 찌푸리지 않고 계속해서 그 삶은 콩 통조림을 묵묵히 먹었다. 그녀가 불평 없이 통조림을 먹어치우자 오히려 놀란 쪽은 그 통조림을 건넨 체셔였다.

"이야… 제가 사오긴 했지만 이 맛없는 통조림을 용케도 잘 드시네요. 이거, 〈여행자의 아침식사〉 시리즈라고요?"

〈여행자의 아침식사〉는 러시아에서도 맛없기로 악명 높은 캔 통조림 제품이다. 그 맛이 얼마나 없었냐 하면, 고르바초프 정권 말기의 러시아인들도 이 통조림만큼은 먹지 않았다는 블랙 유머가 떠돌 정도였다.

러시아 개방 이후 이 맛없는 통조림은 한동안 생산이 중단되었지만, 재고품이 서방 국가에서 컬트적인 인기를 끌자 다시 생산되기 시작했다. 현재는 여러 가지 버전으로 출시되고 있지만, 본래의 풍미를 잊어버릴 정도로 끔찍한 맛만큼은 공통적이다.

하지만 서 대위는 상관없다는 투로 손을 내저으며 삶은 콩을 씹어 넘겼다.

"뭐, 맛은 그렇게 중요하지 않아. 맛보다는 영양이 더 중요하지. 이 정도면 훌륭한 편이야."

체셔는 한동안 본래의 미소를 잊은 채 뜨악한 표정으로 대위를 노려보다가, 다시 히죽거리며 그녀를 놀렸다.

"…서 대위, 요리 못하죠?"

"실례네. 이래 뵈도 요리는 꽤 자신이 있다고?"

서 대위는 이맛살을 찌푸리며 불쾌한 듯 나이프를 붕붕 휘두르더니, 묘하게 으스대며 요리에 대한 지론을 읊기 시작했다.

"요리라는 건 화학실험과 같아. 재료와 시간을 정확히 맞추어 조리하면 언제나 같은 결과물이 나오지."

"그럼 이런 캔 통조림에 기대지 말고 적당히 영양가 있는 걸 스스로 조리해서 먹으면 되지 않습니까?"

"그게 무슨 소리야, 고양이 아저씨."

서 대위는 이상한 소리를 들은 것마냥 눈살을 잔뜩 찌푸리며 체셔를 올려다보았다.

"실험의 결과물을 먹는다니, 그런 기분 나쁜 일, 할 수 있을 리가 없잖아?"

서보라 대위의 궤변 같은 말에 체셔는 재채기를 참는 고양이처럼 얼굴 근육을 움찔거리더니, 가벼운 미소가 아닌 파안대소를 터트리며 크게 웃었다.

서보라 대위는 겉보기에는 지극히 평범한 군의관이지만, 실상은 미치광이 그 자체다. 논리적인 것처럼 보이지만 논리적이지 않다. 자신도 답을 모르는 난제를 즐기며, 말이 되지 않는 말을 자아낸다. 이러한 서 대위의 모습은 그녀의 코드 네임을 가리키는 캐릭터와 꼭 닮았다.

"크흐흐… 정말이지 햇터(Hatter, 모자장수)라는 이름이 잘 어울리는 아가씨에요, 당신은."

"난 그 코드 네임 별로 마음에 안 들어. 부를 때마다 그 앞에 꼭 농담처럼 'Mad(미치광이)'라는 단어를 덧붙이잖아? 난 미치광이가 아냐."

"자신을 미치광이라고 칭하는 미치광이는 없지요."

체셔의 말이 못마땅했는지, 서 대위는 한동안 부루퉁한 표정으로 삶은 콩을 꼭꼭 씹어 넘기더니 대뜸 화제를 돌렸다.

"아저씨는 그런데 무슨 일로 온 거야?"

"아, 포시예트 만에 묘박중인 '잿빛 10월'이라는 군함의 동향이 최근 심상치 않아서요. 조금 몇 가지 여쭐까 해서 왔는데요."

체셔는 재킷 안 주머니에 손을 넣어 구깃구깃하게 접힌 문서 다발을 꺼내 보라에게 보여주었다. 그 문서는 다름 아닌 '어떤 블루홀'에서 이루어진 물리 실험과 생태 조사에 관한 논문이었다.

"혹시 블루홀의 탐사 정보가 필요하지 않으십니까?"

논문의 제목을 보자마자 서 대위는 바로 체셔의 손에서 문서 다발을 빼앗아 들었다. 걸신들린 듯 글을 읽어 내려가던 대위의 눈길이 곧 어느 문단에 고정되었다. 그 곳에는 그 논문을 작성한 저자의 이름이 또렷하게 인쇄되어 있었다.

〈급양함 잿빛 10월 군의관, 대위 미나미 쇼우코〉

"…고양이 아저씨. 혹시 이 사람 개인적으로 알아?"

서보라 대위가 눈을 가늘게 치켜뜨며 물었지만, 체셔는 알듯말 듯한 미소를 지으며 어깨만 으쓱거렸다. 역시나 가장 중요한 부분에서는 제대로 된 답변을 해주지 않는다는 점이 체셔다웠다. 결국 서보라 대위는 체념한 투로 머리를 긁적이고는 남은 삶은 콩을 마저 먹어치웠다.

"어째 이거 일이 재밌어지겠는걸."

서보라 대위는 입맛을 다시며 빈 통조림 캔을 꽉 쥐어 찌그러 트렸다.

6. 녹차 아이스크림

-1-

나쁜 소문은 좋은 소문보다 빠르게 퍼진다.

원래 여자 아이들은 주변인의 소문에 예민한데다가, 더욱이 마땅한 여흥거리가 없는 해상에서 남성 승조원이 간만에 보인 추태는 입방아 찧기에 좋은 소재였던지라— 욕실에서 있었던 불미스러운 사건은 하루도 지나지 않아 함 내에 완전히 퍼지고 말았다. 게다가 입에서 입으로 말이 전달될 때마다 악의적인 해석이 더해져, 다음 날 저녁 즈음에는 완전히 다른 소문이 나돌고 있었다.

일과를 마치고 암구호 쪽지를 받기 위해 CIC실에 들렸을 때도 마리아 수병장은 나를 물끄러미 쳐다보더니 대뜸 말도 안 되는 악성 루머를 입에 담았다.

"욕실에 몰래 숨어들어가 갑판장을 강간하려다가 미수에 그쳤다며."

"…누가 그렇게 말하든?"

"루나 일등 수병."

"또 그 녀석이냐—! 도대체 어떻게 소문을 와전시켜야 이런 흉흉한 이야기로 변하는 거냐고!"

천진난만한 표정으로 내 흉을 보는 루나를 상상하자 죽을 것처럼 머리가 아파 왔다. 정말 기회가 되면 기관장과 상담해서 영창에 쳐 넣던가 해야지….

반면에 마리아는 내가 소문을 부인하자 뭐가 마음에 들지 않았는지 눈살을 찌푸리며 고개를 갸웃거렸다.

"…아니야?"

"어째서 실망하는 거야."

"의무장이 조금은 남자다워졌을까 기대했거든."

"그게 무슨 뚱딴지같은 소리야! 게다가 여자를 덮치는 일이 어딜 봐서 남자다운 짓인데?"

"흥흥──."

내가 다시 목소리를 높여 따지기 시작하자, 마리아는 정체불명의 콧노래를 흥얼거리며 자신이 앉은 의자를 뱅글뱅글 돌리기 시작했다.

"의무장은 여전하구나."

어쩐지 마리아 수병장은 아까보다 훨씬 기분이 좋아보였다. 인형처럼 무뚝뚝한 표정 때문에 승선 초기에는 눈치채지 못했지만, 의외로 마리아 수병장은 호불호가 명확하고 감정 표현이 풍부한 편이었다. 표정에는 잘 드러나지 않지만, 행동거지나 말투를 관찰하다 보면 기분이 좋은지 나쁜지 쉽게 알아차릴 수 있었다.

마리아는 한참동안 정신없이 의자를 돌리더니, 갑자기 무언가가 떠올랐는지 눈을 반짝이며 의자에서 벌떡 일어났다. 그리고는 평소에 카프파우 캔을 쟁여 놓던 냉장고로 쪼르르 달려가더니 냉동 칸에서 무언가를 꺼내 들었다. 그것은 하프 갤런 사이즈의 커다란 아이스크림 통이었다. 통의 안에는 진한 청록색의 소프트 아이스크림이 가득 담겨 있었다. 색으로 미루어 볼 때 녹차 맛인가, 매니악한 선택인걸.

"웬 아이스크림이야?"

마리아는 내가 그녀의 아이스크림을 노린다고 생각했는지 이를 드러내며 위협해 보였다.

"…내거야."

"안 뺏어 먹으니까 걱정 마."

초등학생 수준으로 보이는 연하의 여자를 상대로 음식 쟁탈전을 벌일 생각은 없었다. 하지만 마리아의 개인 냉장고에 들어 있던 하프갤런 사이즈의 아이스크림이라니… 아무리 봐도 출처가 의심스러웠다. 아이스크림은 식사 후에 먹기엔 지나칠 정도로 고열량의 부식이다. 해인이 저런 걸 허가해 줬을 리가 없는데.

"그 아이스크림도 조리장 몰래 반입한 거야?"

하지만 마리아는 입에 수저를 문 채 고개를 가로저었다.

"아니. 조리장의 허가는 제대로 받았어."

"조리장이 아이스크림을 적재하는 걸 허가해 줬다고?"

"그야 이건 하겐다즈(Häagen-Dazs)니까."

마리아는 묘하게 의기양양한 투로 아이스크림 통을 돌려 측면에 인쇄된 자주색의 상표를 보여주었다. 하겐다즈라. 확실히 달콤한 주전부리를 즐기지 않는 나에게도 그 상표는 꽤 낯이 익었다. 하겐다즈는 연방의 편의점에도 꼭 하나씩은 비치되어 있는 고급 아이스크림이었는데, 조막막한 파인트 컵이 한 끼 식사보다 비싸 나는 사 먹어볼 엄두조차 내지 못했었다. 물론 또래 여자아이들은 잘도 사먹었지만.

"조리장도 여자니까. 하겐다즈를 싫어하는 여자는 없어."

"우리 어머니는 안 좋아하셨는데."

"…의무장. 방금 최고로 멍청한 소리 한 거 알아?."

마리아는 눈을 가늘게 치켜뜨며 경멸의 시선을 보낸 다음 다시 아이스크림을 퍼 먹으며 일에 열중하기 시작했다. 저렇게 아이스크림을 연달아 먹으면 머리가 아플 법도 하건만. 마리아는 조금의 동요도 없이 태연한 표정으로 묵묵히 아이스크림을 먹고 있었다.

"그런데 그 큰 걸 너 혼자 다 먹는다고?"

나는 기가 차다는 표정으로 벌써 반이나 빈 하프 갤런 아이스크림 통을 내려다보았다.

"무슨 문제라도?"

"아니. 뭐 수병이 아이스크림 좋아하는 거야 이상한 일은 아니지만…."

전 세계 해군을 불문하고 수상함 승조원들이 제일 좋아하는 부식을 꼽으라면 아마도 아이스크림이 아닐까 싶다.

보존이 까다로운 디저트였기 때문일까. 수상함 승조원들은 예로부터 아이스크림을 배 위에서 즐길 수 있는 최고의 진미로 여겨 왔다. 과거 태평양 전쟁 당시 제 10 항모 비행단의 케인 중령이 표류하다 구조되었을 때도, 케인 중령을 구조한 구축함은 기함에 포상 대신 25갤런 어치의 아이스크림을 요구했을 정도니… 수상함 승조원들의 아이스크림 사랑은 각별하다.

연방 해군에서도 아이스크림은 출항 때마다 꼭 한 상자씩 적재되었는데, 이상하게도 연방 해군에 보급되는 아이스크림은 특정 브랜드의 붕어 모양 아이스 샌드 뿐이었다. 수병들은 기왕이면 해산물과 관계없는 모양의 아이스크림을 달라고 투덜댔지만, 가끔 상어 모양의 아이스 바가 지급되었을 뿐 다른 종류의 아이스크림은 끝내 보급되지 않았다.

남자들이 주를 이루는 미 해군과 연방 해군의 사정이 이러한데, 여성으로만 구성된 잿빛 10월의 승조원들이 아이스크림을 싫어할 리가 없다. 하프갤런 통이 아니라 1갤런 짜리 드럼통에 아이스크림을 담아 개인에게 배부해도 모자랄 것이다. 하지만 누차 말했듯이 이곳은 육상이 아니다. 제한된 해상의 군함이다. 그렇기 때문에 보급품은 늘 부족하다.

"너 혼자서 그렇게 아이스크림을 독차지하면 다른 수병들 먹을 몫이 부족하잖아. 직책을 남용한 거 아냐?"

"아니야. 갑판부원들이 녹차 맛은 싫다고 해서 전부에 배당된 몫을 모두 받은 것뿐이야."

"그럴 리가 있나."

갑판장에게서 매일 차를 얻어 마시는 갑판병들이 녹차를 싫어할 리가 없다. 아마도 마리아가 조그맣고 여동생 같아 보이니 어른스럽게 양보한 것이겠지.

하지만 여하튼 차로 마신다면 모를까, 진한 청록색의 녹차 아이스크림은 겉보기엔 그다지 먹음직스러워 보이진 않았다. 하지만 마리아는 진미를 맛보는 것마냥 맛나게 아이스크림을 떠먹고 있었다.

"그게 그렇게 맛있어? 녹차를 섞은 아이스크림이라니, 나로서는 도통 상상이 가질 않는데."

"…한 입 줄까?"

"뭐, 준다면 기꺼이."

나는 마리아가 새로운 수저를 꺼내 올 줄 알았다. 하지만 마리아는 새로운 수저를 꺼내지 않고 자신이 먹던 수저를 핥고 그대로 아이스크림을 푸더니—

"아."

내게 태연히 수저를 내밀며 먹여주려고 했다.

"자, 잠깐만! 어째서?"

"왜…? 빨리 안 먹으면 녹아. 자."

마리아는 내가 머뭇거리는 이유를 이해하지 못했는지 수저를 다시 내 입 가까이 내밀며 재촉했다. 연하의 금발 소녀가 방금 전까지 핥고 있던 수저를 입에 넣으란 말인가? 부끄러운 감정 이전에 금방이라도 격문을 열고 경찰이 들이닥쳐 내 발목에 전자 발찌를 채울 것만 같았다.

"끙…."

하지만 지금은 마리아가 먼저 제안한 상황이고, 이상하게 보는 사람도 없다. 그냥 나 혼자만 모른 체하면 되는 거다.

암, 이상한 생각을 하는 쪽이 나쁜 거라고.

"하읍."

나는 눈을 질끈 감은 채 마리아가 내민 수저를 덥석 물어 아이스크림을 입에 머금었다. 하지만 어쩐지 아이스크림을 입 안에 머금고 있는데, 시원해지기는커녕 얼굴이 달아오르는 것만 같앗다.

"오오….”

내가 수저를 바로 덥석 물자 마리아는 어색하게 탄성을 내지르며 놀란 시늉을 해 보였다.

"여자가 내민 수저를 아기 새처럼 넙죽 받아 물다니…. 이 수치도 모르는 것!"

"시끄러! 네가 먼저 내민 거잖아!"

다행히 같은 수저를 공유했다는 사실은 신경 쓰지 않는 모양이었다. 나는 부끄러움을 잊기 위해 고개를 돌린 채 최대한 아이스크림의 맛을 음미했다.

대부분의 아이스크림이 다 그렇지만, 이 녹차 아이스크림도 처음은 연유 특유의 농후한 단맛으로 시작했다. 진한 청록색 빛깔 때문에 나는 녹차의 씁쓰레한 맛을 내심 기대했지만, 정작 맛 자체는 향료가 들어가지 않은 소프트 아이스크림의 부드러운 단맛이 주를 이루고 있었다. 하지만 이 아이스크림은 향료를 써 맛을 흉내 낸 싸구려 아이스크림들과는 달리 재료 본연의 진한 향과 특유의 식감이 살아 있었다. 크림을 입에 머금는 순간부터 목 너머로 넘길 때까지 진한 녹차의 향이 사라지지 않고 입 안을 맴돌고 있었다. 또한 녹차 가루가 아이스크림에 직접 섞여 들어갔기 때문인지, 말차를 달여 마시는 것 같은 탑탑한 식감 또한 혀끝에 한동안 남아 있었다.

내가 한동안 멍청히 아이스크림 맛을 음미하는 사이, 마리아는 다시 수저를 입에 문 채 밀린 공문을 처리하기 시작했다. 그녀는

여러 개의 모니터에 기안 프로그램과 조사 데이터 등을 펼쳐 가며 빠른 속도로 키보드를 두들겼다. 그 손이 어찌나 빨랐던지, 내가 화면의 문서를 읽어 내려가는 속도보다 타자가 진행되는 속도가 더욱 빨랐다.

그러는 사이에도 다른 한 손으로는 꾸준히 아이스크림을 떠먹고 있었는데, 그 모습은 사람의 움직임이라기보다는 프로그래밍된 기계가 움직이는 모습을 연상케 했다. 혹시 마리아에게 아이스크림은 일종의 과부하 방지용 쿨러(Cooler) 같은 게 아닐까? 그렇게 생각하니 저렇게 많은 양의 아이스크림을 먹고도 두통을 호소하지 않는 게 대충 이해가 갔다. 하지만 나는 다른 의미로 또 걱정이 되었다.

"그런데 저녁 먹고 그렇게 아이스크림을 먹으면 배부르지 않아? 아무리 디저트라고 해도 아이스크림은 유지방 성분이 주잖아."

마리아는 내 걱정 섞인 질문을 단칼에 자르며 손을 내 저었다.

"저녁 안 먹었어. 괜찮아."

"뭐? 너 또 결식한 거야?"

나는 마리아의 말에 인상을 찌푸리고 말았다. 조리부 수병들이 매일 얼마나 열심히 음식을 만들고 있는데, 그 노고를 헛되이 하다니… 나는 허리춤에 손을 짚고 짐짓 여느 내 어머니들처럼 잔소리를 하기 시작했다.

"어쩐지 아까 수병 식당에 얼굴도 비치지 않더니만…! 좀 가끔씩은 나와서 다른 수병들이랑 어울리고 밥도 같이 먹어! 언제까지 혼자 생활할 거야?"

역시나 마리아는 어머니에게 잔소리를 듣는 사춘기 소녀 같은 표정으로 인상을 한껏 찌푸리더니 목에 건 헤드셋을 귀에 다시 쓰며 듣기 싫다는 투로 변명을 했다.

　　"밤중에 트리샤가 만들어 주는 야식은 가끔씩 먹어. 루나도 종종 야간 순찰 때 찾아와서 간식을 주고."

　　"그런 건 제대로 된 식사가 아니잖아! 그보다 기관부나 조리부 같은 후부 수병들 말고 전부 수병들과 어울리라고. 갑판병들이랑은 안 친해?"

　　마리아는 아주 잠시 뜸을 들였다가, 곧 단호하게 고개를 저으며 대답했다.

　　"갑판병들이랑 밥 먹긴 싫어."

　　"어째서?"

　　"군바리 냄새 나."

　　"…넌 지금 여기가 어디라고 생각하는 거야?"

　　엄연한 군함에 승선하고 있는 수병이 다른 수병이 군바리 냄새 난다고 싫다니, 이걸 지금 말이라고 지껄이고 있는 건가. 나는 한마디 더 쏘아붙이려고 했지만, 마리아가 뒤이어 진지한 어조로 말을 덧붙이는 바람에 말을 삼켰다.

　　"걔네들은 어떤 고된 임무를 받아도 힘들다는 내색을 하지 않아. 불평도 없고, 화를 내지도 않아."

　　나는 순간적으로 '당연히 군인이라면 보통 그렇지 않아?'라고 대꾸를 하려다 그만두었다. 일전에 마리아는 내가 너무 충직한 군인처럼 군다고 불평한 적이 있었다. 일반적인 군인의 이미지라면 명령에 복종하고 몰개성한 병사의 모습을 떠올리겠지만,

122
123

마리아가 생각하는 바람직한 군인의 상은 그런 게 아니었던 모양이다.

"상사 흉도 안 보고, 일 투정도 안 하는 동료와 무슨 재미로 이야기를 하고 밥을 먹어?"

"확실히 그건 그렇지만…."

개인적으로 나 역시 갑판부 수병들에게 거리감을 느끼고 있긴 했지만, 부서가 다르고 성별이 다르니까 생기는 문제라고 여겨왔다. 같은 여성 수병들과 함께할 때는 조금이나마 더 살가운 태도로 이야기를 할 거라 생각했었다. 그런데 같은 전부의 수병인 마리아가 그렇게 느낄 정도면 갑판부는 생각보다 더 폐쇄적인 집단인 모양이었다.

"갑판부 애들이랑 노느니 차라리 미리암이랑 놀 거야."

미리암은 마리아가 전투정보시스템 처리에 쓰는 AI 프로그램의 이름이다. 프로그램과 대화하는 게 더 재미나게 느껴질 정도로 재미없는 아가씨들이라….

"끄응… 무슨 소리인지는 이해했지만 그래도 같은 전부 수병이잖아. 어떻게든 말을 걸어 봐."

나는 억지로 그녀의 등을 떠밀며 의욕을 불러일으키려고 했지만, 마리아는 불가능한 명령을 내리는 상관을 보는 눈으로 나를 뚫어져라 노려보았다. 아… 안 돼. 이대로 가다가는 상황이 악화되기만 할 거야.

나는 마리아가 갑판병들과 친해져야하는 그럴싸한 이유를 찾기 위해 머리를 굴렸다.

"아, 게다가 작전관으로서 일을 처리하려면 다양한 사람과 어울리는 게 좋아. 승조원들이 무얼 원하는지, 또 무슨 고민이 있는지 알아야 적재적소에 사람을 배치하지."

"그런 건 다 공문으로 올라오는걸."

마리아는 각 부서에 올라온 공문을 모니터에 띄워 보였다. 그 공문들은 한 눈에 보기에도 다양한 요구 사항이 적혀 있었고, 제목을 훑어보는 것만으로도 배에 어떠한 문제가 산재해 있는지 알 수 있었다. 마리아는 평소에 이런 복잡한 일을 처리하고 있었단 말인가.

"이런 중요한 안건들을 너 혼자서 처리해도 되는 거야?"

"정말로 중요한 안건이 있으면 사관회의에 올리고… 여간한 건 내 선에서 처리할 수 있어. 게다가 부서에서 올라오는 공문이라고 해 봤자… 뭐가 모자라다, 뭐가 필요하다. 대체로 이런 내용이지."

그리고 마리아는 휠을 돌려 화면에 낯익은 필체의 공문 한 장을 새로 띄웠다. 그 공문은 조리장, 즉 해인이 직접 자필로 꾹꾹 눌러 써 기안한 것이었다. 마리아는 한동안 말없이 화면을 노려보더니 코웃음을 치며 작게 뇌까렸다.

"참고로 이해인 조리장은 하루에 세 번씩 채소가 없다며 자필로 항의 서한을 보내고 있어."

"어… 그건 어쩐지 좀 미안하네."

"미안할 건 없어. 정말로 심각하니까."

"채소 재고가?"

"아니. 사실 그건 아무래도 좋아."

역시 채소는 관심 밖인가.

마리아는 대신 기관부에서 올라온 노심에 관한 보고서 한 장을 화면에 띄우더니 텍스트를 가리키며 말을 이었다.

"지금 가장 심각한 부분은 기관부의 원자로야. 노심 냉각 펌프의 일부 개소가 손상되었어. 이대로 가다가는 노심 용융이 일어날지도 몰라."

마리아가 속사포를 읊듯 문제를 읊어주었지만, 전문용어가 너무 많았던 탓에 나는 그녀가 하는 말을 제대로 이해하지 못했다.

"미안하지만 무슨 소리인지 잘 모르겠는데…."

"이대로 가다가는 좆 될 거라는 소리야."

"아아…. 확실히 이해됐어."

나는 어쩐지 지금의 상황이 전에 연방 잠수함으로부터 공격을 받았을 때와 비슷하게 여겨졌다. 자리를 피하자니 상황이 여의치 않고, 가만히 있자니 당면한 위험이 서서히 목을 졸라 오는 형국이라. 하지만 이번에는 시간적 여유가 있었다. 당장 며칠 내로 수리를 하지 않는다고 원자로가 폭발하는 것도 아니었으므로, 학회 사령부에 지원을 요청하고 공작함이 도착할 때까지 기다려도 되는 상황이었다.

"그럼 학회 쪽에 수리 지원 요청을 해야…"

"지원은 없어."

하지만 어째서인지 마리아는 내 말이 끝나기도 전에 말꼬리를 자르며 단번에 내 의견을 일축해버렸다.

"아니, 어째서? 원자로가 폭발할지도 모르는 상황인데 지원이 없다니! 그럼 펌프는 어떻게 수리하란 말이야?"

"잿빛 10월은 자루비노 항에 입항해 수리를 할 예정이었으니까

— 항만 창고에 예비 부품이 있을 거야. 학회 사령부에서는 자루 비노 항에서 직접 부품을 가져다가 수리하라고 했어."

"그게 무슨 소리야. 지금 자루비노 항은 연방 해병들이 점거하고 있잖아?"

"그러니까 기습해서 탈취하는 수밖에 없지."

"그것 참 이상하네…."

사령부에서 이곳까지 지원 물자를 보내는 데 필요한 비용과 잿빛 10월에서 직접 적진을 기습하여 물자를 탈취하는 비용을 비교한다면, 당연히 전자가 압도적으로 싸게 먹힌다. 게다가 적이 상륙전의 달인인 해병인데 비해 이쪽은 제대로 된 사격 훈련도 받지 않은 계집아이들이다. 만에 하나라도 적이 기습을 간파하고 직접 교전을 시도한다면 잿빛 10월에는 엄청난 인적 피해가 발생할 것이다.

하지만 학회 사령부는 이렇게 단순한 셈법을 무시한 채 기습을 강요했다. **마치 잿빛 10월의 승조원들이 연방의 해병들과 직접 마주해야 하는 이유가 따로 있는 것처럼.**

그 때, 마리아가 뜬금없이 엉뚱한 질문을 던져왔다.

"의무장은 자루비노 항의 경비병이 보았다는 '귀신'에 대해 어떻게 생각해?"

"귀신이라니. 그거야 당연히…"

"정말로 포술장이 말한 것처럼 그들이 봤다는 귀신이 죽음의 공포가 불러일으킨 환영일 뿐이라고 생각해?"

녹화된 자료에서 경비병들은 연방 해병의 습격을 받고는 귀신에게 공격당했다며 울부짖었다. 단순히 죽음의 공포에 질린 탓이라고 보기에는 무언가 미심쩍었다. 더군다나 기록에 따르면 적 해병은 단 일개 소대로 항만경비대대를 격파했다. 이는 적이 기존의 교리체계를 아득히 뛰어넘는 '귀신같은' 신무기나 전술을 갖고 있다는 뜻이다.

"학회 사령부는 '귀신'의 정체를 궁금해하는 모양이야."

"아….'

나는 그제야 학회 사령부의 진의를 조금이나마 알아차릴 수 있었다. 전에 포술장이 말하긴 했지만 적의 실체를 모르는 상황에서 무턱대고 상륙전을 감행할 수는 없다. 즉 자루비노 항을 탈환하기 위해서는 더 많은 정보가 필요하다. 그리고 정보를 얻기 위해서는 더 많은 교전이 필요했다.

즉, 이번 상륙 작전은 일종의 위력 정찰에 가까웠다.

"결국 똑같은 신세인가."

이미 오래전에 눈치 챈 사실이긴 하지만, 연방 군부만큼이나 학회 사령부의 높으신 분들도 제정신은 아니다.

'우리는 사회적 금기라는 건 죄다 어겨 보기로 했어.'

일전에 카밀라 함장이 함교에서 내게 했던 말처럼 광명학회의 본질은 군대라기보다는 군대의 탈을 쓴 과학자 집단에 가깝다. 학회는 군대의 상명하복이라는 문화를 악용해 피험자들을 강제로 부리고 데이터를 뽑아냈다. 이 잿빛 10월이라는 여성만 가득한 함선 역시 일종의 실험용 배지에 가깝다. 사령관이 만들어 놓은 좁은 미로 위를 뛰어다니는 흰 쥐 모습의 병사를 생각하니 어쩐지 구역질이 나왔다.

"으음…."

마리아가 고개를 들이밀며 조심스럽게 물어 왔다.

"괜찮아?"

"어. 괜찮아."

나는 억지로 미소를 지어보이며 손을 내저었지만, 마리아는 나를 자리에 눌러 앉힌 다음 냉장고에서 낯익은 주황색 캔 하나를 꺼내 주었다.

"속 안 좋으면 카프파우라도 마셔."

"아예 먹고 토하라는 거야? 그 괴 음료는 이제 됐어."

"…맛있는데."

마리아는 이해할 수 없다는 투로 툴툴거리며 카프파우를 그대로 입에 들이부은 다음, 소매를 걷고 다시 키보드를 잡았다. 마리아의 손가락이 빠르게 움직이는 것과 동시에 CIC실의 대형 모니터에 지도와 여러 가지 명령어가 떠올랐다. 화면에 떠오른 그 지도는 자루비노 항을 둘러싼 포시예트 만의 전체적인 해도였다. 이어서 마리아는 지도 위에 간략히 묘사된 병사들과 초소, 중요 거점등을 띄우더니 오브제를 움직여 애니메이션 형태로 작전 예정을 보여주었다.

"적 병력은 1개 소대로 약 20명에서 30명으로 추정. 이에 비해 상륙하는 아군 병력의 숫자는 열댓 명 남짓으로 전체적으로 비교한다면 수적인 열세에 있어."

마리아의 작전 계획대로라면 잿빛 10월에서 출발한 상륙군은 자루비노 항에서 서쪽으로 약 3km 정도 떨어진 해안에 상륙하여 마을을 통과한 다음, 서편 초소를 습격해 기지 내로 진입해야 했다. 이번 작전의 목적은 적의 섬멸이 아니다. 필요한 최소한의 물자를 확보하여 돌아오는 것이다. 그렇기 때문에 상륙군은 대부분의 적병이 위치한 기지 사령부 본관까지 가지 않더라도 서편 창고에서 필요한 자재를 챙긴 다음 돌아올 수 있었다.

"이렇게 하면 교전을 최소한으로 줄일 수 있어."

하지만 그래도 불안하기는 마찬가지였다. 아예 해전처럼 원거리에서 적을 모조리 제거한 후 안전하게 작전을 수행하는 방법은 없으려나….

"보통 상륙전에는 지원 포격을 가하지 않아?"

나는 일전에 보았던 전쟁 영화를 떠올리며 질문을 던졌다. 영화에서는 해병들을 상륙시키기 전에 군함에서 함포 사격을 가해 상륙에 지장이 되는 구조물을 파괴했었다. 하지만 마리아는 내 말을 듣자마자 한심하다는 표정으로 눈을 치켜뜨며 되물었다.

"소대 병력을 잡자고 항구 시설을 모두 파괴하자고?"

나는 그녀의 말을 듣고 나서야 방금 내가 바보 같은 소리를 했다는 걸 깨달았다. 함포 사격은 그 위력이 대단하기는 하지만 정밀하게 사격하기는 어렵다. 그렇기 때문에 대대나 연대 급의 병력이 주둔하고 있는 곳에 사격하면 어느 정도의 피해를 줄 수 있지만, 분산된 소대 병력에 효과적인 피해를 입힐 수 있을지는 미지수였다. 게다가 기습 전의 함포 사격은 적의 경계심만 불러일으킬 뿐이다. 결국 오롯이 사람의 힘으로만 해결해야 할 문제였다.

"그런데 이 작전을 수행하는 건 누구야?"

"오전에 사관회의에서 결정했어. 파일 철에 명단이 있으니까 직접 봐."

위험 부담을 최소로 줄였다고는 하지만, 잘 훈련된 수색대원과 지원 없이 맞붙는 건 누구나 사양하고 싶은 일이다. 심지어 나조차도 꺼려지는 작전인데, 어린 수병 소녀들이라면 더할 것이다. 나는 파일 철을 들어 이번 작전에 참가하는 그 불운한 소녀들의 명단을 확인했다.

"…어?"

무언가 이상했다. 나는 눈을 크게 뜨고 다시 한 번 명단을 확인했지만, 내용은 그대로였다. 나는 고개를 돌려 마리아에게 그 명단에 대해 따져 물었다.

"마리아. 어째서 명단에 갑판부밖에 없는 거야?"

명단에는 샤오지에 갑판장을 필두로 갑판부 승조원들의 이름만이 빼곡히 적혀 있었다. 혹시 다른 부서가 있지는 않을까 뒷장을 들쳐 살펴보았지만, 명단에 적힌 승조원들은 갑판사들과 갑판병 뿐이었다. 하지만 마리아는 왜 당연한 것을 묻느냐는 투로 대꾸했다.

"딱히 할 사람이 없었기 때문이야. 다들 바쁘고."

바빠서 임무를 수행할 사람이 없다니. 그렇게 말하면 마치 갑판부가 한직이라는 것처럼 들리지 않는가. 하지만 갑판 직별은 군함에서 제일 바쁜 부서라고 해도 과언이 아닐 정도로 고된 직별이다. 갑판의 보수 및 청소는 물론이고 항해 지원도 모두 갑판부에서 도맡아 한다. 아무리 다들 바쁘다지만 갑판부에 일감을 몰아 줄 이유는 없었다. 게다가 전투 임무라면 적임자가 따로 있지 않은가.

"바쁜 건 다들 매한가지잖아. 게다가 육전(陸戰)이라면 병기 운용이 주특기인 병기과 승조원들이 가는 편이 낫지 않겠어?"

나는 언제나 권총을 차고 다니는 조그마한 포술장을 떠올리며 그렇게 말했다. 분한 사실이긴 하지만 엘레나 포술장의 사격 실력은 잿빛 10월의 그 누구보다도 우수하다. 게다가 작전의 이해도도 높으니, 야전에서 부대를 지휘한다면 갑판장보다는 포술장이 적임자일 것이다.

하지만 마리아는 고개를 저으며 내 의견을 부인했다.

"정확히 말하자면 이번 작전에는 누가 가든 똑같아."

마리아는 한 손에는 카프파우 캔을 들고 다른 손에는 빈 녹차 아이스크림 컵을 든 다음 번갈아 무게를 재듯 양 손을 들어 보이며 말했다.

"적의 전술은 아직도 미지수인데다가— 제대로 맞붙게 된다면 병과가 뭐든 간에 수병은 상륙전에서 해병을 이길 수 없어."

그리고 그녀는 빈 아이스크림 컵을 쓰레기통에 구겨 던져 버리며 나직하게 중얼거렸다.

"그렇기 때문에 덜 쓸모 있는 패를 던진 거야."

"쓸모가 없다니?"

"소교인 엘레나 포술장이 죽거나 포로로 잡히는 것보다 병조장인 샤오지에 갑판장이 포로로 잡혔을 때 더 협상하기 쉽잖아?"

"…."

나는 무어라 항변하려다 결국 입을 다물었다. 그녀의 말은 지극히 옳았다. 전장에서는 조금이라도 계급이 더 낮은 사람이 더 큰 위험을 부담해야만 한다. 이는 당연한 이치다. 그렇지 않으면 조직 체계가 쉽게 무너져 제대로 지휘를 할 수 없게 된다. 하지만 마음 한 구석에서 이러한 처우는 부당하다고 누군가가 아우성치고 있었다. 아무리 샤오지에의 계급이 다른 부서장들보다 낮다고 해도 그 때문에 갑판부가 위험한 임무를 모두 떠안는 건 부당하지 않는가.

게다가 샤오지에 갑판장의 직책이 '갑판장'이 아니라 '갑판사관'이었으면 다른 부서장들이 조금씩 책임을 나누어 짊어졌을지도 모른다. 갑판부의 임무도 조금 더 줄어들었을 테고, 사관회의에서 발언할 수 있는 기회도 좀 더 많아졌을 것이다. 하지만 샤오지에는 장교가 아닌 부사관이었고 묵묵히 부당한 책임을 떠안아야만 했다. 그런데 어째서 학회 사령부는 샤오지에 갑판장을 장교로 진급시키지 않는 걸까?

작전과의 유일한 승조원인 마리아 수병장조차도 준사관 대우를 받는데, 해군의 꽃이라고 불리는 갑판 부서에 장교가 한 명도 배정되지 않았다는 사실은 뭔가 이상했다.

"마리아. 어째서 이 배에는 갑판사관이 없는 거야?"

하지만 마리아는 바로 답해 주지 않고 멍한 표정으로 머리를 긁적이며 애매하게 대답을 피했다.

"…갑판병들에게 직접 물어보지 그래?"

"내가 지금 그럴 상황이 못 된다는 건 너도 알고 있잖아. 지금 당장 갑판부에 간다 해도 이야기를 들어주기는커녕 눈길조차 주지 않을걸."

무시만 하면 다행이게. 총검으로 찌르려 들지나 않으면 다행이다. 함 내에 퍼지고 있는 악성 루머를 해명하는 것도 시급했지만,

일단 지금의 내가 가장 먼저 해결해야 할 문제는 이비 이조와의 관계를 회복시키는 일이었다. 아무리 사정이 있었다 해도 젊은 여성의 알몸을 정면에서 보았으니 어지간히 화가 나 있으리라. 하지만 그렇다 하더라도 제대로 상황을 알아보지도 않고, 군 상관을 일방적으로 폭행한 이비의 태도도 옳지는 못하다. 이런 경우는 일반적으로 후임이 먼저 사과를 하러 와야 하는데, 부득불 계속 모르는 체 무시만 하는 그녀의 태도가 나는 내심 고까웠다.

"여하튼 이 불편한 관계가 빨리 해소되어야 하는데."

나는 마음이 불편해져서 나도 모르게 혼잣말을 중얼거리고 말았다. 그런데 마리아는 그 말을 듣고 무슨 생각을 했는지, 상륙군 명단이 적힌 문서를 들고 나를 불렀다.

"이원일 일등병조."

그리고 마리아는 문서의 마지막 빈 칸에 내 이름을 적어 넣으며 무표정하게 말했다.

"너도 다녀와."

"뭐…? 갑자기 그게 무슨 소리야?"

나는 예상외의 명령에 깜짝 놀라 고성을 질렀지만, 마리아는 눈 하나 깜짝 않고 태연히 답변했다.

"갑판부 수병들이 불편하다며? 그럼 직접 만나서 이야기를 하는 편이 좋지. 같이 작전에 들어가면 이야기를 할 기회는 많을 거야."

"하지만… 아니, 그보다 이건 소풍을 가는 게 아니라고! 사람의 목숨이 달려 있는 작전인데 실전 경험이 없는 나를 멋대로 추가해도 괜찮은 거야?"

내 항변에 마리아는 잠시 턱을 괴고 진지하게 고민하는 척을 하더니 갑자기 허리에 손을 얹으며 진지한 투로 선언했다.

"무르군, 의무장. 필드에 배치된 의무 요원은 분대원의 생환률을 높일뿐더러 사기 증진에도 효과적이야. 무엇보다도 지금은 병력 한 사람 한 사람이 아쉬운 상황이고. 함 내에는 군의관이 있으니 의무장이 작전에 동행하도록 해."

"갑자기 정론으로 돌아서지 마! 아까는 인간관계 때문에 즉흥적으로 나를 편제에 넣은 것처럼 말했잖아!"

내 말에 뭐라 할 말을 잊었는지 마리아는 잠시 미간을 찌푸리며 말을 고르더니, 결국 평소처럼 탐욕스러운 눈으로 나를 협박하기 시작했다.

"…자꾸 명령을 거부하면 의무장이 탐욕스러운 혀 놀림으로 '내 소중한 것'을 빼앗아갔다고 소문 낼 거야."

"그게 무슨 중상모략이야! 내가 먹은 건 그저 아이스크림 한 수저잖아?!"

"하지만 진위여부를 떠나 목욕탕에서의 불미스러운 사건으로 평판이 악화되고 있는 의무장에게는 이런 소문이 퍼지는 것만으로도 치명적이겠지."

"이익… 정말 치사하게 이럴 거야?"

내가 이를 갈며 노려보자 마리아는 입을 가리고 짐짓 쿡쿡 웃는 시늉을 하기 시작했다. 나는 그런 마리아가 가증스럽고 짜증나게 느껴졌지만, 그녀의 말대로 지금은 안 좋은 소문이 더 퍼지는 걸 막아야 할 때였다. 나는 결국 못 이기는 척 마리아의 제안을 수락했다.

"하, 그래. 그럼 네 마음대로 해."

어차피 작전을 최종적으로 검토하고 수락하는 건 포술장이나 함장 같은 교관급 장교들의 몫이다. 이런 즉흥적인 인사에 사관들이 허가 결재를 내어 줄 리가 없지.

나는 그렇게 속으로 생각하며 마리아가 공문을 기안하는 것을 멀뚱히 바라보고만 있었다. 그녀가 전자 서명을 하고 기안 버튼을 누르는 순간—

〈띠링, 띠링, 띠링!〉

거의 동시라고 해도 좋을 정도의 속도로 세 개의 알림 메시지가 모니터에 떠올랐다.

"에, 뭐야?"

나는 순간적으로 내 눈을 의심했다.

공문을 올린 지 3초도 지나지 않았는데 포술장, 기관장, 함장의 서명이 모두 서류 위에 떡하니 찍혀 있었기 때문이다. 설마 이 날라리 장교들이… 결재 문서가 올라오자마자 내용 확인도 안 하고 바로 허가 버튼을 누른 건가?

"니들이 무슨 결재 기계냐! 자기가 서명하는 문서에 뭐라고 적혀 있는지 한 번은 읽어 보라고!"

하지만 이미 내 절규와는 상관없이 결재된 문서는 순식간에 데이터베이스화 되어 바로 명령서로 출력되어 나왔다. 마리아는 갓 출력된 따끈따끈 명령서를 내 앞에 들이대며 음침한 미소를 씩 지어 보였다.

"자, 상관의 명령은?"

나는 당장이라도 달려들어 주먹을 갈기고 싶었지만, 함장의 결재 사인이 떨어진 이상, 무를 수도 없는 노릇이었다. 나는 이를 바득바득 갈며 마리아의 말에 억지로 답했다.

"…절대적이다."

-2-

"옷을 좀 더 두껍게 껴입고 올 걸 그랬어."

나는 이를 딱딱 부딪치며 신경질적으로 말을 뱉었다. 새벽의 겨울 바다가 따뜻할 거라 생각한 건 아니지만, 고무보트 위에서 맞는 바닷바람은 상상을 초월할 정도로 쓰렸다. 말 그대로 살을 에는 추위였다. 출격 직전에 엘레나 포술장이 오늘 밤은 그리 춥지 않을 거라고 했을 때, 그 말을 곧이곧대로 믿은 내가 바보였다. 반평생을 동토에서 살아 온 러시아 태생의 아가씨가 말하는 추위가 내게도 똑같이 느껴질 리가 없지.

나는 한 시간 전의 나를 저주하며 뺨을 문질러 억지로 열을 일으켰다. 내가 추위에 몸을 떠는 걸 알아차렸는지 보트의 후미에 앉아 타를 보고 있던 샤오지에 갑판장이 걱정스러운 목소리로 말을 걸어왔다.

"저런… 추운가 보네요. 정 견디기 힘들면 제 목 토시라도 빌려드릴까요?"

갑판장이 목에 두르고 있던 토시를 풀려고 하자 나는 황급히 손을 내저으며 그녀를 만류했다.

"괘, 괜찮습니다!"

말을 더듬은 건 단순히 추위 때문만은 아니었다. 갑판장이 말을 꺼내자마자 보트 앞쪽에 앉아 있던 갑판병들이 일제히 따가운 시선을 던져 왔기 때문이다. 예상한 바였지만 갑판원들은 잿빛 10월에서 보트로 도선할 때부터 내게 눈길 하나 주지 않고 침묵을 유지하고 있었다. 심지어 어쩌다 내 손이 닿을라치면 바퀴벌레라도 만진 것마냥 눈살을 찌푸리며 손을 털었다.

정말이지 내 탓이 어느 정도 있다고는 하지만 이런 처우는 어쩐지 억울했다. 내가 고의로 갑판장과 이비 이조의 알몸을 훔쳐본 것도 아닌데…! 다행히 샤오지에 갑판장만큼은 평소처럼 나를 따뜻하게 대해 주고 있었다. 갑판장과 같은 보트에 탔기에 망정이지, 이비 이조와 같은 보트에 탔다면 안 그래도 싸늘한 항해가 더욱 얼어붙었으리라.

우리가 침투에 사용하고 있는 이 보트는 IBS(Inflatable Boat Small)라고 불리는 공기주입식 소형 고무보트로 연방 해병대에서도 애용하는 특전용 보트였다. 이 IBS는 선미 쪽에 동력 모터를 달 수 있었는데, 이 모터를 이용하면 패들링을 하지 않더라도 손쉽게 해안 근처까지 이동할 수 있었다. 물론 해안 근처에 도달한 이후에는 적에게 들킬 염려가 있으므로 엔진을 끄고 노를 저어 이동해야 한다.

그런데 IBS는 분대 규모의 병력만 태울 수 있는 소형 사이즈의 보트이기 때문에 빠르게 내달리면 바닷물이 뱃전에서 깨져 그대로 선내로 넘쳐흐른다. 즉, IBS에 탑승한 병력은 배가 움직이는 동안 얼음장처럼 차가운 바닷물을 그대로 뒤집어써야만 한다. 여름 바다라면 모를까, 영하의 겨울 바다에서 몸이 젖은 채로 이동하는 것은 자살행위에 가깝기 때문에 나를 포함한 상륙 인원들은 모두 건식 잠수복– 드라이 슈트를 입고 있었다. 이 드라이 슈트는 습식 잠수복인 웨트 슈트와는 다르게 내부에 물이 들어오지 않도록 슈트가 타이트하게 몸을 조이도록 디자인되어 있다. 때문에 드라이 슈트를 입으면 신체의 곡선이 그대로 드러나게 된다. 위에 군장을 걸쳤다고는 하지만 어둠 속에서도 승조원들의 몸매는 그대로 비쳐 보이고 있었다. 음… 어쩌면 이런 부끄러운 슈트를 입은 상황에 동행했기 때문에 더 미움을 받고 있을지도.

"슈트는 불편하지 않나요?"

"예, 예? 아, 괜찮습니다."

갑판장의 잠수복을 힐끗거리던 차에 갑판장이 슈트에 대해 물어오자 나는 다시 꼴사납게 말을 더듬고 말았다. 내 모습이 어지간히 수상해 보였는지, 보트의 앞에 앉은 단발머리 수병이 눈총을 쏘아 왔다.

"그런데 용케도 제게 맞는 슈트가 있었네요."

나는 조금 의아해 하며 슈트를 당겨 보았다. 보통 드라이 슈트는 남는 부분 없이 몸에 제대로 달라붙어야 하기 때문에 주문 제작을 하는 게 보통이었고, 중고품을 사더라도 체형이 비슷한 동성이 쓰던 것을 구매해야 했다. 그런데 여성 승조원만 가득한 잿빛 10월에 남성용 잠수복이 있다니… 조금 의외였다.

"아, 어차피 광명학회에서 쓰는 드라이 슈트는 신축성이 좋은 프리 사이즈인데다가 의무장의 몸매도 호리호리한 편이니까요."

아, 이것도 여성용이었나. 나는 씁쓸한 미소를 지으며 가슴팍을 눌러 남은 공기를 빼냈다. 하기야 내 체형은 어깨가 좁고 전체적으로 선이 가늘어 빈 말로도 남성스럽다고 말하긴 힘들었다.

이때문에 잿빛 10월에 처음 승선했을 때도 여자로 의심받았을 정도니, 여성용 드라이 슈트가 몸에 맞는 것 정도는 이상한 일도 아니었다.

단지 문제가 하나 있다면… 고간부가 심하게 죄여 온다는 점이랄까. 아까까지는 그저 기분 탓인가 했지만, 확실히 이 슈트는 내 낭심을 배려 없이 꽉 죄어오고 있었다. 여성이라면 당연히 이 부위에 아무것도 없을 테니 여성용 슈트가 내 낭심을 짓누르는 건 당연한 일이겠지만….

"으읏…."

배가 위 아래로 흔들릴 때 마다 고통은 더욱 심해지고 있었다. 아무래도 슈트를 입을 때 '처리'가 좋지 않았던 탓일까. 나는 결국 참지 못하고 슈트 아래로 손을 집어넣어 '그 부분의 정리'를 하려고 했다.

"…."

그 때, 이상한 기척을 느꼈는지 내 바로 옆에 앉은 수병 하나가 눈을 가늘게 뜨며 나를 쳐다보았다. 그녀는 내가 몸을 배배꼬며 사타구니에 손을 가져다대려는 걸 보고 혐오스러운 시선을 던져 왔다.

"…아아, 안 되겠어."

이런 마당에 옷 안에 손을 집어넣었다간 변태라는 낙인이 하나 더 찍힐지도 모르겠다. 나는 결국 울며 겨자 먹기로 배가 해안에 도착할 때까지 불편을 감수하기로 했다.

어느덧 배가 해안에 거의 근접하자 샤오지에 갑판장은 모터를 끄고 손을 들어 노를 저으라는 수신호를 보냈다. 신호가 떨어지기가 무섭게 수병들은 노를 들고 천천히 노를 저어 해안가로 보트를 이동시켰다. 배가 완전히 뭍에 닿고, 챙겨왔던 군장과 무기를 하선시키고 나서야 우리는 잠수복을 벗을 수 있었다.

"하아…."

잠수복을 벗자 차가운 바닷바람이 더욱 사납게 맨살을 할퀴었지만 나는 오히려 마음이 편해졌다. 고간을 죄여오던 드라이슈트의 압박감이 사라졌기 때문이다. 체온을 보전해 준다고는 하지만 이렇게 몸을 괴롭게 만들어서야… 이 드라이 슈트라는 놈도 몹쓸 물건인걸. 나는 슈트를 대강 접은 다음 마찬가지로 자신의 슈트를 개고 있던 이비에게 가져갔다.

"드라이 슈트는 어디 두면 돼?"

"거기 그냥 두십시오."

역시나 전의 오해가 덜 풀렸는지, 이비의 태도는 싸늘하기 그지없었다. 나는 툴툴거리며 슈트를 그녀 옆에 내려놓으려다가 잠깐 숨을 삼켰다. 잠깐 달이 구름을 벗어나면서 이비의 모습이 월광 아래에 환히 비쳤기 때문이다. 이비 이조는 다른 갑판원들과 마찬가지로 드라이 슈트 아래에 전투복을 입고 있었는데, 평소라면 펑퍼짐하게 몸매를 가리고 있었을 전투복이 슈트 안에서 피부에 달라붙으면서 몸매를 고스란히 비추고 있었기 때문이었다. 땀 때문이었을까, 구겨진 채로 몸에 달라붙어 있는 전투복은 반나체만큼이나 에로틱해 보였다. 게다가 저번에는 당황해서 제대로 보지 못했지만, 빈약한 가슴에 비해 이비 이조의 엉덩이는 꽤 큰 편이었다. 이것 참 의외로…

"무슨 문제라도 있습니까?"

"아, 아니. 아무것도 아냐."

나는 황급히 변명을 하며 이비가 내 시선을 읽지 못하도록 빠르게 고개를 돌렸다. …아무래도 드라이 슈트가 몹쓸 물건이라는 아까의 말은 취소해야겠다.

어느새 갑판장은 환복을 마치고 가져온 짐을 풀러 갑판원들에게 탄약과 무기를 나누어주고 있었다. 해안가에 펼쳐진 무기와 군장은 내가 연방군에서 쓰던 것과는 달라 조금 낯설었다. 일단 지급받은 소총부터가 서방 군대에서는 쉽게 볼 수 없는 AK(Avtomat Kalashnikova)였다. 내가 일전에 몸담고 있었던 연방군— 특히 남부 집단군은 나토탄이 들어가는 K 계열 소총을 제식화기로 쓰고 있었기 때문에 칼라시니코프 돌격소총은 보통 적성무기로 분류되었다. 정훈 시간에나 보던 소총을 직접 쓰게 될 줄이야… 조금 감회가 새로웠다.

게다가 소총이 동구권 소총인 만큼 탄창 역시 곡선으로 휘어진 30발 들이 박스 탄창을 쓰고 있었는데, 이 탄창은 연방식의 엑스밴드 탄입대에 넣기에는 지나치게 길었다. 그래서 갑판원들은 체스트 리그라고 불리는 가슴에 두르는 형태의 탄입대를 장착하고 있었다. 이 역시 연방에서는 자주 보기 힘든 이국적인 군장이었다.

다만 조금 의아했던 점은 잿빛 10월과 같은 최신예의 함정에 실린 소총이 게릴라나 애용할 만한 저렴한 AK 였다는 점이었다. 광명학회의 재력이라면 이것보다 더 좋은 품질의 소총을 보급해 줄 수 있었을 텐데. 내 의문을 알아차렸는지 샤오지에 갑판장이 탄창을 건네며 넌지시 물었다.

"이 소총은 낯선 모양이시네요."

"낯설다기보다는… AK라면 어쩐지 저가형 소총의 대명사처럼 느껴져서요. 돈이 모자라는 게 아니라면 좀 더 비싼 소총을 쓰는 편이 좋지 않습니까?"

하지만 갑판장은 고개를 저으며 내 말을 부인했다.

"교전 범위가 수십 킬로미터가 넘어가는 해상에서 관리하기도 힘든 고급 소총은 사족이에요. 습하고 흔들리는 함상의 환경에서는 AK만큼 좋은 소총도 없답니다."

"그렇지만 그건 해상전에서의 상황이고, 지금처럼 상륙전을 펼치게 된다면 그 장점도 무의미해지지 않습니까?"

"에 그건…."

갑판장은 말꼬리를 흐리며 잠시 말하기를 주저하다가 내 시선을 피하며 기어들어가는 목소리로 궁색한 변명을 했다.

"…사실 레나 양이 잿빛 10월에서 쓰는 개인 화기만큼은 칼라시니코프로 해야 한다고 우겨서요. 다른 사관들이 불만을 표했지만 워낙 부득불 떼를 쓰는 바람에…."

아아, 그 꼬맹이 포술장의 짓인가. 병사의 목숨이 오고갈지도 모르는 상황에 개인적인 취향으로 제식 화기를 결정하다니… 정말 여기가 군대인지, 밀리터리 동호회인지 모를 지경이다. 어쩐지 슬슬 불안해지기 시작했다.

"그래도 게릴라들이 쓰는 민수용 AK와는 확실히 다르답니다. 한 번 들어 보세요."

갑판장은 가장 안쪽에 있는 AK 한 자루를 집어 들더니 내게 휙 던져주었다. 엉겁결에 받아든 그 소총은 내 예상보다 훨씬 가벼웠다. AK는 일반적으로 무겁고 투박하다는 이미지가 있는데, 지금 받아든 소총은 훈련소에서 써 본 K1 기관단총보다 가벼웠다.

"잿빛 10월에서 쓰는 AK는 학회에서 개발한 신소재로 만들었기 때문에 무게를 경량화할 수 있었어요. 여성 수병들도 쉽게 다룰 수 있을 만큼 가벼운 게 학회제(製) AK의 특징이죠."

"쓸데없는 곳에 오버 테크놀로지를 남용한 느낌인데…."

그런데 기술을 쓸 바엔 명중률이나 집탄률을 올려 달라고. 나는 한숨을 쉬며 소총을 가볍게 견착해 보았다. 개머리판이나 총몸의 디자인은 달랐지만, 대략적인 조작법은 연방 해군에서 쓰던 K-2A 소총과 크게 다르지 않았다. 단지 하나 달라진 점이 있다면. 더 이상 내게는 방아쇠를 당길 검지가 존재하지 않는다는 점 정도랄까.

"…."

나는 오른손을 들고 더 이상 존재하지 않는 검지의 첫째마디를 구부리려 노력해 보았다. 하지만 잘려나간 손가락 끝은 당연히 응답이 없었고, 대신 검지의 절단부만 미묘하게 시큰거렸다. 불쾌한 통증과 함께 노역선에서의 끔찍한 기억이 머리를 스치고 지나갔다.

무골호인이라고 자처할 셈은 아니지만, 여태껏 살아오며 내가 타인에게 원한을 살 만큼 잔혹한 짓을 저지른 기억은 없다. 하지만 나는 무진함이 침몰한 후 해적들에게 끌려가 끔찍한 고문을 당했다. 그 이유는 지극히 단순하다. 우리가 전투에서 졌기 때문에.

해적들의 기습에 당했기 때문에 무진함의 전우들은 목숨을 잃었고, 나는 손가락이 잘린 채 강제로 노역선이 타게 되었다. 내가 무슨 잘못을 했느냐고, 이 현실은 부조리하다고 외치고 싶었다. 하지만 전쟁이라는 녀석은 원래 부조리한 법이다. 오늘도 말도 안 되는 일들이 전쟁이라는 허울 좋은 변명 아래에서 자행되고 있다. 그리고 만약 오늘도 작전이 실패해서 적에게 또 포로로 잡힌다면 나와 수병들은 손가락을 잘리는 것 이상의 고통을 맛보게 될지도 모른다.

다시 손가락이 시큰거렸다. 어쩌면 무기의 무게는 프레임을 경량화하고 폭약을 농축한다고 해서 가벼워지는 게 아닐지도 모른다. 소구경의 탄환이든 대구경의 탄환이든 사람을 겨누고 쏘면 똑같은 목숨 하나가 날아가 버린다. 군인으로 살기로 한 이상 무기와 함께 무기가 가져올 모든 부조리한 결과도 함께 메고 가야 한다. 그렇게 생각하니 학회 제의 개량 소총도 더 이상 가볍게 느껴지지 않았다.

"그럼 여기서 조를 나눌까요?"

수병들이 모두 군장을 착용하자 갑판장은 조장들을 불러 모은 다음 지도를 펼치고 작전 지시를 하기 시작했다.

우리가 상륙한 해안가는 자루비노 항에서 약 3km 정도 떨어진 모래톱이었다. 이곳에서 항구로 가기 위해서는 해안 도로를 타고 가던지, 조금 우회해서 항구 북서쪽의 폐촌을 경유해서 가야만 했다. 해안도로는 포장도 잘 되어 있고, 매복의 위험도 적었지만 몸을 숨길 엄폐물이 없어서 기습을 하기에는 좋지 않았다. 반면에 폐촌을 경유해서 항구로 접근한다면 적에게 들키지 않고 항구 근처까지 접근할 수 있었지만, 만에 하나 건물 사이에 적이 매복을 하고 있다면 역습을 받을지도 모른다. 하지만 갑판장은 고개를 저으며 그 염려에 대해서는 일축했다.

"항만 사령부가 공격받았을 때의 기록에 따르면 군항을 습격한 적은 1개 소대 규모를 넘지 않는다고 했습니다. 항만 기지를 방어하기에도 턱없이 모자란 병력인데, 마을에 병력을 추가 배치해서 방어선을 넓히지는 않을 겁니다."

"과연… 그럼 마을에 매복이 있을 가능성은 없겠군요."

"단 부비트랩은 설치되어 있을 수 있으니, 그 점을 유의하며 돌입해야 합니다."

갑판장은 우리가 상륙한 해안 위에 점이 한 개 찍힌 X자 박스를 그려 분대(Squad) 표시를 하며 말을 이어갔다.

"일단 즈비 일조는 요비, 하이비 두 사람과 함께 이곳 해안에서 보트를 지키고 후방 경계를 맡아 주세요."

그 말에 앳되어 보이는 갑판사 하나가 고개를 끄덕였다.

"그리고 센비 삼조는 전위 분대의 지휘를 맡고, 자비 일조는 후위 분대의 지휘를 맡아 주세요. 제가 이끄는 본대까지 포함해서 이렇게 세 개 조로 돌입합니다."

샤오지에는 지도를 가볍게 두드리다가 잠시 시선을 돌려 이비 이조를 물끄러미 쳐다보았다.

"그리고 이비 이조는…"

갑판장은 나를 가리키며 지시했다.

"의무장이랑 함께 척후(Point)를 맡아주세요."

샤오지에의 지시를 듣자마자 이비 이조의 얼굴이 싸늘하게 굳어 버렸다. 이비 이조는 한동안 입을 달싹거리더니, 불만이 가득한 목소리로 샤오지에게 따져 물었다.

"의무장과 단 둘이 말입니까?"

하지만 샤오지에는 눈치도 없이 천연덕스러운 미소를 지으며 고개를 끄덕였다.

"예. 단 둘이 함께요. 무슨 문제라도 있나요?"

갑판장의 미소를 접하자 이비 이조는 고개를 푹 숙인 채 무어라 중얼거리더니 마지못해 승낙했다.

"…아닙니다. 지시 받들겠습니다."

샤오지에의 지시가 내려오자마자 다른 갑판원들이 불신이 가득한 눈으로 나를 쳐다보았다. 마치 내가 이비 이조와 단 둘이 남게 된다면 돌변하여 파렴치한 짓이라도 저지를까 걱정된다는 표정이었다. 하지만 나라고 이비 이조와 조를 짜서 척후를 나가는 게 달가울 리가 없다. 이비 이조는 저번에도 앞 뒤 사정도 듣지 않고 대뜸 상관인 내 머리를 파이프로 가격하지 않았는가! 이렇게 제멋대로고 상관의 명령에 따르지 않는 병사와 조를 짜서 위험한 업무를 수행하고 싶지는 않았다. 하지만 고집을 부리기도 전에 샤오지에 갑판장이 예의 그 생글거리는 미소를 지어 보이며 내게 다시 물었다.

"의무장도 같이 동행할 수 있지요?"

"예…? 저는 아무리 그래도 이비 이조와는…."

"할 수 있지요?"

샤오지에는 틈을 주지 않고 다시 고개를 들이밀며 재차 물었다. 어쩐지 맹수와 같은 아우라가 온 몸을 꽉 압박해 오기 시작했다. 게다가 수병들의 눈도 점차 따가워졌기 때문에, 나는 결국 될 대로 되라는 심정으로 고개를 끄덕였다.

"될 대로 되라지…. 알겠습니다. 그렇게 하지요."

"좋아요! 그럼 바로 출발해 주세요."

샤오지에는 소총과 군장을 내게 내밀며 살갑게 어깨를 두어 번 팡팡 두드렸다. 샤오지에의 격려 자체는 고마웠지만… 아직도 이비 이조는 못마땅한 표정으로 자신의 군장을 꾸리고 있었다. 혹시나 싶어 이비 이조를 보며 억지 미소를 지어 보였지만, 그녀는 나와 눈이 마주치자마자 못마땅한 투로 혀를 찼다.

…아무래도 쉽지 않은 정찰이 될 것만 같다.

-3-

육군은 병사 개개인이 모두 개인 군장과 총기를 갖고 있지만, 해군은 해상에서 병사가 개인 군장을 가지고 있어야 할 필요가 없기 때문에 오늘처럼 상륙전 직전에 공용품을 지급받는 경우가 흔했다. 그 때문에 지급받은 군장의 상태가 안 좋다는 걸 작전 직전에 알아차리는 경우도 왕왕 있었는데, 내가 지급 받은 군장 역시 그랬다. 철모가 오래된 탓인지 버클과 연결된 턱 끈 한 쪽의 실이 풀려 고개를 숙일 때마다 버클이 철모에 부딪혀 달각거렸다.

달각, 달각, 달각.

이비 이조도 어지간히 달각거리는 소리가 신경 쓰였는지, 마을에 들어설 무렵 퉁명스러운 어조로 내 철모에 대해 지적을 해왔다.

"의무장 님. 그 버클 끝을 소리가 안 나게 정리해 주시겠습니까? 척후를 나온 병사가 요란스러운 소리를 내면 적에게 금방 들킬 겁니다."

"안 그래도 손 보고 있는 중이야. 너무 재촉하지 마."

나는 턱 끈을 다시 조여 적당히 끝을 매듭지으며 답했다. 역시 최첨단의 기술이 도입된 광명학회의 장비라 하더라도 제대로 관리하지 않으면 이 모양이다. 물론 해군이다 보니 육전 장비의 관리가 소홀한 건 이해할 수 있었지만, 그 장비를 사용하는 당사자로서 짜증이 나는 건 어쩔 수가 없었다. 그런데도 이비 이조는 그런 내 속을 아는지 모르는지 계속 얄밉게 나를 도발해 왔다.

"역시 육전 장비를 다루시는 건 서투르시군요. 안 그래도 위험한 초계 업무를 무경험자와 함께 수행해야 한다니… 정말로 이번에는 운수가 나쁘네요."

"나라고 좋아서 너랑 조를 짠 줄 알아? 나도 너 같은 여자한테 등을 맡기고 싶진 않았다고."

잘 묶이지 않는 턱 끈 때문에 짜증이 났던 탓일까. 나는 괜스레 더 퉁명스럽게 이비 이조에게 대꾸를 했다. 그러자 대뜸 엉뚱한 반응이 돌아왔다.

"…그건 제가 여성으로서 불편하다는 뜻이십니까? 그건 조금 곤란하군요. 저는 의무장님을 같은 부대원 이상으로 보고 있지 않습니다."

"그런 의미가 아니잖아! 도대체 나를 뭐로 보는 거야?"

"여색을 즐기기 위해 욕탕에 몰래 숨어드는 호색한이라고 생각하고 있었습니다."

"…저기 이봐."

나는 턱 끈을 마저 꽉 쥐어 당기며 매섭게 이비 이조를 노려보았다. 하지만 이비 이조는 눈싸움에서 조금도 지지 않고 나를 맹렬하게 노려보았다.

…역시 그녀는 아직도 화가 나 있다. 이 상태로는 작전 수행도 더는 불가능하다. 철모의 턱 끈도, 이비 이조와의 앙금도 어떻게든 매듭을 짓고 넘어가야 한다. 분명 그 때 있었던 일은 내 실수로 비롯된 일이긴 하지만, 그 후 무작정 폭력을 휘두른 이비 이조도 잘 한 건 아니다. 그렇다고 여기서 상관으로서의 자존심을 내세워, 그녀에게 먼저 사과를 요구해야 할까?

"하지만 오히려 군함이라는 통제되고 격리된 공간에서 소녀들은 자신의 일에 광적으로 집착하며 마음에 더 큰 벽을 쌓기 시작했지."

갑자기 오래 전 함장이 했던 말이 머리를 스치고 지나갔다. 그래, 아무리 숙련된 수병이라 하더라도 이 아이들은 마음에 상처를 입은 소녀에 불과하다. 연방군에서 하던 것처럼 자존심을 박박 긁으며 굴복시키려 해 봤자 해결되는 문제는 아무것도 없다. 여기서는 내가 어른스럽게 대처하도록 하자. 나는 한숨을 푹 내쉬며 마지못해 고개를 숙였다.

"…그래, 내 잘못이 크다. 네가 용서해 줘."

하지만 이비 이조는 지금이 사과를 할 타이밍이 아니라고 생각했는지 눈을 동그랗게 뜬 채 고개를 갸웃거렸다.

"무어가 말입니까?"

"어? 그, 그야… 욕실에서 본의는 아니었지만 네 몸을 그대로 목격했으니… 너도 부끄러웠을 거 아냐?"

"그러니까. 왜 '제게' 사과하십니까?"

이비 이조는 '제게'라는 대목을 힘주어 말했다. 그럼 이곳에 이비 외의 다른 사람이 있기라도 한가? 나는 무의식적으로 고개를 돌려보았지만, 폐허가 된 마을 안에는 나와 이비 이조밖에 없었다. 이비 이조는 한숨을 푹 내쉬더니 고개를 저으며 말을 이었다.

"샤오지에께서 아무 말씀도 안 하셨는데… 저는 아무래도 좋습니다."

"아무래도 좋다니… 내가 할 소린 아니지만 여자 아이가 자신의 몸을 소중히 여기지 않는 건 좋지 않아."

"제가 부러 몸을 값싼 창부처럼 굴린다는 뜻이십니까?"

"그런 뜻이 아니잖아."

이상하게도 이비 이조의 말끝에는 유난히 가시가 돋쳐 있었다. 자신의 몸을 소중히 여겨달라는 데 오히려 불쾌해 하다니, 도무지 그녀의 태도를 이해할 수가 없었다.

"…물론 샤오지에의 몸에 비하면 제 몸 따위는 하찮은 것이지요. 그 분에게 득이 되는 일이라면 저는 더한 수치라도 감내할 수 있습니다."

도대체 왜 이리 배배꼬인 말만 내뱉는 거람. 나는 마음이 답답해서 철모 아래로 손을 넣어 머리를 긁적였다.

"으음… 아냐, 이조. 그건 정말 아냐."

일전의 대화에서 이비 이조는 샤오지에가 존경할 만한 훌륭한 사람이기 때문에 그녀의 말에 따른다고 했다. 그 점은 나도 부인하지 않는다. 하지만 오늘 이비가 한 말은 단순한 동경심을 벗어나 있었다.

"포로 협상에는 계급에 따라 우선순위가 있다고는 하지만, 사람은 다 똑같이 존귀해. 그런데 넌 마치 자신의 모든 것이 샤오지에의 소유물인 마냥 말하고 있잖아. 이건 이상해."

자신의 의견보다 상관의 의견을 우선시하는 태도는 군인으로서 옳다. 연방군에서도 이런 태도를 가진 병사는 꽤 흔하게 찾아볼 수 있었다. 하지만 자기 자신이 가진 인간으로서의 존엄과 목숨이 위협받는데도 부득불 상관을 우선시하는 경우는 연방군에서도 보기 드물다. 아니, 병사이기 이전에 인간의 범주에서도 찾아보기 힘들다.

"단순히 너는 '친절한 사저'이기 때문에 샤오지에게 충성을 다하는 거야?"

샤오지에가 과거에 같은 집안에서 모시던 지체 높은 아가씨였다 하더라도. 같이 있기만 해도 마음이 푸근해지는 무골호인이라 하더라도. 군대에서까지 자신의 욕망을 억누르며 샤오지에를 따를 필요는 없었다.

하지만 이비 이조는 고집스럽게 샤오지에를 따랐다. 전에 했던 말마따나 현대판 노예를 보는 기분이었다. 내 물음에 이비 이조는 한동안 답을 꺼리더니, 결국 한숨을 내쉬며 작게 무어라 뇌까렸다.

"以一壺飧得士二人."

이비 이조가 갑자기 중국어로 말하는 바람에, 나는 그녀가 무어라 했는지 바로 알아듣지 못했다. 곧 이어 이비는 영어로 자신이 한 말을 풀어서 설명해 주었다.

"이 말은 전국책의 중산편에 나오는 글귀입니다."

그 말은 오래된 중국의 고서에 나오는 격언이었다. 수많은 강대국과 제후들이 중원의 패권을 두고 격전을 벌였을 때 있었던 일이다.

"중산의 임금이 초의 공격으로 나라를 잃고 목숨을 걱정할 처지에 놓였을 때, 두 형제가 나타나 그를 구했습니다. 어찌하여 자신을 돕느냐고 묻는 중산 왕에게 형제는 이렇게 대답하였습니다."

형제는 이미 나라를 잃은 불우한 왕을 따르는 이유를 다음과 같이 설명했다.

"오래전 그들의 아버지가 굶어죽기 직전, 중산의 왕이 식은 밥한 공기를 하사한 적이 있었는데, 그 은혜로 목숨을 바치려 따라나섰다고."

이비 이조는 여기까지 말을 하고 잠시 숨을 가다듬었다. 그리고 역시 마찬가지로 남의 일화를 읊는 것처럼 무미건조하게 말을 이어갔다.

"저 역시 샤오지에께 목숨을 빚졌습니다."

"으음….'"

누차 말했던 일이지만, 작금의 중국 대륙은 혼란으로 가득 차 있다. 민간 구역과 전장을 구분하지 않고 폭격이 계속되었으며, 곳곳에서 고아가 발생했다. 이비 이조의 유년도 예외는 아니었으리라. 한 끼의 밥 때문에 목숨을 걱정해야 할 정도로 괴로운 나날이 계속되었겠지. 그런 그녀를 거둔 것이 바로 샤오지에였다.

"샤오지에께서는 굶어 죽기 직전의 제게 식은 밥 한 덩이와 차 한 잔을 내어주셨습니다."

부잣집 영애가 굶주린 고아 소녀에게 내어 준 밥 한 덩이와 차 한 잔. 부잣집의 여식에게는 보잘것없는 음식이었지만, 고아 소녀는 그 음식으로 목숨을 구원받았다.

"중산의 무사가 밥 한 그릇의 은혜로 평생의 충성을 맹세했다면, 저는 차 한 잔의 은혜로 샤오지에께 평생의 충성을 다짐했습니다."

이비 이조는 마치 중세 기사들이 맹세의 서약을 읊는 것마냥 진지한 어투로 말을 이어 가고 있었다. 나는 그런 그녀의 태도에 질려 무어라 대꾸조차 하지 못하고 머리만 긁적였다. 배가 고플 때 받은 한 끼의 식사가 얼마나 소중한 지는 나 역시도 잘 알고 있다. 하지만 아직도 마음 한 구석이 마뜩찮았다.

"아무리 밥 한 공기로 평생의 충성을 맹세했다 하더라도, 그건 고전에나 나오는 말이잖아."

나는 입술을 비죽 내밀고 툴툴거렸다.

"게다가 그게 이비 이조가 화나는 거랑 무슨 상관인데? 나는 샤오지에의 이야기를 하고 있는 게 아냐. 네가 화났는지 아닌지를 묻는 거라고."

다시 침묵. 이비 이조는 잠시 뜸을 들이더니 고개를 저으며 천천히 말을 이었다.

"제 감정은… 중요치 않습니다."

그리고 결연한 표정으로 아까 했던 말을 다시 반복한다.

"다시 말씀드리지만, 제 몸을 보인 일 정도는 샤오지에의 정조를 지키는 일에 비하면… 아주 보잘것없는. 하찮은 일입니다. 그러니 의무장께서도 그 일에 대해 사과하실 필요는 없습니다."

그리고 이비 이조는 다시 뻣뻣하게 총을 고쳐 잡고 앞을 향해 걸어가기 시작했다. 역시 대하기 까다로운 아가씨다.

계속 말이 갈피를 못 잡고 겉돌고 있다. 나는 이비 이조의 본심이 궁금한 거지, 겉으로 드러내는 가면을 궁금해한 게 아니다. 하지만 이비 이조는 커다란 벽을 세워 놓고 뒤에 숨어 자신의 본심을 꾹꾹 눌러 학대하고 있었다.

…아무래도 벽을 깰 필요가 있다. 벽을 깨기 위해서는 몸을 던져 벽에 부딪혀야 한다. 그러기 위해서는… 다소의 부상은 감내해야겠지. 나는 심호흡을 크게 하고 이비 이조를 불렀다.

"이비 이조."

"…."

가까이에서 등 뒤에 대고 불렀지만, 돌아오는 대답은 없었다. 혹시나 못 들었을까 싶어 조심스럽게 성량을 높여 다시 불러본다.

"…이비 이조?"

"…."

여전히 묵묵부답. 아무래도 의도적으로 무시하고 있는 모양이었다. 역시 최후의 수를 쓰는 수밖에….

"어이— 납작 가슴."

콱.

말이 떨어지기도 전에 무언가가 바람을 가르고 귀를 스쳐지나갔다. 고개를 돌려 보니 방금 전까지 내 머리가 지나고 있었던 나무 위에 대검이 깊숙이 꽂혀 있었다.

"누가 납작 가슴입니까."

길 위에 이비 이조의 목소리가 낮게 울려퍼졌다. 이비는 탄띠에서 새로운 대검을 빼든 다음, 여태껏 내게 보여준 중에 가장 싸늘한 표정을 지어 보이며 천천히 걸어왔다.

"작전 중 성희롱이라니. 담이 꽤 크시군요. 그 점만큼은 높이 사 고통스럽지 않게 단칼에 보내드리겠습니다."

"죽이는 게 전제냐고! 잠깐, 잠깐, 기다려 봐!"

"…뭡니까."

내가 황급히 손을 내젓자 이비 이조는 발걸음을 멈추고 퉁명스럽게 되물었다. 자칫하면 단칼에 죽는다. 말을 잘 고르자…. 나는 호흡을 깊게 들이킨 다음 넌지시 물었다.

"화났어?"

"의무장께서 하신 말씀 중에 최고로 멍청한 소리군요."

이비 이조는 어처구니가 없다는 투로 코웃음을 치며 다시 칼을 힘껏 꼬나쥐었다. 하지만 나는 그 말로 더더욱 확신을 할 수 있었다.

"역시 화 낼 줄 알잖아."

내 말에 이비 이조가 눈살을 찌푸리며 반문했다.

"갑자기 그게 무슨 뚱딴지같은 소리십니까."

"요는 단순한 문진이야."

나는 손가락을 꼽으며 의무학교에서 배웠던 진찰 요령을 되내어 보았다.

"앞에 피를 철철 흘리는 환자가 있는데, 아프다는 소릴 안 하면 그거야말로 큰일 아니겠어? 고통을 표현할 수 없다는 건 신경이나 어딘가가 망가졌다는 뜻이지. 그럴 때는 환부 여기저기를 눌러 신경을 적당히 자극해 줄 필요가 있어. 방금 한 말은 그거랑 같은 원리지."

이비 이조는 조금 더 표정을 누그러트리며 물었다.

"…그 말씀은 제가 환자라는 겁니까?"

"속이 까맣게 썩어 들어가는데 괴롭다는 소리조차 안 내는 게 정상이겠어?"

이비의 표정이 다시 일그러졌다. 정상이 아니라는 말에 더 화가 난 걸까? 하지만 이조는 잠시 침묵을 이어가다가 이 자리에 없는 다른 사람의 이름을 입에 담았다.

"카밀라 함장님같은 소릴 하시는군요."

"그런가?"

나는 고개를 갸웃거리며 카밀라 함장의 얼굴을 떠올려 보았다. 하기야, 방글방글 웃는 표정으로 음담패설과 조언을 함께 던지는 건 함장의 전매특허 같은 거였으니까. 어쩌면 나도 잿빛 10월에 승선한 이후로 꽤 능글맞아졌을지도 모르겠다. 나는 조금 더 의기양양한 표정을 지으며 함장의 말투를 따라해 보았다.

"하여튼 이비 이조는 자신의 감정을 좀 더 제대로 표현하는 게 좋을 거라구—."

하지만 이비 이조는 성가시다는 표정을 지으며 사납게 대꾸했다.

"웃기지도 않는군요."

이비 이조는 가볍게 한숨을 내뱉으며 고개를 천천히 가로저었다. 하지만 이미 화는 어느 정도 가라앉았는지, 이조는 나를 향해 겨누고 있던 대검을 아래로 내린 채 다시 평소처럼 덤덤한 어조로 말을 하기 시작했다.

"저는 의무장께서 걱정하실 만큼 감정 조절을 못하는 어린아이가 아닙니다."

"아니, 어린아이고 자시고 아까는 진짜로 열 받았잖아."

"열 안 받았습니다."

"지금도 열 받았잖…"

콱.

대검이 다시 뺨 끝을 스치고 날아간다.

"열 안 받았습니다."

"…넵."

나는 끝까지 함장의 흉내를 내지 못하고 고개를 숙였다. 더 이상 깐죽대다가는 이비가 진짜로 폭발해서 내게 총구를 들이댈지도 모르겠다. 오늘은 여기까지 하도록 하자.

이비 이조는 아직도 벌레를 씹은 것마냥 인상을 구기며 입술을 깨물고 있었다. 그러더니 곧 나와 반대 방향으로 황급히 발을 내딛어 걸어가기 시작했다.

자박. 자박. 자박.

세 걸음 정도 걸은 후에 이비는 문득 발을 멈추었다. 그리고 그녀는 뒤도 돌아보지 않은 채, 지극히 담담한 어조로 작게 뇌까렸다.

"저는… 의무장님이 정말 싫습니다."

"응. 그럴 거라고 생각했어."

나는 뺨을 긁적이며 그녀의 말에 어색하게 맞장구를 쳐 주었다. 솔직히 그녀가 날 좋아해 줄 거라 기대하고 있지는 않았으니까. 하지만 이비 이조는 끝내 못마땅한 어조로 한 마디를 덧붙였다.

"…잿빛 10월에서 두 번째로 싫습니다."

두 번째라니, 그럼 첫 번째는 누구인데?

나는 무의식적으로 그렇게 물으려다 곧 그만두었다. 달빛 아래에 비친 이비 이조의 표정이 부모의 원수라도 떠올리는 것마냥 무시무시하게 일그러져 있었기 때문이다. 남 미워하는 이야기를 부러 캐물어 들을 필요는 없겠지.

하지만 나는 그 첫 번째가 누구인지 묻지 않은 걸 곧 후회하게 되었다.

마을 내의 집결지인 '포인트 베타'는 오래된 교회의 앞뜰이었다. 교회라고는 해도 오래전에 폐촌이 되어 버린 마을의 교회였던지라 첨탑은 반쯤 부서지고, 성상은 바닥에 뒹굴어 마치 마귀의 소굴 같은 인상을 주고 있었다. 인상이 어떻든 간에 전진 기지로서의 위치는 좋았다. 항만 기지의 게이트로부터 적당한 거리를 두고 떨어져 있었던 데다가, 첨탑에 오르면 어렴풋이나마 기지 주변을 관찰할 수도 있었다. 게다가 차폐물로 쓸 건축자재도 많았으므로 방어에도 용이했다. 아마 연방 해병대에 병력이 더 많았다면 일찌감치 해병대원들도 이곳에 병력을 나누어 두었겠지만, 해병대원들은 현재 기지를 지키는 것만으로도 인력이 모자랄 터였다. 그 점만큼은 다행이었다.

하지만 이상하게도 오는 길에 지뢰는 물론이고, 흔한 IED(Improvised explosive device, 급조 폭발물) 조차도 보이지 않았다. 단순히 운 좋게 지뢰를 피해서 왔다고 보기에는 이상하리만큼 경계가 허술했다. 방심을 하고 있는 걸까.

"아무리 방심을 하고 있다 하더라도 상대는 연방군의 최정예인 해병 수색대원들입니다. 그런 실수를 할 리가 없잖습니까?"

전위 분대의 분대장을 맡았던 센비 삼조는 내 의문에 고개를 저으며 냉정하게 답했다. 현재 포인트 베타에는 나와 이비 이조, 샤오지에, 그리고 전위 분대원 몇 명만 모여 있었다. 나머지 병사들은 진형을 짜서 주변을 경계하고 있었다. 그보다 센비 삼조를 포함한 갑판원들은 분명 수병 출신일텐데도 육전을 자주 치러 본 것마냥 질서정연하게 경계 대형을 짜고 있었다. 배 위에서 육전 훈련도 했던 걸까.

"기본적인 육전 훈련은 훈련소 때 받지 않습니까?"

센비 삼조가 눈썹을 치켜뜨며 반문했다.

"아니, 연방 수병들은 육전 훈련을 거의 받지 않아. 각개 전투도 그냥 형식적으로 교범을 읽어 줄 뿐이고."

"의외로 연방군도 무르군요. 훈련소의 수준이 그 정도라면 해병 수색대원들이 지뢰를 까는 것을 잊었을지도 모르겠습니다."

센비 삼조는 복잡한 표정을 지으며 고개를 가로저었다. 하지만 곧 더 큰 골칫거리를 떠올렸는지, 한숨을 내쉬며 샤오지에게 조심스럽게 말을 건넸다.

"그보다… 사실 더 큰 문제가 있습니다."

"무슨 문제인가요?"

"잿빛 10월과 갑자기 연결이 안 됩니다."

센비 삼조가 턱 끝으로 소대 통신병을 가리키며 말했다. 통신병은 파우치에 들어갈 정도의 작은 무전기를 들고 잿빛 10월을 계속 호출하고 있었지만, 계속 응답이 오고 있지 않았다.

"알파 오스카, 알파 오스카 응답하라. 여기는 판다 하나. 포인트 베타에 도착했다. 반복한다. 알파 오스카, 알파 오스카 응답하라."

통신병은 한참동안 무전기에 대고 뻐꾸기처럼 말을 반복하다가 결국 실패했는지 어깨를 으쓱해 보였다.

"이런… 배와 연락이 끊기면 곤란한데요."

"돌입합니까?"

센비 삼조가 심드렁하게 물었지만 샤오지에는 고개를 가로저으며 일단 대기 명령을 내렸다.

"아뇨, 조금만 더 기다려 보죠."

이 작전의 목적은 누차 말했지만, 적의 섬멸이 아닌, '위력 정찰'이다. 기관 시설의 수리 부품을 획득하고, 적의 규모와 무장, 전투 스타일 등을 파악하는 것이 주된 목적이지, 적을 섬멸하는 것은 부차적인 일일 뿐이다. 그렇기 때문에 본대와의 정보 교환이 불가해진 상태에서 작전을 속행한다면 작전의 본질을 흐리게 된다.

하지만 적진을 앞에 두고 하염없이 본대의 지시를 기다리고 있을 수도 없는 노릇이라. 샤오지에와 갑판원들은 초조한 심정으로 계속 본대를 호출하고 있었다.

그 때였다.

자박. 자박. 자박.

갑자기 먼 곳에서 발소리가 들려왔다. 가벼운 운동화나 구두에서 나는 타음이 아니었다. 군화 특유의 묵직하고 중후한 발걸음 소리였다. 병사들은 순간적으로 소리가 나는 쪽을 쳐다보았다. 동시에 앞쪽에서 초계를 하고 있던 전위 분대원이 무전으로 연락을 해 왔다.

〈셴비 삼조님. 누군가가 이쪽으로 접근하고 있습니다. 멀어서 잘 파악되지는 않지만 조그마한 체구의 여인입니다.〉

"민간인이야?"

〈아닙니다. 연방 해병의 제식 군복을 입고 있습니다.〉

"좋아."

누가 지시하지는 않았지만, 병사들은 재빨리 무기를 챙겨들고 엄폐물 뒤로 몸을 숨겼다. 그리고 총구를 소리가 나는 방향으로 향한 채 전방을 지긋이 주시했다.

자박. 자박. 자박.

그 와중에도 상대는 이쪽을 향해 의기양양하게 걸어오고 있었다. 기지 밖으로 산보라도 나온 걸까? 목적이 어찌 되었든 간에 조를 짜지 않고 홀로 돌아다니는 걸 보아하니, 크게 방심하고 있는 모양이었다. 아마 이 마을에 적이 있을 거라고는 상상도 못한 게지. 거리가 가까워지자 서서히 상대의 모습이 조금씩 달빛에 비쳐 보이기 시작했다. 그 상대는 연방 해병 특유의 MARPET 위장 군복을 입고 있었는데, 그 실루엣을 보자마자 나는 왜 초계를 보던 수병이 상대를 여자라고 확신했는지 알 수 있었다. 양 옆머리를 박박 밀은 일반적인 남성 해병대원들과는 달리, 지금 걸어오고 있는 상대는 머리를 길게 늘어뜨리고 있었기 때문이었다. 상대가 유효사거리 안으로 들어서자 이비 이조는 총구를 겨눈 채 상대에게 들릴 만큼 목소리를 높여 수하했다.

"정지! 움직이면 발포하겠다."

"…."

갑자기 어둠 속에서 난 소리에 놀랐는지 상대가 멈칫했다. 하지만 잠시 후, 상대는 전혀 개의치 않고 다시 큰 걸음으로 당당히 이쪽을 향해 걸어오기 시작했다.

자박, 자박, 자박.

자신이 노려지고 있다는 사실을 알면서도 저리 당당하게 걸어 올 수 있다니. 상대가 걸음을 멈추지 않자 오히려 당황한 것은 나와 갑판병들이었다.

"잠깐, 제대로 수하한 거 맞아? 왜 안 멈추는 거야?"

"혹시 함정인가…?"

상대가 걸어올 때마다 혼란이 가중되자, 샤오지에가 황급히 다른 의견을 꺼냈다.

"혹시 저 병사가 영어를 못 알아듣는 거 아닐까요?"

"설마요."

해외에 작전을 나온 연방의 병사가 영어를 못 알아들었을 리가 없다. 심지어 못 알아들었다 하더라도 훈련된 군인이라면 소리가 났을 때 몸을 숙이고 주위를 살피는 게 보통이다. 하지만 지금 우리에게 걸어오고 있는 상대는 귀라도 먹은 것마냥 아무렇지도 않게 이쪽을 향해 걸어오고 있었다. 결국 이비 이조는 고개를 젓더니 어깨에 소총을 단단히 견착하고 나지막이 중얼거렸다.

"…쏘겠습니다."

이비 이조의 판단은 지극히 옳았다. 아군의 기지도 아닌, 적진에 침투한 상황에서 수하를 불응하고 다가오는 적을 그대로 두는 바보는 없다. 자칫하면 오히려 이쪽이 공격받을지도 모르는 상황이다. 하지만 샤오지에는 이 상황에서도 무어가 그리 마음에 걸렸는지 발포를 재차 만류했다.

"아뇨, 기다리세요, 이비 이조."

"…어째서입니까?"

"수하를 다시 합시다. 연방어로. 어차피 이쪽의 수가 더 많으니 가까이 다가온 이후에 포박을 해도 늦지 않아요."

샤오지에의 말에 이비 이조는 마뜩찮은 표정으로 입술을 꽉 깨물었다. 이런 위험한 상황에서 적을 배려해 모국어로 재차 수하를 한다니, 내가 보기에도 지나친 친절이었다. 하지만 오랫동안 언쟁을 벌일 시간은 없었다. 결국 이비 이조는 마지못해 고개를 끄덕이며 내게 말했다.

"…알겠습니다. 의무장님. 수하를 부탁드리겠습니다."

"어, 어. 알았어."

나는 요청을 받자마자 앞쪽의 차폐물로 넘어간 다음, 상대를 향해 총구를 겨누었다.

"저, 정지, 우, 움직이면 쏜다!"

갑자기 연방어를 쓰는 바람에 혀가 꼬여버렸다.

긴장감이라고는 하나도 없는 얼빠진 수하였던지라 나는 상대가 웃음을 터트리지 않을까 걱정했다. 하지만 다행히도 상대는 웃지 않았다. 대신 그녀는 발걸음을 멈춘 채 내 쪽을 주시하며 고개를 갸웃거렸다.

"연방인?"

전장의 정적을 깨고 낭랑한 목소리가 울려 퍼졌다.

"…에?"

"학회에 연방인이 있다니… 별난 일이네."

상대는 그렇게 말한 다음, 아까 보다 속도를 높여 이제는 잰걸음으로 뛰어오기 시작했다.

자박, 자박, 자박.

"자, 잠깐. 움직이면…."

뭐라 반응할 새도 없이, 그 여인은 내게 가까이 다가오더니 대뜸 내 멱살을 잡아 끌어당겼다. 무장도 하지 않은 채 총을 든 적병의 멱살을 잡다니. 너무나도 갑작스러운 기행이었던지라 갑판 병들조차도 어찌 반응하지 못한 채 나와 여인을 번갈아 보고만 있었다.

나는 숨을 죽인 채 내 멱살을 잡은 그 여인의 얼굴을 찬찬히 살펴보았다. 허리까지 늘어진 긴 생머리와 동글동글한 안경. 전장과는 전혀 어울리지 않는 앳된 얼굴까지…. 아무리 보아도 그녀의 외모는 군인처럼 보이지는 않았다. 하지만 그녀의 옷깃에는 연방 대위 계급장이 또렷이 박혀 반짝이고 있었다. 대위까지나 되는 사람이 무식하게 적진에 맨몸으로 뛰어들다니….

"이, 이게 대체 무슨…."

내가 인상을 찌푸리며 중얼거렸지만, 그 여군 대위는 내 말은 아랑곳도 하지 않은 채 내 멱살을 더욱 세게 끌어당겨 가슴팍에 새겨진 내 이름 석 자를 천천히 읽어 내렸다.

"이. 원. 일. 어디서 많이들은 이름인데…. 이원일, 이원일이라…. 내가 이 이름을 어디서 들었더라."

대위는 셈을 하듯 손을 꼽아가며 고개를 갸웃거리다가, 드디어 무언가가 떠올랐는지 나를 가리키며 소리를 질렀다.

"그래. 무진함의 승조원! 분명히 그 때 언론에 공개된 사망자 명단 중에서 분명히 네 이름을 본 기억이 있어. '이원일 하사, 순직 후 1계급 특진'. 맞지?"

대위의 말에 나는 갑자기 불쾌한 기억이 떠올라 얼굴을 찌푸렸다.

'이원일 하사는 죽었다. 내가 받은 연락은 그뿐이다.'

지난달 우리를 공격해 온 연방 잠수함의 함장도 같은 소리를 했었다. 연방은 내가 살아있다는 사실을 알면서도 부러 나를 죽은 사람 취급하고 있었다.

이 사실을 처음 알게 되었을 때 나는 큰 충격을 받아 괴로워했지만, 이제는 제대로 말할 수 있다. 그들의 말대로 연방의 이원일 하사는 죽었다. 잿빛 10월의 이원일 일조만이 살아있을 뿐이다. 나는 대위의 손을 뿌리치며 그 때처럼 차갑게 대꾸했다.

"무슨 소리입니까. 이원일 하사는 죽었습니다. 당신들이 그렇게 말했잖습니까."

"흐음, 흐음. 그렇구나… 죽었구나…. 그런데 말이야."

하지만 대위는 무슨 생각에서인지 고개를 갸웃거리며 내 손목을 세게 꽉 쥐어 당겼다. 긴장한 탓일까, 대위가 누르고 있는 손목을 타고 혈류가 흐르는 게 스스로도 느껴졌다.

"그런데 어째서. 죽은 자가 살아서 움직이고 있는 거야?"

"죽은 자라니. 그게 무슨…."

내가 무어라 항변하려 했지만, 이미 그녀는 들은 체도 하지 않은 채, 저만의 세계에 빠져 횡설수설하기 시작했다.

"이상해. 정말 이상해. 죽은 병사가 멀쩡히 살아서 총을 들고 움직인다니. 이해할 수가 없어. 있을 수 없는 일이야. 하지만… 학회의 기술력이라면 가능할지도 몰라. 응, 가능할 거야!"

한참의 횡설수설 끝에 대위는 무슨 결론에 이르렀는지, 어린아이처럼 천진하게 웃으며 기뻐했다.

"저기, 이원일 하사."

연방의 대위는 새빨간 혀를 날름거리며, 달콤한 목소리로 내게 속삭였다.

"아주 조금이면 되니까… 해체하게 해주면 안 될까?"

그녀는 숨을 거칠게 몰아쉬며 품 안에서 수술용 메스를 꺼내 들었다. 그 달콤한 어조에 속을 뻔했지만, 안경 너머로 풀풀 풍겨 나오는 그 광기에 나는 경악했다. 나는 나도 모르게 뒷걸음질을 치며 몸서리를 쳤다.

'이게 도대체 뭐야, 완전히 미친년이잖아!'

자칫하면 죽을지도 모르겠다는 생각이 머리를 스치자, 나는 무의식적으로 대위를 거칠게 뿌리치며 총구를 겨누었다. 다른 갑판원들도 그녀의 상태가 정상이 아니라고 판단했는지, 센비 삼조가 차폐물에서 나와 사이에 끼어들었다.

"멈추십시오, 대위."

그녀는 대위의 머리에 총구를 정확히 겨눈 채 다가서서 무장 해제를 요구했다.

"대형을 짠 적 사이에 홀로 뛰어들다니 장교답지 않은 멍청한 행동이군요. 벽에 손을 짚고 뒤돌아 주십시오. 당신의 신병은 이제 이쪽에서 받겠습니다."

"멍청하다니. 누가? 내가?"

대위는 센비 삼조의 말에 의아하다는 표정으로 자신을 가리키며 눈을 동그랗게 떴다. 그리고 자신을 포위하고 있는 수병들을 둘러보며 이해할 수 없다는 투로 툴툴거렸다.

"포위된 건 내가 아니야. 광명학회의 아가씨들."

대위는 차폐물 뒤에 숨어서 자신을 향해 총구를 겨누는 수병들을 죽 돌아보며 낮은 미소를 흘렸다.

"멍청하게 적진에 뛰어든 불나방은 바로 그쪽이지."

"그게 무슨 소….

쾅!

센비 삼조가 말을 마치기도 전에 커다란 폭발음과 함께 무언가가 날아와 그녀의 복부를 강타했다. 갑작스러운 충격에 센비 삼조는 비명조차 지르지 못한 채, 입을 벌리고 숨만 삼켰다.

"헉…"

그녀의 얼굴이 고통으로 일그러졌다. 몸은 금방이라도 쓰러질 것처럼 비틀거리고, 입가에서는 게워내지 못한 타액이 계속해서 넘쳐흘렀다.

"끄아아아… 하아… 흐윽."

센비 삼조는 신음을 억지로 목 뒤로 넘기며 끅끅대다가 결국 무릎을 꿇고 바닥에 풀썩 쓰러졌다.

"센비 삼조!"

샤오지에가 소리를 지르며 뛰쳐나가려는 순간, 옆에 있던 이비 이조가 황급히 그녀의 손을 잡아끌었다. 센비 삼조가 바닥에 쓰러짐과 동시에 연달아 폭발음이 들리더니 탄환이 이쪽으로 마구 날아들었다.

"머리 숙이십시오!"

탄환이 공기를 가르며 내는 소름끼치는 파음이 귓가에 울려 퍼졌다. 황급히 몸을 날려 교회 건물 안으로 몸을 숨겼지만, 적이 쏜 탄환은 무자비하게 콘크리트 외벽을 깎아내리며 계속 우리를 위협했다.

"갑자기 이게 무슨 일이야? 앞에 나가 있던 초계병은? 분명 방금 전까지 이 근방에는 아무도 없었잖아!"

나는 몸을 숙여 머리를 보호하며 통신병을 윽박질렀다. 하지만 통신병 역시 아는 바가 없었는지 상기된 얼굴로 고개를 가로저었다.

"연락이 전부 끊겼습니다! 초계를 서고 있던 병사들과도… 이제는 후위 분대와도 연락이 되지 않습니다."

탄환은 이제 교회 뒤뜰 쪽에서도 날아들고 있었다.

나는 정보를 얻기 위해 몸을 좀 더 숙이고 시각 외의 감각에 정신을 집중했다. 사방에서 지축을 울리는 폭발음과 매캐한 초연의 향기가 흘러들어오고 있었다. 그리고 누구의 것인지 모를 시큼한 체액의 냄새까지… 전장이 자아내는 역겨운 악취에 순간 헛구역질이 나올 뻔 했다.

하지만 정신을 놓고 떼를 쓴다고 상황은 바뀌지 않는다. 정신을 똑바로 차려야 한다. 나는 억지로 이를 악물며 계속 창문 너머로 응사를 했다. 고개를 들어 연방의 대위는 어찌되었는지 확인하고 싶었지만, 계속해서 탄환이 날아오고 있었기 때문에 나는 감히 창문 위로 고개를 내밀지 못했다.

"적은 어딘가에 숨어서 매복을 하고 있었던 걸까요. 적이 어디서 침입했는지 확실치는 않습니다만… 지금 저희가 포위되었다는 것만큼은 확실하군요."

이비 이조가 체스트 리그에서 탄창을 하나 더 뽑으며 퉁명스럽게 말했다. 그녀가 말을 하는 도중에도 요란한 폭발음은 쉴 새 없이 울려 퍼졌다.

그런데 자세히 귀를 기울이니 가볍게 퉁, 퉁 소리를 내며 탄환을 발사하는 아군의 소총과는 달리, 적들이 쏘고 있는 총은 쾅, 쾅 하는 거친 격발음을 내고 있었다. 게다가 평범한 라이플 탄환과는 달리, 적이 쏘고 있는 탄환은 콘크리트 외벽을 깎아내릴 만큼 파괴력이 강했다. 밖에서 날아든 탄환이 건물의 지주를 박살내자 나는 어깨를 움츠리며 소리를 질렀다.

"저 놈들이 지금 쏘는 게 도대체 뭐야? 총알? 포탄?"

이비 이조는 고개를 가로젓고는 바닥에 굴러다니는 커다란 쇳덩어리 하나를 집어 들었다. 적이 쏜 탄환이었다.

"이건 슬러그 탄입니다. 샷 건이군요."

슬러그 탄이라 하면 샷 건, 즉 산탄총에 장전하는 탄환의 종류 중 하나였다. 일반적으로 벅 샷이라고 불리는 산탄용 탄환이 여러 개의 구슬로 이루어져 퍼져나가는 것에 비해, 슬러그 탄은 그 무시무시한 파괴력이 단 하나의 커다란 납 탄에 집중된다. 아마 아까 센비 삼조의 복부를 직격한 그 일격도 이 슬러그 탄이었으리라. 하지만 슬러그 탄이든 벅 샷이든 산탄총에 장전해서 쏘면 연사속도가 느릴 수밖에 없다. 나는 영화에서 자주 등장하는 펌프 액션식 샷 건을 떠올리며 이비 이조에게 물었다.

"샷 건의 연사력이 원래 저렇게 좋아? 거의 세미 오토로 계속 쏘고 있는데?"

"평범한 샷 건이 아니군요. 그러고 보니 연방군 제식 화기 중에 풀 오토 샷 건이 하나 있지 않습니까?"

"아… 우사스 말인가."

확실히 연방군에도 제식 산탄총이 하나 있기는 했다. 'USAS-12'라는 이름의 그 소총은 다목적 스포츠용 산탄총 (Universal Sports Automatic Shotgun)이라는 명칭이 무색하게도 12 게이지 산탄을 풀 오토로 마구 쏘아대는 군용 샷 건이었다. 이렇게 말만 들으면 괜찮은 무기처럼 여겨지지만, 실제로는 6kg을 넘어가는 무식한 무게와 짧은 사거리 때문에 실제로 전장에서 보병이 들고 다니는 경우는 거의 없었다.

"하지만 유효 사거리 안에만 들어간다면 상대를 확실하게 제압할 수 있겠지요."

이비가 슬러그 탄을 손끝으로 만지작거리며 부연 설명을 붙였다. 하지만 누차 말하지만 문제는 총기가 아니다.

"그러니까 적이 어떻게 초계에게 들키지 않고 저 무식한 무기를 든 채 유효 사거리 내까지 접근 했냐고."

슬러그 탄으로 상대를 맞추려면 아주 가까이까지 접근해야 한다. 아무리 멀리 봐주더라도 100m 정도가 한계일까. 아까도 그렇게 가까이까지 걸어왔다면 총을 쏘기도 전에 초계병이나 누군가에게 들켰을 것이다. 그런데 적은 땅에서 솟아난 것처럼 갑자기 지근거리에 나타나 우리를 공격하기 시작했다. 그것도 다수가 동시다발적으로.

"그야 저는 모르지요. 지금은 이 상황을 벗어날 방법부터 생각해야 합니다. 불행 중 다행이라면 샷 건의 명중률은 극도로 낮습니다. 마음먹고 도주한다면 제대로 저격하진 못할 테지요."

이비 이조는 총을 어깨에 걸쳐 멘 채, 전술 백 팩에서 연막탄을 꺼내들며 뒷문에 눈길을 주었다. 비 오듯 탄환이 쏟아지는 앞뜰과는 달리 뒤뜰 쪽에는 적병이 몇 없는지 비교적 탄막이 성겼다. 연막탄을 던지고 시야가 가려진 상태에서 뒤뜰로 도망친다면 분명 피해를 최소화 할 수 있으리라.

"그래. 그렇게 하자."

"그럼 바로 후퇴하겠습니다."

이비 이조가 상체를 들고 연막탄을 던질 준비를 했을 때, 갑자기 샤오지에가 황급히 손을 들어 그녀를 말렸다.

"이비 이조, 잠시만요."

"왜 그러십니까, 샤오지에."

"하지만… 아직 센비 삼조가…."

샤오지에의 눈은 아직도 센비 삼조가 쓰러져 있는 창문 너머를 향하고 있었다. 아직도 센비 삼조는 밖에 쓰러진 상태로 방치되어 있었다. 여기서 우리만 후퇴한다면 센비 삼조는 분명히 적에게 사로잡힐 터였다. 적진에 전우를 남겨두고 달아나기가 꺼림칙했는지, 샤오지에는 계속 입을 달싹거리며 망설이고 있었다. 하지만 이비 이조는 단호하게 고개를 저으며 다시 샤오지에의 손을 잡아끌었다.

"샤오지에, 이 상황에서는 못 데리고 갑니다."

"하지만…."

"하나를 살리려다가 다 죽는 경우도 있습니다. 그건 샤오지에께서 더 잘 아시잖습니까."

이비 이조의 목소리에는 어쩐지 묘하게 가시가 서 있었다. 샤오지에는 이비 이조의 말에 무어라 대꾸하려다 말고 결국 슬픈 표정을 지으며 고개를 푹 숙였다. 그리고 기어들어가는 목소리로 마지못해 그녀의 제안을 수긍했다.

"…그래요. 허가합니다."

이비 이조는 허가를 받자마자 지체 없이 연막탄을 던졌다. 뒤이어 다른 수병들도 양동으로 앞뜰과 측면에 연막탄을 던져 교회 건물 전체를 자욱한 연기로 가득 차게 만들었다. 충분히 시야가 흐려지자 이비 이조는 내 어깨를 두들기며 나가라는 수신호를 보냈다.

나는 문 앞에 서서 아주 잠시 동안 주저했다. 혹시라도 나가자마자 적병이 쏜 탄환에 맞으면 어쩌지? 하지만 주저하다가는 더 심한 꼴이 될지도 모른다.

"에라, 모르겠다! 죽기 아니면 까무러치기지!"

나는 발을 내딛고 뒤도 돌아보지 않은 채 걸어온 길을 따라 내달렸다. 뒤에서 간헐적으로 총소리가 들리기는 했지만 신경조차 쓰지 않았다.

호흡이 격해져 가슴이 터질 정도로 아파 오고, 눈앞이 흐려지기 시작했을 무렵. 누군가가 이쪽을 향해 뛰어오는 게 보였다. 적은 아니었다. 뒤늦게 합류한 후위 분대원들이다. 후위 분대는 갑작스러운 총소리를 듣고 포인트를 향해 달려왔지만, 무전이 끊긴 탓에 지시를 받지 못해 이곳에서 대기하고 있었던 모양이었다.

"도대체 이게 무슨 일입니까!"

후위 분대장인 자비 일조가 혼란스러운 표정으로 물었다.

"습격당했어. 작전이 사전에 간파당했나봐."

나는 간신히 말을 내뱉은 다음, 사래가 들린 것처럼 계속 기침을 했다. 잠시 후, 호흡이 다시 정상으로 돌아오며 시야가 한층 맑아졌다. 고개를 돌려 확인해 보니 샤오지에와 이비 이조를 포함한 갑판원들이 나와 마찬가지로 천천히 숨을 고르고 있었다.

"죄송합니다, 샤오지에. 갑자기 무전이 먹통이 되서….."

"괜찮습니다. 아마도 전파 방해를 받았던 모양이에요. 다행히 이제 분대간 무전은 잘 들리는데…. 잿빛 10월과의 연락은 아직도 안되나요?"

"아직도 잡음이 심해서 수신이 되지 않습니다. 통신 감도가 나빠진 탓일까요."

"… 아뇨, 이 경우는 고의적인 전파 방해가 있다고 봐야 하겠지요. 일단 IBS가 정박된 지점을 ORP (목표상 재집결지 : objective rally point)로 삼고 다시 집결합니다."

샤오지에는 흙바닥에 대강의 지형도를 그려 위치를 설명해 준 다음, 퇴각을 지시했다. 그러는 중에도 갑판원들은 불안한 표정으로 주위를 두리번거리며 적의 습격을 경계했다. 후위 분대장인 자비 일조는 적을 제대로 보지 못했던 탓에 불안했는지, 재차 확인하듯이 질문을 던졌다.

"적은 더 이상 따라오지 않을까요?"

"상대가 제정신이라면 그렇겠지요."

이비 이조가 고개를 끄덕이며 방금 전까지 적이 쫓아오던 뒤쪽

방향을 노려보았다.

"상대는 인원이 한 명이라도 아쉬운 상황인데다가, 방어가 최우선 목표입니다. 위험을 감수하고 도주하는 적을 쫓을 리가…."

딸그락.

샤오지에의 말이 끝나기도 전에 바로 앞의 건물에서 무언가가 날아와 우리 앞으로 굴러들어왔다. 손잡이가 달린 그 원통형의 물체는… 다름 아닌 수류탄이었다.

순식간에 오만가지 생각이 머리를 스치고 지나갔다. 수류탄을 보면 어찌하라고 했더라? 해군 훈련소에서는 수류탄의 취급법을 알려주지 않는다. 영화에서는 몸으로 덮거나 주워 도로 던지던데… 순간적으로 머릿속에 오만가지 생각이 떠올랐지만 나는 손끝 하나 움직이지 못했다. 하지만 내가 생각을 마치기도 전에 누군가가 재빨리 수류탄을 향해 튀어나갔다.

"趴下(엎드려)!"

이비 이조였다. 그녀는 소리를 지르며 수류탄을 힘껏 걷어찼다. 수류탄은 커다란 호를 그리며 건물 안으로 굴러들어가더니, 1초도 지나지 않아 요란한 소리를 내며 폭발했다. 수류탄이 일으킨 매캐한 분진이 걷히기도 전에 수병 하나가 앞을 향해 응사하며 소리쳤다.

"본 지점으로부터 아홉시 방향 건물에 적 입니다!"

"찰리 분대, 제압사격! 적이 접근하지 못하도록 탄막을 구축하면서 이탈합니다!"

샤오지에의 명령이 떨어지기 무섭게 소총분대가 적이 있었던

지점을 향해 제압사격을 가했다. 탄착군에서 일어난 자욱한 분진 때문에 적이 어떻게 되었는지는 잘 보이지 않았다. 샤오지에는 계속 사격을 독려하면서도 나머지 분대에는 퇴각을 우선시하도록 명령했다.

"적극 공격은 최대한 피합니다! 이탈을 우선시 하세요!"

샤오지에의 말에 갑판병들은 간헐적으로 사격을 이어가면서 필링 퇴출을 하기 시작했다. 물론 전력 외였던 나는 갑판병들의 순서와는 상관없이 중도에 적당히 빠져나가면 되었지만, 어쩐지 찜찜한 기분에 발이 잘 떨어지지가 않았다. 방금 우리를 공격해 온 해병은 처음부터 이곳에 매복해 있었던 걸까? 만일 우리를 쫓아온 해병이라면 어째서 쫓아온 거지? 병력이 적은 수비군 입장에서 도망치는 적을 쫓아 봤자 좋을 게 하나도 없는데. 장소를 이탈하기 직전, 고개를 돌려 적병이 서 있던 창가를 바라보았지만 이미 그곳에는 아무도 없었다.

속도를 줄이지 않은 채 발걸음을 재촉하면서도 나는 아까 있었던 적의 공격에 대해 계속 고심했다. 적이 아군에게 들키지 않은 채 산탄총을 들고 접근할 수 있었던 방법에 대해 궁리하는 건 둘째치더라도, 아군을 공격해 온 적병의 숫자는 너무나도 이상했다.

분명 아까 공격을 받았을 때, 적병의 수는 탄환의 수로만 헤아려 보아도 최소 열 명은 되었다. 하지만 사전에 마리아 작전관은 적이 한 개 소대로만 이루어져 있다고 했다. 두 사실이 모두 맞는다면, 적은 자루비노 항을 방어하는 것을 포기한 채 소대원 모두가 아군을 요격하기 위해 뛰쳐나온 셈이다. 그 사이에 또 다른 별동대가 자루비노 항을 공격하기라도 했더라면, 적 해병들은 기지를 잃게 되었을 것이다. 그런데도 적 해병이 별동대가 없다는 확신을 갖고 우리를 요격하러 나왔다는 뜻은….

"아무래도 작전이 유출된 듯 싶습니다."

다른 수병들에게 들리지 않게 작은 목소리로 의견을 표하자, 샤오지에는 씁쓸한 표정을 지으며 내 말에 동의했다.

"…그렇다고 볼 수밖에 없네요."

하지만 도대체 어디서 작전이 새어나갔던 말인가? 학회 상층부에 보고를 하던 와중에 도청이라도 당한 걸까? 그도 아니라면… 잿빛 10월 내에 적과 내통하는 간부라도 있었던 걸까. 아무리 머리를 굴려 봐도 나쁜 예감만이 계속 떠올랐다.

커다란 시가를 지나고 좁은 골목길을 지나려던 참이었다. 대열의 중간에서 우측을 경계하며 걸어가다가, 나는 문득 우측 맞은편 골목에서 무언가가 반짝이는 것을 보았다. 들고양이라도 있었던 걸까, 하며 생각 없이 시선을 돌렸다가 나는 그 정체를 확인하고 숨을 삼켰다.

인기척도 느끼지 못했는데.

그 골목의 가장 안쪽에 산탄총을 든 적이 어둑시니처럼 서 있었다. 처음부터 이 위치에서 매복하고 있었던 건가? 하지만 기장과 약장이 잔뜩 달린 해병의 그 화려한 전투복은 앞서 지나간 수병들이 모른 척 넘기기가 더 힘들 정도였다. 문득 눈에 들어온 해병의 어깨는 총상이라도 입었는지 붉게 물들어 있었다.

그보다 빨리 위험을 알려야…!

"적…!"

말을 떼기도 전에 적병이 산탄총을 들어 이쪽을 향해 총구를 겨누었다. 나는 골목 방향에 서 있던 갑판병에게 소리를 질러 주의를 주려고 했지만, 이미 늦은 후였다.

"…아악!"

총을 맞은 갑판병이 날카로운 비명을 지르며 쓰러졌다.

다른 수병들이 총성을 듣고 황급히 탄환이 날아온 곳을 향해 제압 사격을 가했지만, 그 해병은 다시 도깨비처럼 골목 반대편으로 사라진 이후였다.

급습을 당한 수병에게 달려가 보니 화살처럼 생긴 침핀이 주변에 떨어져 있었다. 산탄에 쓰이는 플레세트 탄이었다. 플레세트 탄은 산탄의 구슬 탄자 대신 날카로운 압핀을 흩뿌려 적에게 자상을 입히는 탄환으로서 관통상에 특화된 대인 저지용 탄환이다. 그렇기 때문에 조준 없이 적당히 겨누고 쏘더라도 적병 하나를 행동불능으로 만드는 건 어려운 일이 아니었다.

총상을 입은 수병의 다리는 무딘 칼로 마구 난자한 것처럼 끔찍하게 찢어져 있었다. 이대로는 걸을 수 없겠지. 나는 지혈 붕대를 대 황급히 출혈을 막은 다음, 다리에 무리가 가지 않게 수병을 들쳐 업었다. 조그마한 체구의 수병이었지만, 전술 조끼에 돌격 배낭까지 걸친 탓인지 제법 무거웠다. 이럴 줄 알았으면 배 안에서 도수 운반 훈련이라도 해 둘 걸 그랬나.

수병의 어깨에서 전술 조끼를 벗겨내고, 다시 부축을 하고 있노라니 앞쪽 분대에서 샤오지에와 이비 이조가 다가와 당황한 표정으로 주변을 돌아보았다.

"습격인가요? 도대체 적이 어디서…."

"또다른 적이 매복하고 있었던 겁니까. 분명 아까는 보지 못했는데…!"

이비 이조는 적이 있었던 골목의 잔해를 발로 걷어차며 이를 악물었다. 하지만 나는 고개를 가로저으며 그녀들의 말을 부인했다.

"다른 녀석이 아닙니다. 아까 그 건물에 서 있었던 해병입니다."

내 확신에 찬 대답에 샤오지에가 의아한 표정으로 되물었다.

"어째서죠…?"

"적병이 어깨에 총상을 입은 걸 보았습니다."

그 적은 아까 전의 총격전으로 인해 어깨에 부상을 입은 해병임이 틀림없었다. 후방에서 미리 매복하고 있던 적이라면 총상을 입을 이유가 없다. 제삼의 적이 존재하지 않는 한 그가 입은 총상은 우리가 입힌 부상임이 틀림없었다. 그렇다면 그는 전력을 다해 도주하는 우리를 피해 다른 퇴로로 앞지른 후, 이곳에서 기다리고 있었단 말이다. 아무리 생각해도 상식적으로 이해할 수가 없었다.

축지법이라도 쓰지 않는 이상 적이 그 먼 거리를 돌아와 우리를 급습할 수는 없었다. 그도 아니라면 하늘을 날아서 우리 몰래 착지했다던가. 혹은…

"정말로 순간이동을 한다든가."

내가 말하고도 어처구니가 없는 소리였지만, 그 자리의 누구도

6. 녹차 아이스크림

비웃지 않았다. 오히려 지금이라도 당장 우리의 등 뒤에서 적병이 나타나 산탄총을 겨눌지도 모른다는 공포가 퍼지자, 나이 어린 수병들은 등을 맞대고 더욱 불안한 표정을 지어 보였다.

"허튼 소리군요."

하지만 이비 이조만큼은 콧방귀를 뀌며 내 말을 가볍게 넘겨 버렸다. 뭐, 순간이동이라는 말이 우습게 들릴지도 모른다고 생각했었지만. 어쩐지 조금 기분이 상했다.

"그보다 적병의 공격 방식이 이상합니다."

이비 이조는 내 말을 가볍게 무시한 채 가옥의 구조와 지도를 살피며 말을 이어 갔다.

"우리가 사전에 이곳으로 도주할 거라는 걸 예측했더라면 부비 트랩을 설치하는 편이 더 나았을 겁니다."

확실히 이 곳에 와이어 트랩 같은 걸 설치해 두었더라면 수병 하나가 아니라 분대 전체가 동시에 죽었을지도 모른다. 하지만 적은 아까도 그랬지만, 혼자서 전혀 예상치 못한 곳에 나타나 아군에게 사소한 부상만을 입힌 채 달아나길 반복하고 있었다. 마치 후퇴하는 적을 섬멸하는 게 목적이 아니라, 아군을 조금씩 괴롭혀 놀리려는 것마냥.

"게다가 더욱 꺼림칙한 사실은…."

이비는 잠시 숨을 들이켠 다음 불안한 투로 중얼거렸다.

"적병은 어째서 전력으로 맞서질 않는 걸까요?"

"계집아이들을 전력으로 상대했다가 죽어버리기라도 하면 자극이 없잖아."

그 때, 누군가가 이비의 질문에 지친 목소리로 답했다.

갑자기 뒤쪽에서 들려온 목소리에 병사들은 총구를 돌릴 생각도 하지 못한 채 뒤를 바라보았다. 사내 하나가 머리 하나 정도 더 높은 위치의 회벽에 걸터앉아 이쪽을 내려다보고 있었다.

기장과 약장이 잔뜩 새겨진 위장 전투복 위에 가벼운 전술 조끼를 걸치고, 머리에는 팔각모를 쓰고 있다. 손에는 커다란 반자동 산탄총을 든 채 사내는 우리를 바라보며 히죽거리고 있었다. 그의 어깨에서는 아직도 지혈되지 않은 피가 흘러내리고 있었다.

아까의 그 녀석이다.

하지만 저렇게 화려한 전투복을 입고 있는데, 어째서 우리는 저 녀석이 접근하는 걸 알지 못한 걸까?

"게다가 머리를 쏘면 뇌가 부서지니까. …어? 그런데 왜 나는 사람의 뇌를 먹어야 한다고 생각한 거지? 이상하네."

사내는 괴상한 희극을 연기하는 것마냥 머리를 갸웃거리며 한동안 무언가를 골똘히 떠올리더니, 결국 포기했는지 한숨을 내쉬며 고개를 가로 저었다.

"뭐, 모쪼록 이번에는 적당히 전멸해 주었으면 좋겠어."

그렇게 말하고 사내는 예의 그 막대형 수류탄을 품속에서 꺼내 선물이라도 주는 것마냥 우리 쪽을 향해 휙 던졌다. 수류탄은 아까와는 달리 내 앞에 바로 떨어졌다.

나는 이비 이조가 아까 했던 것처럼 수류탄을 걷어차 멀리 날려 보내려 했다. 하지만 요령이 나빴던 탓일까, 아까와는 달리 수류탄은 벽면에 튕겨 나간 다음, 바로 옆의 건물 안으로 굴러들어 갔다. 나는 곧바로 몸을 날려 바닥에 엎드렸다. 이어지는 굉음.

이번에는 가까이에서 폭발이 일어났던 데다가, 구조물이 약했던 탓인지 거대한 폭풍과 함께 자욱한 분진이 내 몸을 덮쳐 왔다.

아주 잠시동안 시야가 회복되지 않았다.

분진이 걷히자마자 내 눈에 들어온 건 아까의 해병과 그의 손에 잡힌 갑판병 하나였다. 해병은 구부정한 자세로 쓰러진 수병을 한 손으로 끌어당겨 피 냄새를 맡고 있었다.

"…이상하군. 전의 경비병들과는 다른 달콤한 냄새야. 계집아이의 피는 맛도 다른 걸까?"

해병의 말에 순간 소름이 확 끼쳤다. 저 녀석, 미친 짓도 모자라 흡혈귀라도 될 셈인가?

"지금 뭘 하는 거야, 이 미친 자식아!"

나는 소총을 집어 들고 바로 해병을 겨누었다. 해병은 한 손에 수병을 안고 있었던 탓인지, 바로 대응하지 못하고 멈칫했다. 이 거리라면 빗나가지 않으리라는 확신이 있었다. 나는 주저 없이 검지로 힘껏 방아쇠를 당겼다.

하지만 나는 한 가지 실수를 했다.

너무 흥분한 나머지 내 검지가 이미 잘려나갔다는 사실을 잠시 망각한 것이다. 반쯤 잘린 손가락은 방아쇠를 제대로 당기지 못한 채 미끄러졌고, 총은 불발되었다.

이 긴박한 와중에 실수를 하다니….

나는 낭패 섞인 표정을 지으며 적병을 올려다보았다.

그런데 어처구니없게도.

적병 역시 낭패 섞인 표정을 짓고 있었다.

"왜… 쏘지 않는 거야?"

해병이 나를 내려다보며 느릿느릿한 투로 물었다.

"왜, 왜, 왜! 내게 자극을 주지 않는 거야. 어째서 그 총으로 나를 쏴서 고통을 주지 않는 거야!"

그가 도대체 무슨 말을 하는지 이해가 도통 가지 않았다. 자기를 총으로 쏘지 않아서 유감이라는 소리인가? 해병은 결국 분을 참지 못하고 어깨의 상처를 제 손으로 헤집기 시작했다. 그는 끝내 발까지 굴러가며 분개하더니, 갑자기 차가운 미소를 지으며 내게 산탄총을 겨누었다.

"너… 죽인다."

'아… 죽었다.'

유난히 커다란 산탄총의 총구를 마주하는 순간, 주마등이 눈앞에 스쳐지나갔다. 부처와 야훼, 둘 중 누구에게 기도를 할까 고민하고 있는데 갑자기 발소리와 함께 이비의 목소리가 들려왔다.

"고개 들지 마세요."

소리가 난 쪽을 바라보니 이비 이조가 소총을 거꾸로 잡은 채 비틀거리며 걸어오고 있었다. 그녀는 타선에 선 야구선수처럼 소총을 단단히 꼬나쥐더니, 개머리판으로 해병을 있는 힘껏 가격했다.

"끅."

개머리판이 복부를 강타하자, 해병은 개구리 같은 소리를 내며 회벽 뒤로 고꾸라져 떨어졌다. 이비는 그 후 바로 지체하지 않고, 내 목덜미를 잡은 채 콘크리트 잔해가 쌓인 구조물 뒤로 끌고 갔다. 이미 구조물 뒤에는 샤오지에와 갑판병 몇이 몸을 엄폐하고 있었다.

…나는 방금 요단강 너머에서 끌려온 건가.

입을 열어 이비에게 감사를 표하려 했지만, 너무 충격이 커서 아무런 말도 할 수가 없었다. 악몽을 꾸는 것만 같았다. 대뜸 메스를 들이대는 여자 군의관, 빗발치듯 쏟아지는 슬러그 탄, 그리고 살인귀 해병까지… 마이클 베이가 연출한 B급 할리우드 무비도 이것보다는 얌전하겠다.

"보셨습니까, 저 녀석."

이비 이조가 분개한 표정으로 숨을 몰아쉬며 중얼거렸다.

"저 녀석, 웃고 있었습니다."

샤오지에 역시 아까 해병이 짓던 그 광기에 찬 미소를 보았는지, 입술을 파르르 떨며 고개를 끄덕였다.

"의무장. 저 녀석들은 뭔가요?"

갑판장은 혼란스러운 표정으로 나를 쳐다보며 다그치듯 물었다. 하지만 나 또한 제대로 답을 할 수 없었다.

"저는 연방군에… 아니 이 세상에 저런 광견을 군인으로 쓰는 나라가 있다고 들어본 적은 없습니다."

"…저 역시 금시초문입니다."

흔히들 해병대에는 미치광이가 많다고 하지만, 자루비노를 점거하고 있는 해병대원들이 저토록 제 정신이 아니었을 줄은 상상도 하지 못했다. 아무리 연방이 사람의 목숨을 우습게 여긴다 하더라도. 자신의 목숨을 아까워하지 않는 정예의 병사를 원한다 하더라도. 사람을 죽이는 희열에 집착하는 살인마를 길러내지는 않을 것이다.

혹시 연방군에서도 통제할 수 없는 상황에 빠진 게 아닐까, 하는 불안한 생각이 불현듯 밀려들었다. 일단 도망치기 위해서는 이곳을 배회하고 있는 저 유령을 끝장내야만 했다. 이비 이조도 마찬가지로 생각하고 있었는지, 이를 꽉 깨물며 자리에서 일어나 소총을 꼬나 쥐었다.

"저 유령은 중증의 마조히스트인 모양이군요. 그럼 제가 최선을 다해 어울려 드리도록 하죠."

이비 이조는 체스트 리그에서 탄환이 가득 찬 탄창 하나를 뽑아 총에 다시 끼워 넣은 다음 적이 사라졌던 맞은편 벽 쪽으로 발걸음을 옮겼다.

"안 됩니다, 이비 이조!"

샤오지에가 채 말을 마치기도 전에 이비 이조는 잠시 타이밍을 고른 다음 벽 가까이로 달려가 벽 너머로 섬광수류탄을 던졌다. 순식간에 강렬한 빛과 함께 폭음이 울려 퍼졌다. 이비는 섬광탄이 터지자마자 주저하지 않고 벽을 타고 넘어가 재빨리 총구를 겨누었다.

벽 너머에는 예의 화려한 군복을 입은 해병이 섬광을 피하느라고개를 돌린 채 당황하고 있었다. 아마도 대뜸 적이 섬광탄을 쓸 줄을 몰랐던 모양이다. 조준은 완벽하다. 적은 어떠한 조치도 하지 못했다…!

하지만 이비 이조가 방아쇠를 당기려던 순간, 적병은 재빨리 목깃에 손을 올리더니… 말 그대로 증발해 버린 것마냥 허공으로 사라져 버렸다.

"어…?"

두 눈으로 보고도 믿을 수 없는 광경에 이비 이조는 눈을 동그랗게 뜨고 주위를 둘러보았다. 하지만 방금 전까지 눈앞에 있었던 화려한 전투복을 입은 적병은 온데간데없었다. 스산한 바람만이 허공에 휘몰아치고 있었다.

그 때, 나는 이비 이조의 등 뒤 풍경이 기묘하게 일그러지는 것을 보았다. 잠시 눈이 이상해졌나 싶어 눈을 부비고 다시 바라보았지만, 그 일그러진 영상은 점차 또렷하게 주변과는 다른 이질감을 발하기 시작했다. 그 순간, 나는 일그러진 풍경 한 가운데 떠오른 작은 표식 하나를 발견했다. 허공에 부자연스럽게 떠오른 그 표식은 연방군을 의미하는 한쪽으로 가지를 뻗은 나뭇가지 문양이었다.

"이비 이조! 뒤!"

내가 주의를 주는 것과 동시에 일그러진 풍경은 대검을 든 해병의 모습으로 바뀌었다.

이비 이조는 기척을 알아차리자마자 재빨리 총구를 돌려 뒤를 겨누려고 했지만, 이미 너무 늦었다. 해병이 내지른 최초의 일격은 이비의 어깨를 아슬아슬하게 스치고 지나갔지만, 그 때문에 이비는 중심을 잃고 바닥에 주저앉고 말았다. 해병은 다시 대검을 높게 치켜든 다음 있는 힘껏 이비를 향해 내리찍었다. 날이 새파랗게 선 대검이 눈앞에서 반짝이자 그녀는 눈을 꾹 감았다.

푹.

순간, 강렬한 피 비린내가 공기 중에 훅 끼쳤다. 순식간에 일어난 일이라 눈앞에 펼쳐진 상황이 머리에 바로 입력되지 않았다.

해병이 내리친 대검은 끝내 이비 이조에게 닿지 않았다. 대신 샤오지에의 손이 둘 사이를 가로막고 있었다. 대검은 이제 샤오지에의 왼쪽 손바닥 한 가운데에 꽂혀 단단히 고정되어 있었다. 그녀의 손바닥을 꿰뚫은 칼날의 끝에서는 선홍색의 피가 거품을 내며 흘러내렸다. 샤오지에는 고통을 참으려 했는지 이를 꽉 깨문 채 허리춤에서 자신의 대검을 뽑아 든 다음, 순식간에 해병의 가슴에 이를 꽂아 넣었다.

이 모든 동작이 이루어지는 데에는 1초도 걸리지 않았다. 해병은 지금 무슨 일이 일어나는지 모르겠다는 표정으로 가슴에 꽂힌 대검을 망연히 내려다보았다.

"이비 이조!"

"말하지 않아도 알고 있습니다!"

샤오지에가 신호를 주자 이비 이조는 지체하지 않고 바로 자신의 대검을 뽑아 해병의 목에 찔러 넣었다. 해병은 이어진 갑작스러운 연격에 눈을 동그랗게 뜬 채 이비 이조를 내려다보았다. 그는 무어라 말하려고 몇 번이나 시도했지만, 목에 바람구멍이 난 탓에 말을 제대로 잇지 못하고 입만 달싹거렸다.

"계… 계집애 주제에…."

"이걸로 끝입니다."

이비 이조가 칼을 비틀어 뽑자 해병의 목에서 피가 분수를 뿜 듯 터져 나왔다. 이 그로테스크한 광경에 어린 수병 몇이 숨을 삼키는 소리가 들려왔지만, 정작 얼굴에 제대로 피를 뒤집어 쓴 이비 이조의 표정은 침착하기 그지없었다. 단지 역겨운 피비린내 탓에 조금 현기증이 났는지, 그녀는 잠시 동안 불안정하게 휘청거렸다.

"늦지 않아서 다행이네요."

샤오지에는 이비 이조를 바로 잡아주며 안도의 한숨을 내쉬었다. 하지만 곧 왼손에 박힌 칼이 부축을 하는 데 방해가 된다고 생각했는지, 샤오지에는 반대쪽 손으로 대검을 힘껏 잡아당겨 뽑았다. 대검이 불쾌한 소리를 내며 뽑혀 나가자 이물에 막혀 고여 있던 피가 쿨럭대며 흘러내렸다.

"카, 칼을 뽑으시면 안 됩니다!"

나는 갑판장에게 황급히 달려들어 환부를 눌러 지혈했다. 상처에 박힌 이물은 멋대로 빼내면 출혈이 커질 수 있기 때문에 가급적 제거하지 않은 채 고정시킨 상태로 후송하는 게 좋다. 물론 야전에서 칼이 박힌 채로 움직이는 것도 위험하겠지만…. 샤오지에의 손에서 피가 마구 흘러내리자 나는 허둥거리며 지혈 붕대를 꺼내들었다.

"미안해요. 어쩐지 칼이 거슬려서…."

"죄송할 건 없습니다. 다만… 다음부터는 조금 더 몸을 소중히 여겨 주세요. 갑자기 사선에 팔을 들이대실 줄이야…. 깜짝 놀랐다고요."

나는 가슴을 쓸어내리며 쓰러진 해병의 시신을 힐끔거렸다. 나는 해병이 이비 이조의 등 뒤에서 나타난 순간 그녀가 꼼짝없이 적에게 당하리라 생각하고 몸이 얼어붙어버렸다. 하지만 샤오지에는 생각을 할 겨를도 없이, 자신의 부하가 위험에 처하자 몸을 날려 적의 공격을 가로막았다. 본능적인 행동이라고밖에 말할 수 없었다.

하지만 이비 이조는 감격스러워하기는커녕, 어딘가 마뜩잖은 표정으로 고개를 푹 숙인 채 천천히 입을 떼었다.

"…어째서 저를 감싸셨습니까?"

하지만 샤오지에는 아직도 이비가 걱정스러웠는지, 심각한 표정으로 되레 그녀를 나무랐다.

"어째서라뇨. 죽을 수도 있었어요, 이비 이조."

"하지만 샤오지에의 손은…."

"신경쓰지 마세요. 이 정도로 끝나서 다행이지요."

샤오지에는 멋쩍은 웃음을 지어보이며 상처 입은 손을 등 뒤로 감추었다.

"뭐, 이 손으로 차를 타주기는 조금 힘들겠지만요."

아마도 그녀 나름대로의 농담이었겠지만… 이비에게 그 말은 전혀 농담처럼 들리지 않았던 모양이었다.

"…."

"이비 이등병조…?"

이비 이조의 얼굴이 갑자기 분노로 발갛게 상기되었다. 그녀는 호흡을 점차 빠르게 들이 내쉬더니, 샤오지에를 정면으로 노려보며 떨리는 목소리로 중얼거렸다.

"차 따위는 아무래도 좋잖습니까!"

"이비 이조… 그게 무슨 소린지…?"

"갑판부의 그 누구도 그런 고급 차 마시는 걸 좋아하지 않습니다!"

갑자기 이비 이조가 소리를 내지르자, 주변의 공기가 싸늘하게 얼어붙었다. 샤오지에의 명령이라면 지옥에라도 뛰어들 정도로 충직했던 그 이비가 샤오지에에게 언성을 높여 화를 내다니. 샤오지에도 마찬가지로 놀랐는지, 그녀는 어색한 미소를 지은 채 이비 이조를 달래기 시작했다.

"저기, 진정해요. 이비."

하지만 이비는 감정이 한껏 격앙되어 마구잡이로 말을 쏟아내고 있었다.

"단지 갑판장님께서 차 마시는 걸 좋아하시니 같이 어울려 드렸을 뿐이라고요! 저희가 어떤 기분으로 차를 마시고 있었는지 알기나 하십니까?"

"미, 미안해요. 내가 또 무언가 실수를⋯."

결국 샤오지에는 송구스러운 표정으로 사과를 건넸지만, 그 사과는 오히려 이비의 화를 돋웠을 뿐이었다.

"그렇게 사과를 남발하시면, 당신을 따르는 저희의 입장은 무어가 됩니까! 제발 저희 생각 좀 해 주십시오!"

다시금 이비가 목소리를 높이자 병사들이 달려들어 이비 이조를 억지로 샤오지에에게서 떨어뜨려 놓았다.

"이비 이조. 진정해!"

하지만 이비 이조는 여전히 성이 풀리지 않은 표정으로 숨을 거칠게 몰아쉬며 샤오지에를 노려보고 있었다.

"⋯하아."

이비는 더 이상 현기증을 이겨낼 수 없었는지 한 손으로 머리를 받친 채 숨을 힘겹게 몰아쉬었다. 그 얼굴에 떠오른 표정은 평소의 냉철하고 이성적인 이비 이조와는 전혀 달랐다. 감정적이고, 짜증으로 가득 찬… 소녀의 표정, 그 자체였다.

"샤오지에."

이비 이조는 느릿느릿하지만 명확하게.

그동안 마음속에 숨겨 두었던 잔혹한 속내를 털어놓았다.

"저는 당신이… 잿빛 10월에서 제일 싫습니다."

7. 차밥

-1-

칼에 의한 절창은 상처 부위가 가늘고 좁아 환부를 꿰매고 소독만 잘 한다면 2차 감염의 우려는 거의 없는 편이다. 샤오지에의 손에 난 절창 역시 마찬가지다. 물론 그 자리에서 대검을 바로 뽑는 바람에 많은 양의 피를 이미 흘렸고, 파상풍의 위험도 남아있었지만 쇼우코 대위의 소견으로는 불구가 되거나 생명에 위협을 줄 정도로 심하지는 않다고 했다.

문제는 산탄을 맞은 수병들이었다. 특히 플레셰트 탄을 제대로 맞은 일부 수병의 경우에는 탄환 속의 금속 핀이 살을 그대로 찢어발겨 뼈가 드러날 정도의 중상을 입고 말았다. 이 경우에는 상처 부위가 넓어 꿰맬 수도 없는데다가 세균 감염의 위험성도 매우 컸다. 헛된 기원이라는 걸 알지만, 부디 흉터가 크게 생기지 않기를 바랄 뿐이다.

군의관은 집중치료실에서 중상을 입은 수병들의 수술을 하고 있었고, 나는 '비교적' 상처가 가벼운 갑판원들의 치료를 맡게 되었다. 가볍다고는 해도 봉합을 해야 하는 환자가 세 명이나 되었다.

그 중 가장 마지막까지 기다렸다 치료를 받은 건 샤오지에 갑판장이었다. 샤오지에는 평소처럼 담담하게 웃으며 환부를 내밀었지만, 그녀의 하얗고 매끄러운 손에 난 끔찍한 상처를 마주하자 나는 마음이 아팠다.

"…조금 아플 겁니다."

"응, 괜찮아요."

리도카인을 재고 벌어진 상처에 주사바늘을 찔러 넣는다. 환부에 직접 놓는 마취 주사는 여간한 남성 장병들도 펄펄 뛸 정도로 아플 텐데, 샤오지에는 신음소리조차 내지 않았다. 고개를 들어 샤오지에를 보니 그녀는 여전히 담담한 미소를 지은 채 나를 내려다보고 있었다.

환부에 거즈를 덮고 붕대를 감기 위해 나는 샤오지에의 손을 잡아끌었다. 그녀의 손끝은 어째서인지 가늘게 파르르 떨리고 있었다.

"죄송합니다. 아프셨나요?"

"…아니에요."

하지만 샤오지에는 한동안 무언가 할 말이 있는 것마냥 말하기를 주저하다가, 결국 불안한 표정으로 조심스럽게 질문을 던졌다.

"의무장도 제가 타 주는 차를 싫어했었나요?"

"이비 이조의 말을 신경 쓰시고 계시는군요."

나는 부러 아무렇지도 않은 듯 어깨를 으쓱거리며 가벼운 미소를 지어 보였다. 하지만 샤오지에는 작전이 실패했다는 사실보다 부하들을 구하지 못하고 미움을 샀다는 사실이 더 괴로웠던 모양이다.

"신경 쓰지 마세요. 사람의 기분을 다 맞춰 줄 수도 없는 노릇이고…."

"아니에요."

하지만 샤오지에는 강경하게 고개를 가로저으며 내 말을 부인했다.

"분명 말은 그렇게 했지만, 이비 이조는 저에 대해서 실망하고 있었던 게 분명해요."

"어째서 그렇게 생각하십니까?"

나는 붕대를 내려놓은 채 샤오지에를 바라보며 억지로 사람 좋은 미소를 지어 보였다. 하지만 샤오지에는 여전히 불안한 표정으로 고개를 가로저으며 횡설수설했다.

"이 배 안에서 갑판병들을 챙겨 주어야 할 유일한 간부는 저 뿐이었는데… 저는 갑판병들을 챙겨 주기는커녕 오히려 다른 부서장들에게 미움을 받을까 두려워 사소한 부탁도 제대로 거절하지 못했어요. 그 때문에 갑판병들은 늘 격무에 시달렸고, 이번 상륙 작전처럼 위험한 일을 모두 도맡아 했지요. 착한 아이들이라 말은 안 했지만 속으로 불만이 쌓여 있었을 거예요."

"잿빛 10월만 그런 게 아닙니다. 연방 해군에서도 갑판병들은 궂은일을 맡는 경향이 있어요. 게다가 이건 갑판장님의 계급이 낮은 걸 이용해먹은 다른 사관들의 탓이지, 갑판장님의 탓이 아닙니다."

"게다가 이번 전투에서는 우유부단한 모습을 보여 피해를 키웠을 뿐더러, 적에게 사로잡힌 부하들을 구출하지도 못했어요. 분명 제가 달여 준 차를 싫어한다는 건 부차적인 불만이었을 겁니다. 이비 이조가 진심으로 미워했던 건 무능한 지휘관인 저 자체일거에요."

"갑판장님의 지휘는 무능하지 않았습니다. 규범대로 움직이셨을 뿐이니까요. 게다가 적이 너무 강했습니다. 순식간에 거리를 좁혀 오는 해병을 무슨 수로 해치웁니까? 포술장이 지휘를 맡았더라도 누군가는 사로잡혔을 겁니다."

"하지만…!"

샤오지에는 탁자를 세게 내리치며 물기 어린 눈으로 나를 올려다보며 분명히 물었다.

"이유가 무엇이든 저는 분명 미움을 받고 있었지요? 이비 이조는… 저를 미워하고 있었지요?"

"그건…."

계속 샤오지에를 위로하려 했지만, 그 질문만큼은 부인할 수 없었다. 분명 그 때 이비는 증오가 가득 담긴 목소리로 그리 말했다.

나는 이비 이조가 아니다. 내가 설령 여기서 이비 이조는 샤오지에를 미워하지 않을 거라고 섣불리 답했다가, 나중에 이비 이조가 다시 자신의 입으로 재차 부인한다면 샤오지에는 더 큰 상처를 입을 것이다.

하지만 그렇다고 '맞습니다. 당신은 미움을 받고 있을 겁니다'라고 단정해 버리는 것도 잔인하다. 무언가 빨리 적당한 위로의 말을 찾아야….

"역시 미움받고 있군요."

"아, 아니. 제 말은 그런 게 아니라…."

내가 너무 말을 오래 끌자, 내 심중을 알아차렸는지 샤오지에는 씁쓸한 미소를 지으며 고개를 가로저었다. 아직 붕대 끝을 반창고로 고정시키지도 못했는데, 샤오지에는 근무모를 집어 들고 자리에서 황급히 일어섰다.

"실례했습니다."

"아…."

갑판장은 내가 무어라 답하기도 전에 의무실을 빠져나가 현측 복도로 걸어 나가기 시작했다. 멀어져 가는 샤오지에의 가냘픈 뒷모습을 보고 있노라니 자책감이 밀려왔다.

혹시 내가 일을 더 키운 걸까?

하지만 마음 한 구석에서는 어쩔 수 없었다는 변명이 피어오르기 시작했다. 내가 무얼 할 수 있는데? 나는 이비 이조가 왜 화를 냈는지 이해조차 하지 못하고 있다. 괜히 거짓으로 점철된 위로의 말을 건네느니 차라리 덮어 두는 게 나을지도 몰라….

그렇게 자위하고 있는데, 쇼우코 군의관이 수술실에서 숨을 깊게 내쉬며 비척비척 걸어 나왔다.

"으으, 피곤해… 수술 끝."

"수고하셨습니다."

군의관은 왼손으로 머리를 감싸 쥐며 커피 포트를 집어 들었다. 쇼우코 대위는 머그잔에 커피를 따르다 말고 무언가 이상한 점을 알아차렸는지 피로해 보이는 눈을 가늘게 뜨며 내게 물

196
197

었다.

"큰 소리가 나서 나왔는데… 샤오지에 갑판장은?"

"그냥 돌아갔습니다."

"어엉?"

쇼우코 대위는 더욱 사납게 나를 노려보며 눈썹을 찌푸렸다. 한동안 어색한 침묵과 군의관의 따가운 시선이 나를 괴롭혔다. 군의관은 긴 침묵 끝에 의미심장한 어투로 질문을 던졌다.

"…제대로 기분 풀어 줬어?"

"아뇨. …제가 할 수 있는 건 아무것도 없었습니다."

"하."

군의관은 한숨을 푹 내쉬더니, 책상 위에 놓인 결재 판을 집어 들어 내 머리를 가볍게 내리쳤다.

"이 반푼아."

"네, 넵?"

쇼우코 대위는 짜증스러운 표정으로 샤오지에가 빠져나간 문가를 가리키며 소리쳤다.

"쫓아가, 멍청아!"

"왜, 왜입니까? 딱히 제가 더 이상 할 수 있는 말도 없는데…."

"쫓아가라면 쫓아가, 임마."

쇼우코 대위가 엉덩이를 걷어차는 바람에 나는 영문도 모른 채 쫓기듯 의무실을 빠져나왔다.

하지만 샤오지에는 이미 아무데에도 보이지 않았다. 이런 대화를 나눈 직후이니 갑판부 격실이나 사관 격실에 가 있으리라고 생각되지는 않았다. 그럼 어디에서 갑판장을 찾는담…. 그 때, 며칠전 샤오지에와 나누었던 대화가 머리를 스치고 지나갔다.

"저도 자주 인적이 드문 장소를 찾아다니는 편이거든요."

그러고 보니 지난번에 샤오지에와 대화를 나누었을 때, 그녀는 사람을 피해 구명정 아래의 현측에서 시간을 보내곤 한다고 말했었다. 혹시나 싶어 나는 외부 수밀을 열고 현측 난간으로 달려가 보았다.

그 곳에 있으리라고 크게 기대하진 않았지만, 현측 난간에는 버려진 양동이와 홋줄만 덩그러니 널려 있었다. 이 외에 갑판장이 갈 곳은 짐작조차 가지 않는데… 나는 라이프 라인에 몸을 기댄 채 한숨을 깊게 내쉬었다.

"휴우."

나는 평소처럼 바닥의 성에를 구둣발로 긁어낸 다음, 앉을 자리를 만들기 위해 양동이 하나를 뒤집어 끌어당겼다.

딸그랑.

그 때, 양동이 사이에 끼워져 있었는지 때가 묻은 금속제 보온병 하나가 양동이와 함께 딸려 나왔다. 빨간색의 도료가 발린 그 보온병은 어쩐지 낯이 익었다. 이 보온병을 어디서 보았더라?

"그 보온병에 든 건 갑판병들에게 줄 차인가요?"
"아뇨. 이건… 비, 빈 병이에요. 신경 쓰지 마세요."

그렇군. 목욕탕 소동이 있었을 때 샤오지에가 허리춤 뒤로 감추었던 그 보온병이다. 나는 보온병을 집어 들고 표면을 천천히 살폈다. 분명 그 때 샤오지에는 보온병에 아무것도 들어있지 않다며 황급히 변명을 했지만, 그 때도, 지금도 보온병에는 액체가 가득 담겨 찰랑거리고 있었다.

　나는 호기심이 동해 마개를 열고 입구를 개봉했다.

　코를 톡 쏘는 쌉싸래한 원두의 향. 보온병을 열자마자 커피의 진한 향이 훅 끼쳐 올라오는 바람에 나는 조금 놀랐다.

　커피? 어째서 커피가 담겨 있는 걸까? 샤오지에는 커피를 마시지 않을 텐데. 입구를 기울여 혀끝으로 커피를 살짝 맛본다. 식은 커피는 혀가 아릴 정도로 차갑고 시큼털털했다.

　막 달여낸 커피는 특유의 고소하고 묵직한 본연의 맛을 가지고 있지만, 오래 방치하면 이처럼 산화되어 시고 아린 맛이 난다. 먹을 것이 못된다.

　그래도 나는 식어 버린 커피를 계속 홀짝이며 샤오지에가 그 때 커피를 가져온 이유에 대해 곰곰이 생각해 보았다.

　전에 현측에서 대화를 나누었을 때, 나는 흑차를 마시며 커피 이야기를 꺼냈었다. 쓰디쓴 흑차보다는 커피가 더 좋았을 거라고. 나는 지나가는 말처럼 아무렇지도 않게 그런 투정을 늘어놓았다. 그리고 잊어버렸다. 하지만 샤오지에는 내가 커피를 좋아한다는 걸 기억하고 몸이 차가워진 나를 위해 부러 다시 커피를 타 왔다. 하지만 샤오지에가 커피를 가지고 나섰을 때, 나는 군의관에게 싸구려 커피 우유를 받아 마시며 만족하고 있었다.

그 광경을 보고 샤오지에는 무슨 기분이 들었을까? 자신의 노력이 쓸모없게 되었다는 생각에 화가 났을까? 아마도 샤오지에는 되레 상대를 정확히 배려하지 못했다고 생각하고 스스로를 자책했으리라. 전혀 그럴 필요가 없는데도.

이비 이조의 일도 마찬가지이다. 평범한 사람이라면 상대가 무엇 때문에 화가 났는지 알 수 없으면, 아예 신경을 쓰지 않는다. 하지만 샤오지에는 상대가 화를 내기도 전에, 자신이 무언가 잘못을 하지는 않았는지 전전긍긍하다 자학을 해 버린다.

다시 식어 버린 커피를 한 모금 마신다. 시큼털털하고 맛없다. 흑차보다도 더.

타인의 감정에 무심한 나로서는 종종 간과하는 사실이지만. 타인에게 상냥한 사람은 그만큼 더 쉽게 상처를 입는다. 그리고 나 역시 무심하게 그 상냥함에 상처를 입혀 버렸다.

"아아…."

갑자기 형언할 수 없는 자괴감이 마구 몰려오자, 나는 손에 얼굴을 파묻으며 신음했다. 하지만 지금 내가 무얼 할 수 있담? 당장 샤오지에를 만난다 하더라도 무어라 말해 주어야 할지 감이 잡히지 않았다. 일단은 우선 이비 이조를 찾아 이야기를 들어 보아야 하나….

머릿속으로 이런저런 생각을 떠올리고 있는데, 누군가가 메인 덱에서 내려오는 게 보였다.

"또 여기서 지지리 궁상을 떨고 있었군요. 이원일 일조."

해인이었다.

해인은 근무복 위에 검은색의 방한용 동계 코트를 입고 있었는데, 입가에서는 말을 할 때마다 하얀 입김이 피어올랐다. 발갛게 상기된 뺨이나 달싹거리는 입술로 미루어 볼 때, 함 외부로 나온 지는 그리 오래 지나지 않은 모양이었다. 나는 춥지 않은 척 허세를 부리는 해인이 우스워 부러 퉁명스럽게 물었다.

"날도 추운데 외진 곳에 무슨 일로 나왔어."

해인은 갑작스러운 내 질문에 답을 생각지 못했는지, 눈을 좌우로 굴리며 안절부절못하더니 곧 허리에 손을 집고 짐짓 화가 난 척 쏘아붙이기 시작했다.

"기껏 육지에 다녀와 놓고서도 채소 한 다발 안 가져온 책임을 물으러 왔습니다."

그 말도 안 되는 핑계를 듣고 있노라니. 나도 모르게 헛웃음이 터져 나왔다. 나는 어깨를 으쓱거리며 해인에게 엄살을 부리듯 말끝을 늘였다.

"가차 없구면…. 좀 봐 달라고…. 살아서 도망치는 게 고작이었어."

"그랬다지요."

자루비노 항에서 갑판병들 일부가 사로잡히고, 나머지 수병들도 중경상을 입으며 간신히 살아 돌아왔다는 사실은 이미 함 내에 공공연히 퍼져 있었다. 해인 역시 대강의 사정을 이미 들었는지, 진지한 표정을 지으며 입을 다물었다.

해인은 말없이 양동이 하나를 뒤집어 끌어당긴 다음, 내 옆에 가까이 앉았다. 그녀는 한동안 내 손에 들린 보온병을 물끄러미 쳐다보더니, 한숨을 푹 내쉬며 담담한 목소리로 말했다.

"실패했군요."

"…응. 처참하게 패배했어."

"작전의 이야기가 아닙니다."

하지만 해인은 고개를 가로저으며 내가 들고 있던 보온병을 가리켰다.

"갑판장과 수병들의 위태로운 관계가 결국 실패했다는 말입니다."

위태로웠다니…. 나는 해인의 말에 고개를 갸웃거렸다.

해인의 눈에는 전부터 갑판장과 갑판병들의 관계가 전부터 위태로워 보였다는 걸까. 그건 조금 의외였다. 해인조차도 예전부터 눈치채고 있었을 정도로 위태로웠던 문제를, 정작 의무장인 나는 알아차리지 못했단 말인가.

갑자기 부끄러워졌다. 내 눈에 갑판부원들 간의 관계는 그 어느 부서보다도 끈끈해 보였다. 그래서 나는 갑판부 부서원들에게 고충은 없는지, 고민은 없는지 파악하려 들지 않았다. 냉정히 말하자면 나는 갑판장과 수병들의 신뢰 관계가 끈끈하다는 핑계를 대며 의무장으로서 해야 할 일조차도 갑판장에게 미루었다. 상륙 작전을 갑판부에 전부 일임한 장교들과 내가 다를 게 뭐람. 기분이 더욱 우울해졌다.

"후…."

나는 한숨을 내쉬며 머리를 긁적였다. 이비 이조와 샤오지에,

그리고 일전에 마리아가 했던 말들이 머릿속에서 뒤섞여 혼란을 일으켰다.

'갑판병들 차 싫어해.'
'차 같은 거… 정말 싫어한단 말입니다!'

내 눈에는 아직 문제의 본질이 정확히 보이지 않는다. 정말로 갑판병들은 차를 싫어하긴 하는 걸까? 그보다 샤오지에는 저리도 상냥한데, 왜 이비 이조는 화가 난 걸까.

…모르겠다. 하지만 부끄럽다고 홀로 끌어안아 해결할 수 있는 문제도 아니다.

"여자 마음을 잘 안다고 자부할 셈은 아니지만…."

나는 변명을 하듯 기어들어가는 목소리로 말을 이었다.

"나는 왜 이비 이조가 샤오지에에게 화가 났는지 아직도 모르겠어."

해인의 눈이 가늘게 변했다. 나는 그 눈을 잘 알고 있다. 한심한 사람을 보는 눈. 내가 일전에 잘 모르고 멍청한 소리를 했을 때도 해인은 저런 눈을 지어 보였다. 뭐라고 한 마디 일갈이라도 던져 주면 좋으련만. 해인의 침묵이 백 마디 말보다 더 따갑게 날아와 머리에 박혔다. 나는 결국 참지 못하고 목소리를 높여 솔직히 내 본심을 말했다.

"상냥하고 마음 씀씀이 고운 사람을 싫어할 이유가 뭐가 있어?"

"하…."

해인이 길게 한숨을 내뱉었다. 멍청한 소리를 했나 싶었지만, 이미 되돌릴 수는 없었다. 해인은 한동안 눈을 꾹 감고 미간을 손가락으로 꾹꾹 누르더니 나를 가리키며 짜증스럽게 말했다.

"우문(愚問)이군요. 이원일 일조."

그래. 어지간히 어리석은 질문을 한 모양이다. 하지만 그 어리석음조차도 지금의 나는 알아차릴 수 없었으니, 나는 입을 다문 채 해인의 다음 말을 묵묵히 기다릴 수밖에 없었다. 해인은 잠시 입술을 매만지며 어린 아이에게 간단한 산수를 가르치려는 선생님처럼 고개를 갸웃거리더니, 대뜸 엉뚱한 질문을 던져 왔다.

"의무장, 전 세계의 모든 사람들이 공통적으로 좋아하는 음식이 뭐일 거라고 생각합니까?"

질문이 생뚱맞았지만, 나는 해인에게 무슨 생각이 있으려니 하고 그 질문에 성심껏 답했다.

"글쎄…. 닭고기 튀김이려나? 미군들도 좋아하던걸."

하지만 오답이었는지, 해인이 이를 드러내며 으르렁거렸다.

"전 안 좋아합니다."

"음, 미안. 모르겠어."

해인은 어깨를 으쓱거린 다음 설명을 이어 갔다.

"같은 빵이라 하더라도 서양인과 동양인이 선호하는 식감의 빵은 완전히 다릅니다. 쫄깃하고 담백한 식감의 빵을 선호하는 동양인과는 달리, 서양인은 구강 내의 타액 양이 많기 때문에 동양인의 입에는 살짝 퍽퍽하고 맛없게 느껴지는 빵을 더 선호합니다. 게다가 연방 출신의 수병들에게 강렬하고 알싸한 향신료는 식욕을 동하게 하는 달콤한 약이지만, 향신료에 익숙지 않은 서

양 출신의 수병들에게 강렬한 향신료는 그저 맛을 망치는 독일 뿐입니다."

해인의 말은 의외로 단순했다. 같은 체격과 나이를 가진 사람이라 하더라도 자라 온 환경과 식성이 다르면 당연히 선호하는 요리는 다르다. 세상에는 채식주의자도 있고, 할랄 푸드만 먹는 이슬람교도들도 있으니. 대체로 선호되는 요리가 있을지언정, 모두에게 사랑받는 만능의 요리는 없다.

"게다가 같은 사람이라 하더라도 언제나 같은 요리를 선호하는 건 아니지요. 아무리 기름진 요리를 좋아하는 사람이라 하더라도, 숙취에 시달리는 아침부터 육즙이 줄줄 흘러내리는 스테이크를 썰고 싶어 하지는 않을 겁니다."

해인의 말이 너무 정론이었기 때문에, 나는 반박의 여지를 찾지 못했다. 그저 해인의 말에 고개를 끄덕이며 맞장구를 쳐 줄 뿐이었다. 하지만 해인의 말에는 단단한 뼈가 있었다.

"제가 무슨 이야기를 하려는지 아시겠습니까?"

"어, 어…?"

"즉, 요리 만화에서나 나올 법한, 모두가 언제나 좋아하는 이상(理想)의 요리는 존재하지 않는다는 소립니다."

그렇다. 많은 사람들이 닭고기 튀김을 선호하고 맛있게 먹는다지만, 또 해인처럼 닭고기 튀김을 싫어하는 사람도 있다. 해인은 사람의 관계도 이와 같다고 말했다.

"상냥하고 예의바르며, 책임감 넘치는 갑판장의 모습을 보면 대다수의 사람은 호감을 느끼고 마음이 편해질 겁니다. 하지만 세상 사람들이 모두 같은 가치관을 가진 게 아닌 만큼, 그런 모습에 오히려 화가 나고 마음이 고까운 사람도 있는 법입니다."

"그건… 이비 이조는 자신에게 상냥한 사람을 싫어한다는 뜻이야?"

"아뇨. 정확히 말하자면 샤오지에도 이비 이조도 서로를 미워하진 않습니다. 아니, 오히려 둘은 서로 너무 좋아했기에 문제였죠. 하지만…."

해인은 자신의 왼쪽 가슴팍에 단 부서장 약장을 만지작거리며 자조하듯 중얼거렸다.

"하지만 지휘관이란 본디 미움을 사는 대가로 주어지는 직책입니다."

확실히 그녀의 말처럼 지휘관은 병사들로부터 쉽게 미움을 사곤 한다. 자신에게 주어진 책무부터가 아랫사람을 부리는 일인데다가, 모두가 싫어하는 명령도 가끔은 강요해야 한다. 연방군에서도 영관급 장교들은 사병들의 체육 활동에 참가하는 것만으로도 미움을 받았다. 아니, 비단 연방군의 비유를 들 필요도 없이 해인만 보더라도 지휘관의 책무가 얼마나 무거운지 알 수 있다. 해인은 수병들에게 가장 좋은 음식을 먹이기 위해 까다롭게 조리를 하지만, 그 때문에 되레 수병들에게는 미움을 사고 있다. 이얼마나 아이러니한 상황인가.

"지휘관은 사랑에 집착하면 안 됩니다. 누군가의 미움을 받는 한이 있더라도 조직을 탄탄하게 유지시켜야 하는 것이 지휘관의 책무입니다."

갑자기 마리아와 나누었던 며칠 전의 대화가 떠올랐다. 나는 어째서 이 배에는 갑판사관이 없느냐고, 샤오지에 갑판장을 어째서 사관으로 진급시키지 않느냐고 마리아에게 물었다. 하지만 마리아는 부러 대답을 피했다. 이제야 나는 그 이유를 조금이나마 알 것 같았다.

"샤오지에는 미움을 받는 데 익숙지 못합니다. 그래서 그녀는 모두를 끌어안으려고 했고… 그 때문에 실패했습니다."

지휘관은 일촉즉발의 상황에서도 냉정하게 사람의 목숨을 저울질하고, 필요하다면 자신의 충직한 부하라도 냉정히 버려야 한다. 이른바 '읍참마속'이다. 하지만 샤오지에는 그러지 못했다. 너무나도 여리고 미움을 받는 데 익숙지 못해 그녀는 부하들을 모두 끌어안았다. 병사들에게 신임을 받아야 하는 부사관으로서는 훌륭한 자세일지도 모르나, 장교나 지휘관으로서 그녀는 적합하지 않았다. 그 때문에 학회에서도 샤오지에를 갑판사관으로 진급시키지 않았던 것이리라.

이 사실을 조금 빨리 알았더라면 좋았으련만. 그랬다면 이비이조의 폭주를 사전에 막았을 수 있었을지도 모른다. 하지만 시기가 늦었다.

"커피도 인생도 타이밍입니다. 건네줄 때를 놓치면 맛없게 변해 버립니다."

해인은 내가 들고 있던 커피 보온병을 받아들고는 뚜껑을 열어 향을 맡았다. 오래된 커피에서 나는 시큼한 향에 해인은 바로 눈살을 찌푸렸다. 맛을 볼 필요도 없었다. 그녀는 고개를 가로저으며 다시 내게 보온병을 건네주었다.

"제 때 건네지 못하면 잘 달인 고급 커피도 그저 시큼한 고약이

되어 버립니다."

확실히 모든 일에는 때가 있다. 그 때를 놓치면 차라리 안 하느니 못한 결과를 낳고 만다.

이비 이조의 말도 마찬가지다. 차라리 처음에 마음이 어긋나기 시작했을 때 그 속내를 털어놓았으면 좋았으련만. 나는 보온병의 매끄러운 표면을 만지작거리며 고개를 가로저었다.

"하지만 이미 너무 늦었어. 다들 말을 건넬 시기를 놓쳐서… 까맣게 곪아 버린 본심이 튀어나와 버리고 말았다고."

꾹.

갑자기 해인이 내게 가까이 다가오더니 양 손으로 뺨을 죽 잡아당겼다. 갑작스러운 기행에 무어라 말하지도 못하고 어리둥절해 하고 있노라니, 해인이 불만스러운 표정으로 말했다.

"그걸 치료하는 게 의무장의 일 아니겠습니까. 제게 어리광을 부리셔야 아무것도 나오지 않습니다."

해인이 꼬집고 있는 볼 따귀가 저릿저릿 아파 왔다. 나는 그녀의 팔을 가볍게 내치며 어눌한 어조로 툴툴거렸다.

"그, 그렇지만… 나는 여자 기분 푸는 법은 젬병이라고."

"처방전은 의사가 써야지요. 저는 마음을 치료하는 약이 어떤 것인지 모릅니다."

그래, 그 말이 맞다. 해인의 능청스러운 궤변에 결국 나는 항복을 하듯 헛웃음을 지으며 두 손을 들고 말았다. 여기서 더 이상의 조언을 기대하는 것도 염치가 없는 일이지. 지금부터는 의무장인 내가 나서야 할 때다. 나는 턱을 괴고 바다를 바라보며 잠시 생각에 잠겼다.

　이 일은 결국 이비의 자존감이 너무 낮기 때문에 발생한 문제이다. 이비 이조는 샤오지에를 위해서라면 자신의 목숨이 어찌되어도 좋다고 생각하고 있는데, 정작 그 샤오지에가 '하찮은' 자신을 위해 목숨을 내던지려고 하니 당혹스러웠던 것이다. 그래서이비 이조는 감정을 제대로 통제하지 못하고 마음에도 없는 소리를 던졌다. 그런데 반면에 샤오지에는 이비 이조를 위해 헌신했는데, 오히려 미움을 받으니 역으로 자신에게 문제가 있나 싶어자괴감에 빠져 버렸다. 두 사람 모두 큰 오해를 하고 있다. 따끈한 차라도 한 잔 마시면서 서로의 본심을 이야기하고 오해를 풀면 좋으련만… 정작 이비 이조는 차가 싫다고 했으니.
　"음…?"
　그보다 이비 이조는 정말로 차를 싫어하는 걸까?
　마리아의 말과 이비 이조의 말만 듣고 그리 단정지었지만, 정말로 이비 이조가 차를 싫어하는지는 모른다. 오히려 그녀는 전에 이런 말을 하지 않았던가.

　'중산의 무사가 밥 한 그릇의 은혜로 평생의 충성을 맹세했다면, 저는 차 한 잔의 은혜로 샤오지에게 평생의 충성을 다짐했습니다.'

　이비 이조에게 샤오지에가 내어 준 차는 호불호가 갈리는 음식이기 이전에 특별한 의미를 갖는다. 충성을 다짐하게 만든 맹세의 서약과도 같다. 차 한 잔과 밥 한 그릇으로 그 때의 초심을 다시 일깨워줄 수 있다면….

"아."

좋은 생각이 났다. 하지만 이 계획은 식재료를 필요로 하는 만큼 해인의 심기를 또 건드릴지도 모르겠다. 이번만큼은 해인에게 미리 양해를 구해 두도록 하자.

나는 헛기침을 하며 조심스럽게 말을 꺼냈다.

"해인. 또 규칙을 어길지도 모르겠는데… 한 번만 더 눈을 감아 줄래?"

"…."

뜬금없이 규칙을 어기겠다니. 내가 생각해도 영문을 알 수 없는 엉뚱한 선언이었다. 하지만 해인은 내 말을 듣자마자 화를 내는 대신 고개를 푹 숙이고 한숨을 내쉬었다. 그리고 미간을 찌푸리며 고개를 가로젓더니… 마침내 엷게 웃음을 지으며 시치미를 뗐다.

"저는 무슨 말씀을 하시는 건지 모르겠네요."

해인은 짐짓 모르는 척, 그렇게 답하며 일어선 다음 치맛단을 가볍게 털며 돌아섰다. 겨울 바다에 반사된 햇살을 받아 해인의 머리칼이 반짝거리고 있었다.

"전 의무의 일은 아무것도 모른답니다."

정말이지, 솔직하지 못한 아가씨라니까.

붕대를 가는 일은 사실 그리 오랜 시간을 요하지 않는다.

붕대와 거즈를 제거하고, 환부를 깨끗이 소독한 후 약을 바르고 새로운 거즈와 붕대를 덧대면 끝이다. 과업 시간 중에 짬을 내어 해도 될 만큼 간단한 치료였지만, 이비는 부러 수병들이 모두 격실로 돌아간 밤중에 의무실을 찾았다. 이원일 의무장은 당직을 서러 갔는지, 격실에는 쇼우코 군의관만 홀로 남아 업무를 보고 있었다. 이비 이조는 의무장이 없다는 사실에 내심 안도의 한숨을 내쉬었다. 전에 꼴사나운 모습을 보인 탓인지, 얼굴을 마주보고 이야기하기가 아직 마뜩찮았기 때문이다.

쇼우코 대위는 업무 중에 방해를 받아서인지 처음에는 귀찮아하는 표정을 지었지만, 막상 이비의 환부를 보자마자 성심껏 치료를 해 주기 시작했다. 아직도 상처가 덜 아문 탓인지 환부에서는 농액이 흘러나오고 있었다. 그 때문에 농액과 달라붙어 굳어 버린 거즈가 상처에 단단히 고정되어 있었다. 하지만 군의관은 아무렇지도 않게 거즈를 잡아당긴 다음 과산화수소를 위에 부었다. 하얀 거품이 피어오를 때, 이비는 아릿한 통증을 느꼈다. 하지만 그녀는 치료가 끝날 때까지 아무런 소리도 내지 않았다.

"…"

"왜… 그러십니까?"

이비 이조는 문득 쇼우코 군의관이 자신을 물끄러미 노려보고 있다는 사실을 깨달았다. 쇼우코 대위가 부담스러울 만큼 가까이 고개를 들이대자 어쩐지 남세스러워서 이비는 반대 방향으로 고개를 돌렸다. 하지만 그녀가 고개를 돌리자마자 쇼우코 대위는 손을 들더니—

대뜸 이비 이조의 가슴을 주물렀다.

"에잇."

주물주물.

"무슨 짓입니까!"

상관의 갑작스러운 성희롱에 당황한 나머지, 이비 이조는 반사적으로 쇼우코 대위를 거칠게 밀쳐내고 말았다. 쇼우코 대위가 요란한 소리를 내며 의자에서 굴러떨어지자, 이비 이조는 그제야 자신이 무슨 짓을 했는지 깨달았다.

"…죄송합니다. 괜찮으십니까."

이비 이조는 손을 내밀어 쇼우코 대위를 일으켜 세웠다. 하지만 쇼우코 대위는 엉덩방아를 찧은 게 어지간히 아팠는지 얼굴을 찌푸리며 한동안 허리께를 문질렀다.

"아야야…. 여자끼리 가슴 좀 만졌다고 그렇게 거칠게 밀 건 없잖아요."

"'가슴 좀' 이라니요. 방금 하신 행동은 여성간이라 하더라도 엄연한 성희롱입니다."

이비 이조의 반박에 쇼우코 대위는 입을 비죽 내밀며 툴툴거렸다.

"아까 상처에 댄 거즈를 평소보다 조금 더 아프게 당겼는데도 반응이 없어서, 신경계 마비가 왔나 조금 타진을 한 것뿐이에요."

그 말에 이비 이조는 잠깐 멈칫하고 상처를 내려다보았다. 그러고 보니 군의관은 치료를 시작하기 전에 아프면 말을 하라고 했지만, 이비 이조는 마취된 동물처럼 치료 내내 아무런 반응도 보이지 않았다. 그렇다고 해도 거즈를 그렇게 세게 잡아당긴 건 고의였단 말인가.

이비는 어처구니가 없어서 한숨을 푹 내쉬었다. 그녀는 붕대 끝의 압침을 단단히 고정한 다음 의무실 입구에 걸어 놓았던 군모를 집어 들며 경례를 올려붙였다.

"실례했습니다."

하지만 군의관은 무슨 생각이었는지, 히죽거리며 이비 이조의 뒤에 대고 농담을 던졌다.

"그렇게 콩하니 하고 싶은 말을 마음에 두고만 있으면 가슴도 안 자랄 텐데요. 후후."

"가슴은 상관없잖습니까! 가슴은!"

다시 군의관이 성희롱을 시작하자 이비 이조는 저도 모르게 골을 내며 목소리를 높였다. 예상한대로의 반응이었는지, 쇼우코 군의관은 화난 기색도 없이 키득거렸다.

"호오, 아직 성장기라고 안심하는 건가요. 가슴을 우습게 보지 마세요, 이비 이조. 저도 앞으로 계속 가슴이 자랄 거라고 안도하던 시기가 있었습니다만…."

그리고 쇼우코 군의관은 자신의 가슴에 손을 얹더니… 이내 의기소침한 표정으로 욕지거리를 내뱉었다.

"빌어먹을…."

"왜 자폭하시는 겁니까?"

"가슴 큰 것들은 다 죽어야 해…. 함장이라든지, 가브리엘라 기관장이라든지. 가슴 큰 년들은 다 제멋대로야…."

그리고 보면 이 배의 장교들은 대체로 가슴이 큰 편이었다. 물론 가슴의 크기가 사관을 나누는 기준이 되지는 않겠지만…. 실제로 부사관 중에도 가슴이 큰 간부는 더러 있었다.

"샤오지에 갑판장이라던지."

이비는 저도 모르게 샤오지에의 이름을 입에 담았다가 혼자 놀라 몸을 움찔거렸다. 왜 갑자기 샤오지에가 떠오른 걸까. 그러고 보면 어제 그 소동을 일으킨 후 이비는 부러 샤오지에를 피해 다녔다. 분명 어제의 일은 명백히 이비의 실수였다.

'…저희의 기분도 생각해 주십시오!'
'단지 갑판장님께서 좋아하시니 같이 어울려 드렸을 뿐이라고요!'

내가 왜 그랬을까. 이비는 오른손으로 머리를 가볍게 짓누르며 자책하기 시작했다. 샤오지에는 절대로 이기적이지 않다. 다른 장교들과는 달리 아랫사람을 항상 따스하게 배려하며, 직접 하지 않아도 되는 귀찮은 일까지 솔선수범하여 처리한다. 그런데 이비는 그런 상냥한 샤오지에게 해서는 안 될 말을 던졌다. 끊임없이 자괴감이 몰려오자 이비 이조는 괴로워졌다.

"…다릅니다."

"응?"

"샤오지에 갑판장님은 다른 장교들과는 다릅니다. 제멋대로 일을 처리하시는 분이 아니란 말입니다."

쇼우코 군의관은 이비 이조의 뜬금없는 선언에 잠시 놀란 표정을 지었지만, 곧 씩 웃으며 손을 내저었다.

"응, 알고 있어요. 사실 가슴은 대체로 유전이라 후천적인 노력이나 성격 등에 의해 변하기는 힘드니까요. 샤오지에 갑판장 같은 예외도 있죠."

"가슴 얘기가 아닙니다! …그보다 처음부터 알면서 그랬던 겁니까!"

이비는 골을 내려다가 어쩐지 두통이 몰려와서 머리를 붙잡고 고개를 가로저었다. 쇼우코 군의관과 이런 장난 같은 만담을 계속하는 것도 지쳤다. 베개에 머리를 묻고 아무것도 생각하지 않은 채 푹 잠을 자고 싶었다. 이번에야말로 이비는 군의관을 무시한 채 돌아가기로 마음먹었다.

"돌아가겠습니다."

"이비 이조."

하지만 군의관은 다시 그녀를 불렀다. 그녀의 입가에는 아직 나지막한 미소가 떠올라 있었다.

"식당에 가서 밥이라도 먹는 게 어때요? 혈색이 안 좋아요."

밥? 생경한 단어를 듣는 것마냥 머리가 잘 돌아가지 않았다. 그러고 보니 어제 그 일이 있었던 이후로 이비는 줄곧 곡기를 끊고 있었다. 딱히 허기가 느껴지지 않아 계속 식사를 걸렀지만, 얼굴에는 이상이 그대로 드러났던 걸까. 이비 이조는 자신의 뺨을 가볍게 잡아당기며 고개를 가로저었다.

"이미 식사 시간이 지났습니다. 폐를 끼칠 수는….."

"지금이라면 조리병들이 몰래 야참을 만들어 먹고 있을 거예요."

조리병들이 몰래 야참을 만들어 먹는다니. 금시초문이었다. 하지만 덜컥 그 제안을 받아들이기도 뭣하여 이비 이조는 말끝을 흐리며 뒷걸음질 쳤다.

"…실례했습니다."

이비는 어두운 함 내의 복도를 걸어 나가며 눈을 가볍게 문질 렀다. 시야가 흐리다. 정말 배가 고팠던 탓일까? 하지만 뱃속은 이상하리만큼 차분했다. 지금 필요한 건 음식이 아니라, 잠이다. 식사는 잠을 푹 자고 난 다음에 생각하자. 이비는 그렇게 자신을 다독이며 갑판부 침실로 발길을 옮겼다.

의무실이 있는 후부 격실부터 갑판부 침실이 있는 전부 격실까 지 이동하려면 배 중앙에 위치한 식당을 지나쳐야 한다. 식당 옆 에 붙어 있는 조리실에는 아직도 불이 켜져 있었다. 그 동안 아침 찬거리를 준비하느라 밤샘 근무를 한다고 생각했는데, 설마 야식 을 만들어 먹고 있었을 줄이야. 이비 이조는 어쩐지 우스워졌다. 다른 부서원들은 아니더라도 조리부만큼은 조리장을 닮아 성실하 다고 생각했는데.

이 배에서 군기를 철두철미하게 지키며 군인으로서의 본분을 다하는 부서는 이제 갑판부밖에 남지 않은 것 같았다. 평범한 군 함에서라면 갑판부가 옳다고, 다른 부서원들이 틀렸다고 당당하 게 말할 수 있다. 하지만 잿빛 10월은 평범한 군함이 아니다. 외 눈박이 사회 사이에서는 두눈박이가 이상한 것처럼, 잿빛 10월에 서는 철두철미하게 군기를 지키는 갑판부가 되레 이상한 부서처 럼 취급당하고 있었다.

이비는 갑자기 외로워졌다. 불안해졌다.

우리는… 샤오지에는… 나는… 정말 이상한 걸까?

"응…?"

부엌 앞을 지나려는 순간, 문틈에서 흘러나온 향기 때문에 이비는 잠시 발을 멈추었다.

진하지는 않지만, 엷은 녹색을 연상시키는 산뜻한 차의 향. 고소하고 중후한 배건의 향과는 다르다. 이 풋풋하고 알싸한 향은 어린 순을 덖을 때 나는 향미다.

'이건… 쇄청 녹차의 향인데.'

차 냄새가 나자 이비 이조는 저도 모르게 부엌을 향해 발길을 옮겼다. 희미하게 빛이 새오나오는 문틈을 마주하고 이비는 숨을 크게 들이켰다. 그리고 문을 열자….

"우왓, 깜짝이야. 누, 누구세요?"

문 앞에 서 있던 조그마한 소녀 하나가 문이 열리자마자 허둥 거리며 소리를 빽 질렀다. 그 바람에 이비 이조도 적잖이 놀랐지만, 그녀는 애써 당황한 기색을 억누르며 숨을 가다듬었다. 그녀의 눈앞에 서 있는 계집아이는 긴 금발을 렌치로 묶어 틀어 올린 백인 소녀였다.

'이 아이는 기관부의….'

이비 이조는 일전에 배관을 수리할 때 그녀를 전부 오수 처리실에서 마주쳤던 일을 기억해냈다. 이름이 루나 클라인이었던가. 다행히 상대도 이비 이조를 기억하고 있었다.

"갑판부의 이비 이등병조님이시죠? 안 그래도 오실지 모른다고 생각했어요."

루나는 방글거리며 공손하게 경례를 올려붙였다. 하지만 이비 이조는 그녀의 말이 정확히 이해가 가지 않았다.

"올지도 몰랐다니. 어째서?"

"그야… 어, 혹시 샤오지에 갑판장님을 찾아오신 게 아닌 가요?"

"갑판장님…?"

고개를 들어 조리실 안쪽을 보니 이원일 의무장과 샤오지에 갑판장이 놀란 표정으로 얼어붙은 채 이쪽을 바라보고 있었다. 한쪽 팔에는 붕대를 감고 다른 한 손으로 엉성하게 다기를 들고 있었지만, 그녀는 틀림없는 샤오지에 갑판장이었다. 배는 좁으니 오고 가며 한 번은 마주치게 되리라고 생각했지만, 설마 이런 곳에서 마주칠 줄이야….

그 와중에 루나 일등 수병은 눈치도 없이 종알거리며 자신의 추측을 계속 늘어놓고 있었다.

"그야 작전 끝나고 성대하게 한 판 벌이셨다고 해서 사과라도 하러 오신 줄…."

"루나, 루나! 분위기 좀 읽어!"

옆에 있던 트리샤 일등수병이 황급히 루나의 옆구리를 찌르며 말렸지만, 이비 이조의 표정은 이미 싸늘하게 굳어 버린 후였다.

단순히 루나 일등수병에게 화가 나서 그런 건 아니었다. 지금의 상황을 어찌 넘어가야 할지 감이 잡히지 않았기 때문이다. 하지만 트리샤는 이비가 루나에게 화가 났다고 생각했는지, 루나의 등을 떠밀며 자리에서 도망치려 했다.

"그, 그러고 보니 기관실 정리가 덜 끝났네요. 저희는 가서 먼저 자리를 만들어 둘게요! 느, 느긋하게 말씀들 나누세요!"

"응? 기관실 정리는 아까 다 끝났잖아?"

"빨리 와, 루나! 이상한 소리 하지 말고."

루나와 트리샤가 조리실을 빠져나가려 하자, 원일은 당혹스러워하며 황급히 물었다.

"잠깐. 너희들이 가면 요리는 누가 만드는데?"

그가 무어라 말을 마치기도 전에 트리샤는 재빨리 루나의 손을 붙잡고 조리실을 빠져나가 버렸다. 갑작스러운 수병들의 돌발 행동에 어처구니가 없었는지 원일은 한동안 입을 벌린 채 아무 말도 잇지 못하다가 곧 미간을 찌푸리며 투덜거리기 시작했다.

"이젠 내가 제 후임으로 보이나… 나도 한참 물러 터졌지."

하지만 이런 소동에도 불구하고 이비의 시선은 줄곧 원일의 뒤에 있는 샤오지에를 향해 있었다. 그녀의 눈은 계속 불안하게 흔들리고 있었다.

자신의 감정을 정리하기도 전에 샤오지에를 다시 마주하게 되다니. 전에는 무례한 말을 내뱉어서 죄송했다고 사과를 해야 할까? 아니면 확실하게 자신의 본심을 내뱉는 게 좋을까?

"저… 그, 저…."

이비 이조는 어찌할 줄 모르고 말을 더듬다가 결국 황급히 운을 떼었다.

"갑판장님, 저는…!"

"이비, 작전이 끝난 이후로 식사를 하지 않았다면서요?"

하지만 샤오지에는 평소처럼 미소를 띠며 온화하게 물었다. 분명 그때의 일에 관해서 물어볼 거라 생각했는데, 예상외의 화제가 나오자 이비 이조는 엉겁결에 솔직히 답해 버리고 말았다.

"…예."

"일단 앉아요. 뭐라도 요기를 하는 게 좋겠네요."

샤오지에는 그렇게 말하고 불편한 손을 들어 허리춤에 앞치마를 단단히 고정시킨 다음 채소를 고르기 시작했다. 또 여기서 폐를 끼칠 수는 없다는 생각이 들자 이비 이조는 황급히 돌아서며 고개를 저었다.

"…식사는 필요 없습니다."

하지만 이원일 의무장은 무슨 재미난 생각이라도 하는지 히죽거리면서 손을 내저었다.

"에이. 식욕이 없어도 이왕 온 김에 먹고 가. 이럴 때 공범으로 만들어 둬야지 나중에 조리장한테 안 이르지."

"그러니까 저는 필요 없다고 말씀 드렸…."

이비 이조가 짜증스럽게 재차 거부하려던 찰나, 원일의 손에 들린 다기가 그녀의 눈에 들어왔다. 그러고 보니 아까 전부터 원일은 샤오지에의 도움을 받아 다기에 물을 담아 무언가를 달여 내고 있었다. 야참을 만드는 데 다기를 쓰다니….

"그보다 지금 무얼 하시는 겁니까?"

"보면 알잖아? 차를 우리는 중이야. 갑판장께 찻잎을 좀 받았거든."

그렇게 말하고 의무장은 손에 든 작은 찻잎 봉지를 흔들어 보여주었다. 그 찻잎은 가끔 샤오지에가 차를 달일 때 쓰던 쇄청 녹차의 잎이었다. 그것도 시중에서 구하기 힘들 정도의 상등품.

"혹시 차로 요리를 하시려는 겁니까?"

"응. 차밥을 만들어 먹을까 하고."

"차밥이요?"

이비 이조의 눈썹이 미묘하게 꿈틀거렸다.

차밥이란 본디 찬밥에 여러 가지 고명을 얹고 그 위에 찻물을 부어 먹는 서민의 음식이다. 그렇기에 차밥에 들어가는 찻물 역시 대체로 싸구려 찻잎으로 우려내는 게 일반적이다. 그런데 이런 싸구려 음식에 샤오지에가 준비한 고급 찻잎을 쓰다니….

이비 이조는 못마땅한 표정으로 불만을 늘어놓았다.

"샤오지에가 준비한 쇄청은 고급 다도에나 어울리는 귀한 찻잎입니다. 이런 싸구려 고명과 뒤섞는 게 아니라…."

"섭섭한 소리 말아. 일단 한 번 맛보고 말해 줄래?"

그렇게 말하고 원일은 이비의 앞에 차밥이 담긴 사발을 내려놓았다.

이비 이조는 차의 순순한 향미를 해치는 이 정체불명의 요리가 마뜩잖았지만, 차밥이 소담히 담긴 사발을 내려다보는 순간 뭐라 표현할 수 없는 기시감에 휩싸였다.

차 한 잔과 밥 한 그릇. 여태껏 살아오며 이런 요리를 먹은 적은 없었다. 그럼 이 미묘한 기시감은 무어란 말인가. 이비 이조는 결국 기시감을 떨쳐내기 위해 수저를 집어 들었다.

"좋습니다. 맛 정도는 보지요."

이비는 찻물에 수저를 천천히 담갔다.

먼저 그녀의 코를 자극한 건 향긋한 쇄청 녹차의 향이었다. 샤오지에에게 몇 번이나 받아 마셔 보았기에, 이비는 향만으로도 이 차가 쇄청이라는 걸 알아차릴 수 있었다. 고슬고슬하게 지어진 밥과 옅은 금색의 찻물, 그 위에는 정체를 알 수 없는 부스러진 고기 조각이 얹혀있었다. 차밥을 고루 섞기 전에 이비 이조는 그 고기 조각을 젓가락 끝으로 집어 입에 밀어 넣었다.

간장으로 양념을 한 짭조름한 풍미가 입에 퍼져 나간다. 날고기를 버무려 숙성을 한다 하더라도 이런 독특한 짠맛은 나지 않는다. 이건 염장육이다. 그것도 아주 낮은 품질의 염장육.

"그건 콘비프야. 조금 재고가 남아돌아서 넣어 봤지."

원일이 사다리꼴 모양의 가공 통조림을 흔들어 보이며 말했다. 콘비프는 소고기의 잡육을 갈아서 소금에 절인 다음 캔에 채워 보관하는 싸구려 육가공 통조림이다. 확실히 이해인 조리장이라면 이런 가공육을 조리에 쓰지는 않을 테니, 몰래 먹는 야참의 재료로는 안성맞춤이라고 할 수 있었다. 하지만 이비는 왠지 조금 불안해졌다.

이 싸구려 콘비프와 고급 쇄청 녹차가 서로 어울리기나 할까. 어쩐지 콘비프에서 풍겨 나오는 비릿한 잡내가 향긋한 쇄청의 향을 망쳐 놓을 것만 같았다.

이비는 수저를 들어 콘비프와 밥을 찻물에 고루 섞었다. 그리고 작게 한 술 떠 입안에 밀어 넣었다. 차를 베이스로 한 요리라고는 믿을 수 없는 풍미가 입안에 퍼져 나간다. 고기의 육즙과 간장이 어우러져 이미 찻물은 진하게 우려낸 스톡처럼 변해 있었다.

다시 한 술 떠서 입 안에 밀어 넣는다. 예상했던 일이지만 역시 쇄청 녹차와 콘비프는 서로 어울리지 않았다. 맛 자체는 그럭저럭 먹을 만했지만, 콘비프의 비릿한 잡내와 쇄청의 향만큼은 서로 자기주장을 하느라 전혀 어우러지지 못했다.

이비 이조는 한숨을 내쉬며 수저를 내려놓았다.

"엉망입니다."

그녀는 고개를 가로저으며 악평을 퍼부었다.

"그보다 이런 좋은 찻잎을 차밥 같은 싸구려 야참을 만드는 데 쓴다니… 이 무슨 사치스러운 낭비입니까. 쇄청의 강렬한 향과 염장육의 잡내가 서로 어울리지 못하고 괴상한 풍미를 자아내고 있습니다."

예상외의 냉혹한 비평에 당황했는지, 원일이 미묘하게 얼굴을 찌푸렸다. 하지만 이비 이조는 거리낌 없이 계속 악평을 이어 갔다.

"이럴 바에야 보리차 티백을 우린 물에 밥을 말아먹는 게 더 맛있겠군요. 요리의 기본은 어울리는 재료를 조합하는 데에서 시작합니다. 이건 딱히 조리병이 아니더라도 누구나 아는 상식입니다. 그런 면에서 의무장님의 센스는 수준 이하군요."

원일은 관자놀이를 긁적이며 멋쩍은 듯 말을 이어갔다.

"응…. 내가 요리를 못한다는 사실은 인정할게. 하지만 이비 이조…."

이비 이조는 순간, 의무장이 자신을 이상한 눈길로 바라보고 있다는 사실을 깨달았다. 불쾌감이나 부끄러움이 담긴 표정이 아니었다. 딱한 사람을 보는 듯한 동정의 눈길이었다.

"왜 맛이 없다면서… 울고 있는 거야?"

"…!"

이비 이조는 황급히 소매로 눈가를 훔쳤다. 소매 끝자락에 물기가 묻어나왔다.

원일의 말처럼 그녀는 눈물을 흘리고 있었다. 어째서? 이비 본인도 자신이 왜 우는지 이해가 가지 않았다. 이비는 황급히 눈가를 훔친 다음 태연하게 시치미를 떼었다.

"울지 않았습니다."

"허세를 부리긴."

"울지 않았다고 말했잖습니까!"

이비는 부러 목소리를 높이며 강하게 부인했다.

자신이 울 이유는 전혀 없었다. 차 한 잔과 밥 한 덩이로 목숨을 구원받았을 때부터 그녀는 자신의 감정도, 의지도 모두 샤오지에게 바치기로 결심했었다. 의지 없이 그저 타인을 위해서만 움직이는 존재. 그래, 이비는 인형이나 마찬가지다. 인형은 울지 않는다.

하지만… 사실은 알고 있었다.

이비는 인형처럼 완벽한 존재가 아니다. 자신이 목숨을 빚졌던 샤오지에게도 서운함을 느끼는 못난 인간일 뿐이다. 그동안 감정을 꾹꾹 눌러 담고, 겉으로 새어나오는 감정을 속으로 삭였지만 더 이상은 참을 수 없었다. 한계였다. 서운하고, 괴롭고, 외로운 감정이 화수분처럼 넘쳐흘러 도저히 주체할 수 없게 되어 버렸다.

너무하다. 자신의 감정을 몰라주는 의무장도 너무하고, 샤오지에도 너무하다. 작전 때의 일도 마찬가지다. 자신이 이리도 못난 존재인데… 어째서 샤오지에는 그런 못난 존재를 위해 목숨을 건단 말인가. 모두 너무한 일이다.

"…."

갑자기 이비 이조는 감정이 왈칵 복받쳐 올랐다. 어쩐지 지금 눈물을 흘리기 시작하면 어린 아이처럼 통곡을 할 것 같아서, 그녀는 저도 모르게 터져 나오는 감정이 흘러넘치지 않도록 속내를 마구 던져내기 시작했다.

"어차피 저는 싸구려 콘비프 같은 존재니까요."

"그게 무슨 소리인가요."

갑작스러운 고백에 샤오지에가 눈을 깜빡이며 이비를 쳐다보았다.

"분명 언젠가 저는 이 차처럼 맑고 고고한 샤오지에를 더럽힐 겁니다."

"…."

샤오지에는 이비의 말에 충격을 받은 듯 눈을 크게 떴다. 이비 이조는 더 이상 샤오지에의 얼굴을 마주할 용기가 나지 않아 고개를 푹 숙인 채 말을 이어 갔다.

"전에는 주제넘었습니다. 저 따위 미천한 존재가 샤오지에게 주제넘은 소리를 올렸습니다."

"미천하다니… 아니에요."

샤오지에가 단호하게 자신의 말을 부인했지만, 이비 이조는 믿지 않았다.

거짓말이다. 분명 샤오지에도 이비를 못난 부하라고 생각하고 있을게다. 단지 샤오지에는 그 사실을 솔직하게 내뱉기엔 너무 상냥한 것뿐이다.

"아뇨, 저는 못났습니다."

"아니에요, 이비 이조."

하지만 샤오지에는 분명히 다시 한 번 말했다.

"당신은 못나지 않았어요."

"어째서 부인하십니까! 저는 당신과는 달리 그저 길거리를 방황하던 천애고아일 뿐인데…!"

"그야… 저 역시도 못나고 불완전한 한낱 인간일 뿐이니까요."

"…네?"

샤오지에가 못나고 불완전하다니.

이비는 샤오지에의 말을 선뜻 이해할 수 없었다. 샤오지에는 유능하다. 과거 가문을 이끌었을 때부터 갑판장을 맡고 있는 지금까지, 한 치의 실수도 하지 않았다. 게다가 상냥하다. 자만하지 않는다. 아름답다. 그런데 이런 샤오지에가 못나고 불완전하다면, 그 어떤 인간이 완벽하단 말인가.

하지만 샤오지에는 말을 이어 가는 대신, 사발을 들어 밥과 고명, 콘비프를 얹어 새로 차밥을 말기 시작했다. 그리고 수저를 들어 찻물로 콘비프와 밥을 고루 섞은 다음, 작게 한 술 떠 음미했다. 불편한 침묵이 이어지는 동안 샤오지에는 천천히 음식을 씹어 삼켰다.

분명 샤오지에도 쇄청과 콘비프가 자아내는 괴상한 불협화음을 알아차렸을 것이다. 하지만 그녀는 이비 이조와는 정 반대로 의외의 평을 내렸다.

"전 이 차밥이 맛있다고 생각해요."

"예…?"

"이 위에 어떤 기름진 생선을 올리더라도 콘비프만큼 맛있지는 않을 겁니다."

"거짓말 마십시오, 샤오지에!"

이비는 어쩐지 샤오지에가 자신을 놀린다는 생각이 들었다.

"콘비프와 이런 고급 녹차가 어울리지 않다는 건 미식가가 아니더라도 누구나 알 수 있는 사실입니다! 이런 음식 따위…!"

하지만 샤오지에는 고개를 가볍게 저은 다음, 찻잎 봉지에서 마른 잎을 몇 개 꺼내 손끝으로 바스러뜨렸다.

"이 쇄청 녹차는… 어린잎을 딴 다음, 약한 불에 덖어 손으로 유념하며 만든 찻잎입니다."

차의 맛과 향은 살청이라고 부르는 건조 과정에서 결정된다. 녹차의 경우에는 발효가 진행되기 전에 살청을 하는데, 이 때 살청 방법에 따라 녹차의 향과 맛이 크게 달라진다.

"쇄청 녹차는 볕에 말릴 것을 상정하고 살청을 하기 때문에 상하지 않도록 손으로 조심스럽게 유념을 합니다. 그 때문에 쇄청은 다른 녹차와는 달리 찻잎이 거의 부스러지지 않아 녹차 특유의 깊고 풍부한 맛을 기대하기 어렵습니다. 그저 특유의 잘난 풋내만 가득하지요."

샤오지에는 차밥이 담긴 사발을 끌어당기며 쓸쓸한 어조로 중얼거렸다.

"만일 이 차밥이 맛이 없었더라면 그건 이 찻물의 탓이지, 캔

비프의 탓이 아닙니다."

"그렇지 않습니다! 이 쇄청은…!"

"차밥을 만들 때는 싸구려 보리차보다 못하지요?"

아까 자신이 했던 말이 떠오르자 이비 이조는 말문이 턱 막혀
버렸다. 분명 차밥의 맛을 망친 건 풋내가 가득한 쇄청 녹차지,
기름지고 짭조름한 콘비프가 아니었다. 샤오지에는 쓰게 웃으며
말을 이어갔다.

"저는 미움을 받는 데 익숙하지 않았어요."

샤오지에는 사랑을 받는 데 익숙한 귀족가의 여식이었다. 악의
와 싸움으로 얼룩진 유년기를 보내 왔던 이비와는 정 반대의 상
황에서 자랐다. 그래서 그녀는 어찌하면 사랑받는 인간이 되는지
는 잘 알고 있었지만, 정작 상대로부터 미움을 받았을 때 이를 어
찌 풀어 넘겨야 하는지는 배우지 못했다. 그래서 샤오지에는 누
군가가 자신에게 날을 세우면 맞서서 날을 곤두세우는 대신 고명
한 아가씨답게 스스로를 낮춰 상대를 감화시키려 했다.

"그래서 저는 언제나 고고한 아가씨처럼, 쇄청처럼 허세를 부
렸지요. 완벽한 어른을 연기하느라, 무리하게 다른 사람의 투정
을 모두 받아줬어요. 겉보기엔 잘 되어가는 것처럼 보였죠. …하
지만 정작 나도 여물지 못한 여린 순이었는데."

이는 결국 가면일 뿐이다. 샤오지에도 이비 이조도 인형이 아
닌 살아있는 인간이다. 본심 위에 덧입힌 완벽한 가면은 결국 모
두 깨져 버리고 말았다.

"이 모두가 환상이었어요. 누구에게도 미움받지 않는 이상의
아가씨란 건 애당초 존재하지 않았던 거예요."

샤오지에는 엷게 웃음을 터트리며, 젖은 눈가를 훔쳤다.

"바보 같아…. 이 나이 먹을 때까지 그것도 몰랐다니."

사실 해결 방법을 누가 제시해 주지 않더라도, 어찌 해야 할지는 그녀들 본인이 더 잘 알고 있었다. 자신이 완벽한 인형이 아니라는 걸 인정하고, 감정에 솔직해질 것. 그리고 그 사실에 대해 부끄러워하지 말고 당당할 것.

이 단순한 결심을 하는 데 샤오지에는 10년에 가까운 세월을 낭비했다. 더는 시간을 낭비하고 싶지 않았다. 샤오지에는 모자를 벗고 천천히 이비를 향해 돌아섰다. 그리고 자신의 부하이자 하급자인 이비에게 고개를 숙여 용서를 구했다.

"그 때문에 저는 당신에게… 아니, 저를 믿고 따라준 갑판병들 모두에게 헛된 희망을 불어넣고 상처를 입혔어요. 그 사실을 상기하면 죽고 싶을 정도로 괴로워져서… 저는 현실에서 도망쳤어요."

아래로 흘러내린 머리칼에 가려 샤오지에의 표정은 보이지 않았다. 하지만 금방이라도 끊어질 것 같은 울음 섞인 목소리 탓에 이비는 샤오지에가 울음을 억지로 참고 있다는 걸 알아차렸다.

"정말 미안해요…. 못난 상관을 용서해 주세요, 이비."

샤오지에의 어깨가 가늘게 떨리고 있었다.

이비는 더 이상 참을 수가 없었다.

"他妈的(제기랄)…."

이비 이조는 욕지거리를 하며 자신의 계급장을 왼손으로 잡아 뜯어 던졌다. 이 돌발적인 행동에 샤오지에가 놀라 고개를 들었다. 철제 계급장의 모서리에 손끝이 베였는지 손목을 타고 피가 흘러내렸지만, 이비는 개의치 않고 소리쳤다.

"저는 샤오지에께서 제 상관이라서 따른 게 아닙니다!"

이비 이조의 일갈에 샤오지에는 젖은 눈을 동그랗게 뜬 채 이비를 쳐다보았다.

"당신께서 내어 준 한 덩이의 밥이 없었다면… 저는 굶어 죽었을 겁니다. 당신께서 타 주시는 차가 없었다면 이 가혹한 바다 위에서의 생활을 견뎌낼 수 없었을 거라고요! 샤오지에께서 제게 나누어 주신 건 단순한 음식이 아니었습니다. 삶의 이유이자 희망이었습니다. 제게 온기를 담아 음식을 건네주는 '가족'은… 이 세상에 당신뿐이었다고요! 어른스럽지 못했다고 사과를 구하는 '누이'가 세상에 어디 있습니까?"

그렇다. 이비 이조는 단순히 목숨을 빚졌기 때문에 샤오지에를 억지로 따르던 게 아니다. 한편으로는 미워하면서도, 한편으로는 가장 사랑할 수밖에 없는. 애증을 가진 '가족'이었기 때문에 고락을 함께한 것이다. 이비에게 샤오지에가 정말로 미웠던 적은 한순간도 없었다.

"당신이 밉다고 한 건… 그냥 여동생의 어리광 같은 거였다고요…!"

이비 이조는 그렇게 말하고 결국 끅끅거리며 눈물을 흘리기 시작했다.

아, 샤오지에 앞에서 이런 꼴사나운 모습은 보이고 싶지 않았는데. 감정을 추스르면 추스르려고 할수록 눈물이 주체할 수 없이 흘러내렸다. 통곡 소리가 흘러나오지 않도록 고개를 숙이고 아랫입술을 힘껏 깨무는 게 고작이었다.

이비 이조는 샤오지에가 무어라 할지 더 이상 상상할 수 없었다.

평소처럼 나긋나긋한 목소리로 괜찮다고 할지, 아니면 이번에야 말로 화를 낼지. 머릿속이 꽉 차서 아무런 생각도 할 수가 없었다. 하지만 샤오지에는 나지막한 목소리로 대답 대신 부탁을 했다.

"그럼 제 부탁을 하나만 들어주시겠어요?"

부탁? 이비는 고개를 들어 샤오지에를 올려다보았다.

샤오지에가 젖은 눈으로 이비를 내려다보며 싱긋 웃고 있었다.

"앞으로는 샤오지에가 아니라 언니(姐姐, 지에지에)라고 불러주세요."

아, 망가져 버렸다.

감정을 꾹꾹 눌러 담던 견고한 마음의 나사가 하나 빠져버리자, 연쇄적으로 마음이 무너져 내리기 시작했다. 톱니가 어긋나고, 나사가 풀리면서 인형으로서의 이비는 도저히 수리할 수 없을 정도로 망가져버렸다. 힘을 짜내어 감정의 형틀이 무너지지 않도록 붙잡았지만, 결국 말 한 마디를 내 뱉는 게 고작이었다.

"언니는… 정말… 너무하다고요…."

"고마워요, 이비."

그리고 샤오지에는 어린 아이처럼 우는 이비를 끌어안고 다독여주었다.

아주 오랫동안 천천히.

"늦었잖아요!"

"상관에게 일을 맡기고 도망친 주제에 잘도 그런 소리가 입에서 나오는구나."

기관실에 들어섰을 때 루나는 뻔뻔하게도 음식이 늦었다며 나를 타박했다. 일이 늦어진 게 누구 때문인데…! 엄하게 주의를 줄까 싶었지만, 옛 말에 음식 앞에선 개도 건드리지 말라고 했다. 이번에는 그냥 넘어가고, 나중에 따로 불러서 주의를 주도록 하자.

보온병에 담아 온 차를 꺼내고 식기를 정리하고 있노라니, 옆에서 트리샤 수병이 주뼛거리며 말을 걸어 왔다.

"…잘 끝났나요?"

주어는 없었지만 나는 그녀가 갑판장의 일을 묻는다는 걸 직감적으로 알아차렸다.

"뭐… 모르겠지만 잘 끝났을 거야."

어깨를 으쓱거리며 적당히 둘러댄다. 나는 이비 이조가 울기 시작한 시점에서 샤오지에에게 뒷일을 맡기고 몰래 주방을 빠져나왔기 때문에 이후에 무슨 대화가 오고 갔는지 알지 못했다. 내가 있어봤자 이야기에 방해만 될 뿐더러, 타인의 괴로운 이야기를 제삼자가 듣기도 껄끄러웠기 때문이다. 하지만 더 이상의 오해가 꼬이는 일 없이 두 사람의 문제는 분명 잘 풀렸을 것이다. 이상한 소리지만 샤오지에가 내린 차를 마셨을 때, 그런 확신이 들었다.

"샤오지에도, 이비도 천성은 상냥하고 여린 사람들이니까."

"그렇군요. …다행이다."

트리샤는 자기 일처럼 기뻐하며 손을 마주잡았다. 하지만 루나는 무슨 심기가 그리 꼬였는지 뒤에서 입을 비죽 내민 채 툴툴거리고 있었다.

"정말… 샤오지에 갑판장님도 수병들한테 너무 무르다니까요."

"아마 그렇겠지. 너같이 군기 빠진 애도 일등수병 계급을 달고 있는 걸 보면."

내가 얼굴을 찌푸리며 비아냥거렸지만 루나는 못들은 체 계속 제 할 말만 떠들어댔다.

"만약 샤오지에 갑판장님이 이해인 조리장처럼 깐깐하고 자기주장을 굽히지 않는 성격이었다면 이런 귀찮은 연극 따위 할 필요도 없었는데."

그리고 루나는 짐짓 엄한 표정을 지으며 장난스럽게 누군가의 흉내를 내기 시작했다.

"흠흠. 이번 사순절에 쓸 이스터 에그는 절대로 포기할 수 없으니 갈매기 알이라도 구해 오세요!"

"다시 말하지만 저는 크리스천이 아닙니다, 루나 일등수병."

"히이이익?"

"우와아앗!"

갑자기 문가에서 싸늘한 목소리가 들리는 바람에 나와 루나는 비명을 지르며 황급히 뒤를 돌아보았다. 문가에는 당직 완장을 찬 이해인 조리장이 비스듬히 난간에 기대어 이쪽을 바라보고 있었다.

"남이 한 말을 멋대로 날조하지 않았으면 좋겠네요."

해인은 벌레 씹은 표정을 지어 보이며 루나를 죽일 듯이 노려보았다. 하지만 방금의 실언보다도 몰래 음식을 먹다 들켰다는 사실이 더 걱정스러웠는지, 트리샤는 음식이 차려진 요 앞으로 튀어나와 손을 내저으며 황급히 변명을 하기 시작했다.

"아, 그러니까, 저, 저기, 조리장님? 이, 이건…."

하지만 해인은 전의 라면 취식 때와는 달리, 화를 내지 않고 한숨만 길게 내쉬었다.

"…트리샤 일등수병?"

"네, 넵!"

"저도 눈치라는 게 있습니다."

전과는 다른 반응에 당황했는지, 트리샤와 루나는 어안이 벙벙한 표정으로 그 자리에 우두커니 서 있었다. 나 역시 해인에게 몰래 음식을 만들어 먹을 거라는 언질을 주긴 했지만, 그녀가 직접 찾아오리라고는 생각지도 못했기 때문에 당혹감을 감출 수가 없었다.

한동안 기관실 내에 불편한 침묵이 흘렀다. 하지만 해인은 무슨 생각이었는지 요 위에 다소곳이 주저앉은 다음 식기를 내게 내밀며 담담하게 말했다.

"한 그릇 주시지요."

"어…?"

나는 내 귀를 의심했다.

"이제는 귀까지 먹은 겁니까. 그 차밥, 저도 한 그릇 달라고요."

지금 그 해인이. 음식에 관해서라면 절대 사도를 용납하지 않는다는 해인이. 지금 자기 입으로 싸구려 콘비프를 올린 야참용 차밥을 먹겠다고 한 건가? 나는 허둥거리며 콘비프 캔을 직접 보여주며 재차 되물었다.

"이거… 싸구려 콘비프인데 먹어도 괜찮아?"

"뭐… 싸구려 음식이 얼마나 형편없는지 저도 조금 흥미가 생겼습니다."

해인은 얼굴을 살짝 붉히며 도도하게 고개를 돌려 내 눈길을 피했다. 과연, 썩어도 조리부의 군기 반장이라 이건가. 하지만 루나는 노골적으로 히죽거리며 해인을 놀리기 시작했다.

"오오…. 저게 그 유명한 'Tsundere'라는 겁니까?"

"누가 츤데레입니까, 루나 일등수병!"

해인은 다시 루나에게 일갈을 날린 다음 쇄청 녹차가 담긴 보온병을 가리키며 말을 이었다.

"차, 착각하지 마십시오. 저는 콘비프를 먹으러 온 게 아닙니다."

그리고 해인은 머리를 쓸어 넘기며 새침하게 툴툴거렸다.

"때맞춰 달여진 극상의 차가 있는데, 고명으로 올라온 콘비프 정도는 아무래도 좋잖습니까."

'츤데레 맞잖아….'

나는 속으로 혀를 차며 적당히 해인의 말에 "네이, 네이" 맞장구를 쳐 주었다.

잿빛 10월에 적재하고 있는 사다리꼴 모양의 콘비프는 일반적인 염장육 통조림과는 달리 측면에 달린 태엽 모양의 따개를 회전시켜 캔을 개봉할 수 있었다. 이렇게 개봉하면 잘려나간 통조림의 한쪽 사각 틀을 간이 식기처럼 쓸 수 있는데, 차밥을 만들 때는 아무래도 좋은 구조였다.

그러고 보니 영화나 드라마에서는 종종 콘비프를 따로 조미하지 않고 이렇게 날 것으로 한 입씩 베어서 먹기도 하던데. 이대로 먹어도 풍미가 있으려나. 나는 기억을 되살리며 콘비프의 모서리를 젓가락으로 조금 잘라낸 다음 입 안에 던져 넣었다.

맛은 짭조름하고 담백하다. 다른 고기 통조림과는 달리 콘비프에는 어느 정도 조미가 이미 되어 있었고, 기름기도 적어 날로 먹기에 부담스럽지 않다. 이것만으로도 밥을 한 그릇 비울 수 있겠는걸.

나는 무의식적으로 젓가락을 놀려 캔 비프를 다시 한 조각 떼어내려다 주저했다. 이러다간 차밥을 만들기도 전에 콘비프만 혼자 다 먹어 버릴지도 모르겠군. 나는 입맛을 다시며 계속 차밥의 준비를 이어 나갔다.

오목한 사발에 찬밥을 한 덩어리 담고 그 위에 콘비프를 잘게 부숴 얹는다. 그리고 그 위에 김가루와 말린 파 등을 얹고 준비한 차를 부어 주면 완성.

사실 요리라고 부르기도 민망할 정도의 간편식이다. 평소의 해인이라면 입에도 대지 않았겠지만.

나는 해인을 곁눈질로 쳐다보며 낮게 키득거렸다.

뜨거운 차를 붓자마자 산뜻한 녹차의 향과 고기가 익으면서 나는 특유의 감칠내가 기관실 안에 가득 퍼졌다. 해인에게 차밥이 담긴 사발을 내밀자, 해인은 조심스럽게 양손으로 사발을 받쳐 든 다음, 사발을 기울여 찻물만 조금 들이켰다. 그리고 콘비프를 찻물에 잘 섞어 준 다음 밥알과 함께 수저에 얹어 다시 입에 밀어 넣었다. 나는 마찬가지로 루나와 트리샤에게도 차밥을 한 사발씩 내밀었다.

　"음….”

　한동안 여자 세 사람이 밥알을 오물거리는 소리만 기관실 안에 나직이 울려 퍼졌다.

　아까 이비 이조에게 이미 맛이 없다는 평을 듣긴 했지만, 우리의 깐깐한 조리장에게는 또 어떤 평을 들을까. 나는 내심 마음을 졸이며 해인의 평을 기다렸다. 해인은 음식을 완전히 씹어 넘긴 다음, 수저를 사발 위에 가지런히 내려놓으며 짧게 평했다.

　"…정말 더럽게 맛없군요."

　"으….”

　상상했던 그 이상의 악평이 쏟아졌다.

　"음식으로서의 가치는 전혀 없군요. 음식점에서 이런 걸 내놓았다간 손님들이 모두 도망가 버릴 겁니다."

　"더럽게 맛없다니. 악평을 예상하긴 했지만 표현이 너무 심하잖아….”

　그래도 사람이 기껏 준비한 음식에 대고 더럽다는 표현을 쓸 줄은 몰랐다. 음식에 엄격한 해인이니까 그렇겠지… 하고 애써 자위하려 했지만 등 뒤에서 수병 둘이 추가타를 날려 왔다.

"에, 진짜네. 맛없는 미역국 맛에 비싼 찻잎을 뿌린 맛이
나…."

"으음. 이건 조금…."

"윽…."

역시 실패였나. 나는 수저를 들어 콘비프를 잘 말은 다음, 크게
한 술 떠 입안에 밀어넣었다.

…확실히. 막입인 내 입에도 쇄청 특유의 풋내와 콘비프의 진
한 감칠내가 서로 어울리지 못하고 겉도는 게 느껴졌다. 콘비프
만 두고 보자면 먹을 만했지만, 고급 차 특유의 풋풋한 향이 이번
에는 싸구려 고기와 미묘한 괴리감을 일으키고 있었다.

"역시 이번 야참은 실패인가…."

나는 한숨을 내쉬며 해인으로부터 사발을 돌려받으려고 했다.
분명 맛이 없으니 남은 차밥을 모두 남길 거라 생각했기 때문이
다. 하지만 해인은 맛이 없다고 하면서도 계속 차밥을 깨작깨작
입에 밀어 넣고 있었다.

"…맛없다며?"

"예. 정말 최악의 맛입니다."

해인은 새침한 표정을 지으며 다시 수저를 한 술 떠 입에 넣었
다. 나는 그런 해인의 태도를 도무지 이해할 수가 없었다.

"그런데 왜 계속 먹는 거야?"

하지만 해인은 내 질문에는 답하지 않은 채 새치름한 투로 계
속 비평을 이어갔다.

"분명 이 차밥은 요리의 기본도 되어 있지 않은 실패작입니다. 재료도 허술하거니와, 밑 준비를 조금만 했어도 이런 불협화음은 나지 않았을 겁니다. 하지만….."

해인은 거기까지 말을 이은 뒤, 무언가 주저하는 표정으로 잠시 버르적거리더니 양손으로 사발을 꼭 감싸쥐며 작게 뇌까렸다.

"…따듯한 맛이 납니다."

따듯한 맛이라니. 그 대단한 셰프님의 입에서 나온 어휘라고 하기엔 표현이 너무나도 빈약했던지라, 나는 나도 모르게 웃음을 터트리고 말았다.

"풋. 크흐흐….."

내가 웃음을 터트리자 해인은 왜 웃느냐는 투로 나를 노려보았다. 하지만 해인을 비웃는 게 아니었다. 사실 나는 해인의 표현에 감탄하고 있었다.

차는 뜨거운 물로 잎을 달여서 마시는 음료다. 그렇기 때문에 이파리의 쓰고, 달고, 시고, 맵고, 짠맛이 모두 우러나온다. 그중 하나라도 제하면 차는 차가 아니게 된다. 차의 매력은 즉, 차를 다려내는 따듯한 물에 있다. 그렇기에 차밥의 맛은 따듯한 맛이다.

해인의 표현은 퍽 정확한 편이었기에. 나는 사납게 나를 올려다보는 해인을 향해 웃으면서 답할 수 있었다.

"응. 나도 그렇게 생각해."

8. 러시안 홍차

러시아 연방, 극동관구 프리모리예
자루비노, 항만 사령부 의무대 내 영현실

소대장은 연방에 있을 때부터 의무대에 들리는 걸 꺼려 왔었다. 의무대에 들어설 때마다 나는 특유의 약 냄새가 유난히 역겹게 느껴졌기 때문이었다. 코끝을 알싸하게 찔러오는 알코올의 냄새부터, 항생제에서 풍겨오는 썩은 달걀 냄새까지… 거기에 환자의 피고름에서 풍겨 나오는 비릿한 악취까지 더해진다면 건물 앞을 지나가기도 싫을 정도였다.

하지만 오늘은 어쩔 수가 없었다. 해병들의 불안감이 날로 커져 가고 있었다.

소대장은 크게 심호흡을 한 다음 군의관이 머무르고 있는 영현실의 문을 열었다. 문을 열자마자 영현실 특유의 싸늘한 냉기가 소대장을 감쌌다. 분명 이 냉기에도 역겨운 악취가 섞여 있을 거라고 생각했지만, 놀랍게도 시트러스 계열의 달콤한 향이 코를 간지럽혔다.

고개를 돌려 구석을 바라보니 서보라 대위가 책상 위에 앉아 티백 홍차를 달여 내는 게 보였다. 이 달콤한 향의 정체는 저 홍차인가.

"아, 소대장."

군의관은 소대장을 보자마자 살갑게 웃으며 손을 들어 인사를 해 주었다. 여전히 군인답지 않은 모습이었다. 소대장은 말없이 경례를 올려붙인 다음 영현실의 가운데에 위치한 부검대로 향했다. 부검대 위에는 커다란 바디 백(Body bag) 하나가 놓여 있었다.

"첫 전사자야."

서보라 대위가 바퀴 달린 의자를 죽 끌며 다가왔다. 그녀는 선물 상자를 펼쳐보는 어린아이처럼 즐거워하며 바디 백의 지퍼를 죽 끌어내렸다. 바디 백 안에는 머리부터 발끝까지 완전히 부검된 해병의 시체가 들어 있었다. 어찌나 여기저기 헤집어 놓았는지, 사람의 시체가 아니라 잘 정형된 가축을 보는 듯했다.

그래도 역겨움은 쉬이 가시지 않았다. 소대장이 낮게 기침을 했다.

"이것 봐. 근거리에서 대검으로 절묘하게 찔렸다고. 가슴에 한 번, 목에 한 번."

군의관은 유난히 부자연스러워 보이는 절단면 두 개를 손가락으로 가리키며 생글생글 웃었다.

소대장은 주먹을 꾹 쥐었다. 미친년이라고 생각했지만… 고락을 함께한 전우가 죽었는데, 저렇게 천진하게 웃을 수 있다니. 지금이라도 당장 서 대위의 안면에 주먹을 먹여 버리고 싶었지만, 소대장은 숨을 깊게 들이쉬며 화를 억눌렀다. 군의관에게 물어볼 게 아직 많다.

"결정적인 사인은 목을 찌른 이 절상이군. 좋아, 좋아. 경동맥

이 잘려나가며 산소 공급이 차단되어 뇌가 순식간에 뇌사 상태에 이르렀을 테고. 대량의 피가 몸 밖으로 빠져나가며 신체 수복 능력도 한계에 이르렀을 거야."

"…."

군의관은 눈을 반짝이며 해병의 시체를 맨손으로 주물렀다. 그녀에게 있어 앞에 누여진 이 시체는 더 이상 사람의 육신이 아니라, 단순한 샘플에 불과한 모양이었다.

"정말 대단하지 않아? 나는 적어도 이 해병이 한두 사람은 죽였을 거라고 생각했는데, 아무도 죽이지 못했어! 정말 학회의 아가씨들은 언제나 예상을 뛰어넘는다니까. 아아… 너무 좋아!"

서보라 대위는 양손을 품에 꼭 끌어안고 황홀한 표정으로 자리에서 빙그르르 돌았다. 아무리 상관이라지만… 소대장은 더 이상그녀의 기행을 참아줄 수 없었다.

"너… 무슨 짓을 한 거야."

"응?"

소대장이 갑자기 반말을 하며 노려보자 군의관은 놀란 표정으로 눈을 깜빡거렸다.

"나는 내 부하를 대량 살인마로 훈련시킨 기억은 없어."

지난 전투 당시 작전대로였다면 교회에서 적을 패퇴시킨 다음, 해병들은 추가 피해를 막기 위해 기지로 복귀했어야 했다. 하지만 해병 하나가 명령을 듣지 않고 이탈했다. 그는 도망치는 학회의 병사들을 보자마자 갑자기 뭔가에 홀린 듯 그녀들을 쫓기 시작했다. 무전으로 돌아오라고 몇 번이나 외쳤지만, 그 해병은 맛있는 음식이 있다는 괴상한 소리만 하며 무전을 끊어 버렸다.

단순히 통각이 둔화된다고 해서 머릿속이 꽃밭으로 바뀌지는 않는다. 소대장은 서 대위가 나누어준 약물에 마약이 섞여 있다고 확신하고 있었다.

"도대체 그 녀석에게… 아니, 우리들에게 준 약물에 뭐가 들어 있는지 알아야겠어."

소대장은 무시무시한 표정을 지으며 군의관을 내려다보았다.

키가 2m에 달하는 거한이 험상궂은 표정으로 자신을 내려다보는데도, 군의관은 긴장한 기색을 조금도 보이지 않았다. 아니, 오히려 되레 귀찮다는 듯 손가락으로 머리칼을 돌돌 휘감으며 하품을 하고 있었다.

"음… 소대장?"

서보라 대위는 생글생글 웃으며 소대장에게 한 발 더 가까이 다가갔다. 그리고 주눅들거나 겁먹은 기색 하나 없이, 군의관은 고개를 들어 소대장과 눈을 맞추었다. 근력으로 잡아 누른다면 금세 제압할 수 있는 작고 가녀린 여성일 뿐인데. 소대장은 어째서인지 거대한 맹수에게 압도당하는 기분이 들었다.

"머리가 이상해지는 건 상관없지만, 미치광이가 되더라도 상관에게는 예의를 지켜 줘."

군의관은 자신의 대위 계급장을 손가락으로 가리키며 다시 한 번 계급을 강조했다.

"우리는 '타군'이 아니야."

소대장은 주먹을 꽉 쥐었다. 군의관은 소대장이 제일 듣고 싶어 하지 않았던 약점을 쥐고 흔들고 있었다. 해병의 가치는 명예에 있다. 여기서 소대장이 군의관을 죽인다면 기분은 나아지겠지만, 그는 평생 상관을 죽인 해병이라는 불명예를 얻게 될 것이다. 명예로운 해병의 이름에 먹칠을 할 수는 없다….

"…실례했습니다."

결국 소대장은 입을 간신히 떼어 내키지 않는 사과를 했다.

"좋아, 좋아."

서보라 대위는 배알도 없는지, 소대장이 사과를 하자마자 다시 느긋한 표정을 지으며 책상까지 종종걸음으로 달려갔다. 그리고 한창 티백 홍차를 달이고 있던 투명한 텀블러를 흔들어 보이며 소대장에게 물었다.

"차 마실래?"

"괜찮습니다."

"모처럼 좋은 립톤 티백을 발견했는데."

대위는 시무룩한 표정을 지으며 텀블러의 뚜껑을 개봉한 다음, 설탕 단지에서 각설탕을 꺼내 텀블러에 하나씩 던져 넣기 시작했다.

차에 설탕을 넣다니…. 소대장이 이상하다는 눈으로 그 광경을 쳐다보자, 서 대위는 묻기도 전에 천진한 미소를 지으며 설탕을 넣는 이유에 대해 설명을 해 주었다.

"그게 러시아식 홍차에는 설탕을 넣어야 한다더라고? 물론 어느 동네 원수처럼 홍차에 꿀을 넣어도 좋겠지만, 지금은 그런 걸 따질 때가 아니니…."

군의관은 각설탕을 계속 텀블러에 집어넣으며 약물에 대한 설명을 마저 이어갔다.

"전에도 말했지만 너희들에게 나누어 준 약물은 단순한 신체 강화 약물이야. 항정신성 성분은 없어. 게다가 이 약물을 쓰면 지혈되는 속도도 빨라지고, 근육을 강화시켜서 일시적으로 빠르게 움직일 수도 있지."

퐁당.

다시 각설탕 하나를 꺼내 홍차에 밀어 넣는다. 하지만 설탕을 이미 너무 많이 넣은 탓인지, 각설탕은 홍차에 녹지 않고 바닥에 쌓이기 시작했다.

"하지만 망가진 몸이 수복되는 과정에서 신경계의 일부가 제대로 복구되지 않을 수도 있어. 예를 들자면 통각이 줄어든다든지. 하지만 군인으로서는 나쁜 일이 아니잖아?"

퐁당.

이제 텀블러 안에 담긴 적갈색의 음료는 홍차라고 하기 힘든 수준으로 변해 있었다. 소대장은 그 역겨운 음료로부터 억지로 눈을 피하며 죽은 해병의 이야기를 다시 꺼냈다.

"하지만 그 녀석은 제 명령을 듣지 않고 적을 쫓았습니다. 마치 사람을 죽이는 게 상관의 명령을 따르는 것 보다 더 중요한 일인 것마냥…."

"그랬었던가. 이상하네…."

하지만 군의관은 여전히 무미건조한 표정으로 고개를 갸웃거리며 시치미를 뗐다.

"하지만 나는 정신과 의사가 아니니까 이유는 몰라."

"해병들에게 이상이 발생했을 때, 그걸 해결하는 게 군의관님의 책무 아닙니까!"

"부하의 심리 상태도 내가 파악해야 해? 나는 평범한 외과 의사야."

군의관의 말을 듣자 소대장은 너무 황당해서 제대로 말이 나오지가 않았다. 지금 서보라 대위는 해병이 명령을 무시하고 적진으로 뛰어간 이유를 '단순한 성격 문제'라 치부하고 있었다. 죽은 해병의 성격을 잘 아는 소대장으로서 이는 받아들일 수 없는 이유였다. 자신이 지휘하는 해병들은 정신 이상자가 아니다. 자살 희망자는 더더욱 아니다. 그런데도 약물에 이상이 없다고 발뺌을 하다니…. 하지만 소대장은 군의관의 주장을 더 이상 반박할 수 없었다.

…상관이었기 때문이었다.

서보라 대위는 그리고 설탕이 가득 담긴 홍차를 한 모금 들이켰다. 보기만 해도 몸서리가 쳐질 정도로 달달한 홍차였지만, 그녀는 개의치 않아하며 홍차를 계속 들이켰다. 군의관은 텀블러를 입에 댄 채로 부검 확인서를 넘겨 보다 아래 놓인 포로 심문 보고서를 발견하고는 지나가는 투로 소대장에게 물었다.

"포로들의 상태는 어때?"

"초를 세워 감시하고 있습니다만, 작전에 관해서는 계속 묵비를 행사하고 있습니다."

"응. 그렇겠지. 그렇다고 고문하거나 윽박질러서 정보를 캐낼 필요는 없어."

사실 포로 심문이 이루어졌다고는 하나, 아주 형식적인 심문만이 있었을 뿐이다. 군의관은 직접 포로들에게 몇 가지 기본적인 질문을 던졌지만, 수병들이 굳게 입을 다물고 모르쇠로 일관하자 금세 흥미를 잃고 심문을 종료해 버렸다. 사실 광명학회는 여러 국가들 사이에서 정식 교전단체로 인정되고 있지 않기 때문에, 제네바 협약에서 벗어나는 가혹한 고문을 가한다 하더라도 연방군 입장에서는 크게 거리낄 것이 없었다.

하지만 어째서인지 서보라 대위는 자신은 물론이고, 해병들에게도 포로로 잡힌 수병들을 정중히 대해달라고 요청했다. 소대장은 자신을 포함한 해병들은 제대로 된 사람 취급도 해 주지 않으면서 학회의 포로들에게는 유독 친절한 군의관이 고까워, 부러 빈정거리는 투로 말했다.

"이상하게 학회의 수병들에게는 친절하시군요."

"그야 교섭할 때 상태가 안 좋으면 인질의 가치가 떨어지잖아?"

하지만 군의관은 소대장의 빈정거림을 알아차리지 못했는지 진지한 얼굴로 상식적인 이유를 입에 담았다.

"얼굴에 시퍼런 멍이라도 들었다든지, 비쩍 말라 있다든지. 심리적으로 우울해 보인다든지… 처녀막이 없다든지?"

"제 부하들을 어떻게 보셨는지는 모르겠습니다만, 해병은 그런 불명예스러운 범죄는 저지르지 않습니다."

"흐응, 그런가?"

서보라 대위는 별다른 말을 하지 않고, 의자에 등을 기댄 채 능글맞은 미소를 계속 흘렸다. 무언가 알고 있다는 그 너구리같은 특유의 미소가 소대장은 마음에 들지 않았다. 분노 탓인지 속이 뒤집히는 기분이 들었다. 소대장은 손으로 관자놀이를 꾹꾹 누르며 군의관이 했던 말을 마저 반박했다.

"게다가 그 계집아이들에게 인질의 가치는 없습니다. 제가 학회의 지휘관이라면 용병으로 고용된 계집애들 몇을 구하려고 피해를 감내하지는 않을 테니까요."

"응. 물론 용병 몇을 구하기 위해 정예의 해병들에 맞서 상륙전을 벌인다는 건 우스운 일이야. 연방군라면 그런 '불합리한 일'은 하지 않겠지."

하지만 군의관은 손가락을 흔들며 소대장도 한 번 들어 본 적이 있는 한 보급함의 이름을 입에 담았다.

"하지만 '잿빛 10월'이라면 구하러 올 거야."

잿빛 10월이라면 포시예트 만 앞에 정박해 있는 학회의 보급함이다. 저번 상륙 작전 때 사로잡힌 수병들도 그 잿빛 10월의 승조원들이었다. 하지만 보급함치고 과한 무장을 싣고 있다는 점만 제외하면 소대장은 그 배가 왜 특별한지 알지 못했다.

"어째서입니까?"

"그야 잿빛 10월은 지구상에서 가장 불합리한 배이기 때문이야."

오로지 승조원들에게 따뜻한 밥 한 끼를 제공하기 위해 건조된 군함. 연방이라면 절대로 만들지 않을 불합리한 배.

"여성 승조원으로만 이루어진 금남의 군함. 그 존재만으로도 작전의 가치를 떨어트리고, 주객을 전도시키는 불합리한 급양선. 기존의 교리로는 예측할 수 없는 이레귤러가 가득한 배지. 이런 배의 승조원들이라면 충분히 불합리하고 우스꽝스러운 구출 작전을 벌여 줄 거라고, 나는 기대하고 있어."

그렇게 말하고 서보라 대위는 동경하는 마돈나를 꿈꾸는 소녀처럼 양 손을 맞잡은 채 눈을 반짝이기 시작했다. 그녀가 언급한 말의 어디에 구출 작전을 벌일 거라는 증거가 담겨있는지 소대장은 알지 못했지만 한 가지만은 확실했다. 이 여자, 서보라 군의관은 미쳤다.

소대장은 담담한 목소리로 그녀를 비아냥댔다.

"같은 여군으로서 동질감이라도 느끼신 겁니까?"

"섭섭한 소리를 하네."

소대장의 말에 서보라 대위는 히죽 웃으며 의미심장한 소리를 입에 담았다.

"이래봬도 잿빛 10월의 승조원에게는 여러모로 도움을 받고 있다고?"

여러모로 도움을 받고 있다니?

그러고 보면 그 날 승조원들이 공격해 올 거라는 사실도 군의관을 통해 전해들은 첩보였다. 설마. 일개 군의관이 직접 적선(賊船)과 내통하고 있는 건 아니겠지.

하지만 서보라 대위는 여전히 너구리같은 알듯알듯한 미소만 짓고 있었다. 문득 소대장은 극심한 피로를 느꼈다. 이 여자의 말은 그냥 앞으로 무시해 버리자. 미친년의 말을 진지하게 들어서 좋을 게 없다.

"…돌아가 보겠습니다."

"저기, 소대장."

그 때, 서보라 대위가 소대장을 불러 세웠다. 그리고 그녀는 품속에서 날이 잘 선 메스를 꺼내 자신의 손 끝을 사선으로 베었다. 손끝에서 배어나온 붉은 피가 곡반 위에 한 방울씩 똑똑 떨어지자 비릿한 피 냄새가 피어올랐다. 갑작스러운 군의관의 자해에 당황하여 소대장은 안절부절못했지만, 군의관은 되레 생글생글 웃으며 이상한 질문을 던져왔다.

"혹시 이거 먹고 싶지 않아?"

피를 먹고 싶다니. 갑자기 흡혈귀 취급이라도 하는 건가.

"…무슨 말씀이신지 모르겠습니다."

소대장은 고개를 가로저으며 영현실의 문을 닫았다.

…하지만 이상하게도.

군의관의 손에 맺힌 새빨간 핏방울을 떠올리자 소대장은 갑자기 배가 고파졌다.

9. 선지

-1-

　"순간이동(Teleport)이라고?"

　샤오지에의 보고가 막 끝날 무렵, 카밀라 함장은 눈을 반짝이며 책상에 손을 짚고 고개를 들이밀었다. 바로 옆에 앉은 포술장이 자중하라는 표정으로 눈총을 주었지만, 함장은 신경도 쓰지 않은 채 신이 나서 마구 떠들기 시작했다.

　"그게 뭐야. 대단하잖아! 좀 더 구체적으로 말해 봐."

　"…확신할 수는 없습니다."

　샤오지에 갑판장은 침착하게 고개를 저었지만, 그녀 역시 그날의 일을 자신의 눈으로 보고도 믿을 수가 없었는지 참담한 표정으로 증언을 이어 갔다.

　"적은 퇴각하는 아군을 앞질러 퇴로에 먼저 도달하기도 했고, 전투 중 갑자기 허공에서 사라지거나 아군의 뒤에서 나타나기도 했습니다."

　샤오지에는 여기까지 말을 이은 다음, 입술을 꽉 깨물며 한 마디를 덧붙였다.

　"솔직히 귀신에 홀렸다고밖에 느껴지지 않습니다."

　당일 척후 임무를 수행했던 이비 이조, 그리고 각 분대의 분대장들 역시 고개를 끄덕이며 그녀의 감상에 동감을 표했다. 분명 자루비노에서 있었던 일에 대해서는 이미 보고서로 상세히 적어 제출했을 터인데, 포술장과 함장은 굳이 우리 입으로 상황을 들어야겠다며 중상자들의 응급 처치가 모두 끝나자마자 사관 회의를 소집했다. 하지만 정작 전위 분대의 분대장을 맡았던 센비 삼조는 보이지 않았다.

…당연한 이야기이지만 적진에 남겨두고 왔기 때문이다. 센비 삼조가 앉아있어야 할 사관실의 빈 의자가 자꾸 눈에 밟혔다. 나는 애써 빈 의자로부터 눈길을 피하며 주먹을 꽉 쥐었다. 하지만 함장은 여전히 긴장감이라고는 하나도 드러나지 않는 표정으로 위스키를 홀짝거리며 손가락을 허공에 휘젓고 있었다.

"응. 그거네. 연방 해병이 귀신을 조련하는 데 성공했다든지, 혹은 소형 텔레포트 기술을 실용화하는 데 성공했다든지."

솔직히 살짝 분통이 터지려고 했다. 승조원의 일부가 사로잡히고 아군 대다수가 중경상을 입고 돌아온 심각한 상황에, 술에 취해서 농담을 하듯 작전평가를 하고 있다니. 마음이 고까워져 함장에게 주의를 줄까 했지만, 사관들이 잔뜩 모여 있는 사관실에서 일개 일등병조가 함장의 태도를 지적하는 것도 아니다 싶어 나는 입을 다물었다.

뭐… 그 외에도 괜한 기름을 부었다가 불똥이라도 튈까 무서웠던 탓도 있었다. 함장의 옆에 앉은 엘레나 포술장은 당장이라도 폭발할 것 같은 표정으로 쉴 새 없이 볼펜 끝을 딸깍거리고 있다. 기분 탓이었을까, 사흘 만에 마주한 포술장의 눈매는 이상하리만큼 피곤해 보였다.

요 며칠간 상륙 작전의 뒤처리와 근무를 병행하느라 피로가 어지간히 쌓였는지, 철의 여인처럼 보이던 엘레나 소교의 눈가에도 어느새 그림자가 짙게 깔려있었다. 하지만 총책임자이자 가장 많은 임무를 떠맡아야 했을 함장의 얼굴에는 정작 윤기가 반짝반짝 돌고 있었다.

저 인간… 자기 일도 포술장에게 다 떠맡긴 게 분명해.

나는 혀를 차며 포술장을 안쓰러운 눈으로 바라보았다.

그걸 아는지 모르는지. 카밀라 함장은 느긋한 표정으로 엘레나 포술장에게 말을 건넸다.

"포술장은 어느 쪽에 걸 거야?"

"무슨 소리십니까…?"

엘레나 포술장이 뚝뚝 끊어지는 목소리로 되물었지만, 함장은 유쾌하게 어깨를 으쓱거리며 부연 설명을 늘어놓았다.

"그러니까 적이 어떻게 아군의 감시망을 뚫고 후방으로 이동할 수 있었을까? 순간이동? 아니면 유령 병사? 나는 순간 이동에 50달러 걸게."

적진에 나간 아군을 마치 도박판에 나간 투견처럼 대하는 함장의 태도에 사관들이 눈살을 찌푸렸다. 확실히 오늘의 함장은 조금 이상하다. 평소에도 무책임한 발언을 마구 내뱉기는 하지만, 이렇게 노골적으로 하급자를 조롱하지는 않는다. 옆에서 이비 이조가 바들거리며 주먹을 꽉 쥐는 게 보였다. 하지만 과연 교관급 사관이랄까. 엘레나 소교는 함장의 장난스러운 말에도 평정을 유지한 채 고개를 가로저었다.

"두 쪽 모두 블러프(Bluff)에 가까운 이야기입니다. 허황된 농담에 시간을 쏟고 싶지는 않습니다.”

“왜 그렇게 생각해?”

그 얼빠진 질문에는 엘레나 소교도 어쩔 도리가 없었는지, 포술장은 한숨을 푹 내쉬며 왜 친구를 때리면 안 되는지 설명하는 초등학교 교사 같은 투로 말을 이어갔다.

“우선 적이 귀신이 아닌 이유부터 말씀드리겠습니다. 적은 피를 흘리고 아군의 공격에 사망했습니다. 칼로 찌르면 죽는 걸 귀신이라고 할 수는 없습니다.”

“그럼 결론은 순간이동이네!”

소교의 말이 끝나기도 전에 함장이 손뼉을 치며 제멋대로 결론을 내리자, 포술장이 이를 꽉 깨물었다. 아무래도 생각보다 빨리 폭발할 것 같은데…. 회의가 끝나기 전에 사관실의 탁자가 엎어지지 않기를 기원하며 나는 속으로 포술장을 응원했다.

“함장님. 도대체 순간이동의 원리가 무어라고 생각하십니까?”

엘레나 포술장의 질문에 함장은 조금의 고민도 하지 않고 초등학생에게나 먹힐 법한 유치한 논리로 순간이동의 개념에 대해 설명하기 시작했다.

“그거야 잘 알고 있지. 첫째, 병사를 이루고 있는 분자를 에너지로 전환한다. 둘째, 전송한다. 셋째, 전송 전의 상태로 재조립한다. 이거 맞지?”

함장은 그렇게 말하고 어깨를 으쓱거리며 그 유치한 지식의 출처를 제 입으로 밝혀주었다.

“나도 〈필라델피아 실험(The Philadelphia Experiment)〉 정도는 봤거든!”

필라델피아 실험이라니. 그게 어느 시대의 B급 영화야…?

내 기억이 맞는다면 아마 테슬라 박사가 전뇌 코일을 이용해서 군함을 순간이동 시킨다는 B급 음모론을 다룬 SF 영화였지, 그거. 하지만 포술장은 친절하게도 함장의 그 바보 같은 의견에도 차근차근 이유를 들어 반박해 주었다.

"혹시 $E=mc^2$ 이라는 공식 들어보신 적 있으십니까?"

"어, 아인슈타인이 개발한 상대성이론 공식이지?"

특수 상대성이론 공식입니다만.

나도 모르게 입 밖으로 반박이 튀어나올 뻔했다. 포술장도 마찬가지의 생각을 했는지, 그녀는 볼펜 끝으로 관자놀이를 꾹꾹 누르며 짜증스럽게 말했다.

"특수 상대성이론 공식입니다. 게다가 만일 그런 장치가 있다면 순간이동 따위에 쓰지 말고 그냥 분해과정에서 생성된 에너지 입자를 적진에 투사하는 게 더 효과적일 겁니다. 설탕 한 조각을 분해해서 만든 에너지만으로도 배 한척은 거뜬히 증발시킬 테니까요."

하지만 이런 친절한 설명에 '그렇구나' 하고 넘어갈 정도였으면, 내가 애초에 카밀라 함장을 괴짜 취급하지도 않았을 거다. 카밀라 함장은 어처구니없게도 고개를 가로저으며 포술장을 가르치려 들었다.

"하지만 블루홀의 사례도 있잖아? 너무 기존의 패러다임에 사로잡혀 머리가 굳어 버린 거 아냐? 고리타분하게 굴지 말고 생각을 넓게 하라고, 레나."

'고리타분(stuffy)'이라는 단어에 결국 꼭지가 돌아버렸는지, 포술장은 미간을 잔뜩 찌푸리며 다른 사관들을 바라보며 낮은 목소리로 중얼거렸다.

"…누가 이 문과 바보한테 순간 이동(teleport)과 초공간 도약(Hyperspace Jump)의 차이에 대해 좀 설명해 주라."

"에에, 바보? 바보라고 했겠다!"

포술장의 폭언에 함장이 놀라는 표정을 지으며 정색했지만, 이제 아무도 함장의 말에 공감해 주지 않았다. 포술장은 못들은 척 시치미를 뗀 다음, 언성을 높여 가며 짜증을 냈다.

"여하튼 아무리 학회라 하더라도 현대 보병이 짊어지고 다닐 만한 차원 이동 장치를 만드는 건 불가능합니다! 그리고 가능하더라도 그 기술력으로 순간이동 같은 쇼를 벌이느니, 소총을 개량하는 게 더 유익할 거라고요!"

하지만 여전히 함장은 능글맞게 웃으며 계속 엘레나 소교를 놀리고 있었다.

"그럼 적은 어떻게 낮도깨비처럼 뿅 사라졌다, 뿅 나타날 수 있는 건데?"

엘레나는 함장의 말에 무어라 항변하려다 결국 고개를 푹 숙이며 분한 듯 작게 뇌까렸다.

"…그걸 모르니까 이러고 있는 게 아닙니까."

확실히 적 해병은 귀신처럼 움직였다. 단순히 숙련도를 떠나 사람으로서 할 수 없는 전술 기동을 보여주었다. 빠른 속도로 퇴각하는 아군을 먼 거리에서 우회하여 습격을 해오질 않나, 허공에서 갑자기 모습을 감추질 않나. 막상 해병들에게 공격당했을 때는 나 역시 귀신에게 홀렸다고 생각했었다. 이비 이조가 침착하게 대응하지 않았더라면, 우리는 단 한 사람의 적병에게 모두 당했을지도 모른다.

하지만.

나는 그 와중에 이상한 현상을 하나 목격했었다.

이비 이조의 뒤쪽에서 일렁이던 기묘한 풍경과 마술처럼 허공에 떠 있던 연방군의 표식. 연방의 해병이 진짜 초능력자라면 그런 허튼 실수를 하지는 않았을 것이다. 나는 조심스럽게 손을 들고 입을 열어 침묵을 깼다.

"포술장 님. 한 가지 말씀드리고 싶은 게 있습니다."

"뭔데?"

포술장이 도끼눈을 뜨고 이쪽을 노려보았다. 그 사나운 시선에 잠시 움찔했지만, 나는 어깨를 곧게 편 채 내가 보았던 다른 현상에 대해 침착하게 증언했다.

"작전 당시 저는 해병이 사라진 직후, 주위의 풍경이 기묘하게 일렁이는 것을 보았습니다."

포술장은 내 말에 약간 놀란 듯 눈을 크게 떴다. 하지만 카밀라 함장은 내가 농담이라도 하는 줄 알았는지, 놀라기는커녕 생글생글 웃으며 엉뚱한 초만 치고 있었다.

"시공간이 일그러진 모양이지."

"그리고 해병이 총상을 입었던 어깨 부분은 이후에도 완전히 사라지지 않았습니다. 한동안 연방군의 표식이 허공에 떠 있기도 했지요."

"순간 이동에 실패해서 신체가 분리된 거 아냐?"

결국 엘레나는 함장에게 얼굴을 들이대며 대놓고 고성을 날렸다.

"좀 가만히 계십시오!"

그제야 함장도 조금 주눅이 든 표정을 지으며 다시 자리에 얌전히 앉았다. 소란이 조금 정리되자 나는 천천히, 하지만 확실하게 내가 생각한 가설을 입에 담았다.

"적병이 어디론가 사라진 게 아니라면, 단순히 '몸을 감추었다'고 생각하면 안 됩니까?"

포술장이 내 말에 허를 찔린 표정으로 입술을 매만지며 턱 끝으로 나를 가리켰다.

"계속 얘기해 봐."

"그들이 입은 전투복이 단순한 전투복이 아니라, 등 뒤의 영상을 옷감에 투사해서 보여주는 능동 미채 전투복이었다면 눈앞에서 갑자기 사라졌다가 아군의 뒤에서 나타나는 전투 방식도 설명할 수 있습니다."

민간에 있던 시절, 나는 연방 과학기술원에서 홍보용으로 제작한 영상을 보다 옷감에 투사할 수 있는 능동 미채에 대한 이야기를 접한 적이 있었다. 물론 그 때 당시 영상에 소개되었던 기술은 조잡한 것이었고, 완성도도 낮았다. 하지만 장애물이 많은 어두운 전장에서라면 그런 능동 미채 전투복을 입고 있다면 쉽게 적의 눈에 띄지 않았을 거다. 게다가 해병의 전투복은 유난히 화려하기 때문에 미채를 사용하기 전과 후의 차이가 더욱 확연했다.

"게다가 아군은 해병의 화려한 전투복 때문에 경계를 소홀히

하고 있었습니다. 적은 화려한 기장과 약장이 달린 전투복을 입고 있으니 눈에 잘 뜨일 거라고 말이죠."

해병이 입고 있는 전투복의 능동 미채는 분명 완벽하지 않았다. 굴곡이 많은 전투복 위에 그대로 영상을 입사한 만큼, 움직일 때마다 주변 환경과 다른 일그러짐이 발생했다. 하지만 평소에 해병들이 입고 다니던 화려한 전투복 때문에 우리는 그 차이를 간과했다. 그 때문에 우리는 적이 몸을 은신한 채 아군의 뒤로 이동하는데도 전혀 알아차리지 못했다.

나는 그렇게 말하고 숨을 삼키며 엘레나 소교에게 재차 물었다.

"…이 정도라면 연방의 기술력으로도 가능하겠습니까, 엘레나 포술장님?"

한동안 사관실 안에 침묵이 흘렀다.

"으음."

엘레나 포술장은 낮게 신음을 흘리더니 결국 고개를 끄덕였다.

"그 정도라면 가능해."

그리고 분한 듯 머리를 쓸어 넘기며 중얼거리기 시작했다.

"그래, 능동 미채(Optical Camouflage). 능동 미채였어…. 거기에 적당한 신체 능력 강화 약물을 섞으면 사라진 다음 빠르게 적의 후방에서 나타날 수도 있잖아. 이 간단한 걸 저 반편이도 생각해 냈는데, 나는…."

아무래도 자신이 생각하지 못한 작전을 일개 의무사가 떠올렸다는 게 분했던 모양이다. 그보다 은근히 내 욕이 섞여 있는 것 같은데요….

"저기, 은근슬쩍 제 비하 발언을 섞지 말아 주실래요."

"닥쳐 반편아."

불합리하다고 생각했지만, 포술장의 심기를 더 이상 거스르기는 싫어 나는 입을 다문 채 뒷짐을 지고 섰다. 한편, 옆에서 내 말을 잠잠히 듣고 있던 카밀라 함장은 포술장의 어깨를 툭툭 다독이며 낄낄거리기 시작했다.

"뭐, 다행이잖아. 포술장."

그리고 함장은 의미심장한 미소를 지어 보이며 포술장에게 낮은 어조로 말했다.

"학회의 기술까지 빠져나간 건 아닌 모양이니까."

그 말에 사관들이 몸을 움찔거렸다. 기술까지 빠져나가다니, 그럼 다른 무언가가 유출되고 있었다는 소리인가? 함장의 말이 잘 이해가 가지 않아서 속으로 말을 고르고 있는데, 샤오지에 갑판장이 앞서 손을 먼저 들었다.

"…함장님, 그게 무슨 소리신가요?"

"음, 그게 정보가 새어나간 모양이야."

함장은 생글생글 웃으며 능청스러운 표정으로 말을 이어갔다.

"전에 잠수함 전대로부터 습격 받았을 때만 하더라도 긴가민가 했는데, 누군가가 우리의 작전과 기술을 연방에 전달해 주고 있다는 게 거의 확실해졌어."

옆에서 이비 이조가 입술을 꽉 깨문 채 아래를 내려다보는 게 보였다. 다른 사관들은 초조한 표정으로 함장과 샤오지에를 번갈아 보고… 분위기가 점차 칼날 위를 걷는 것처럼 날카로워졌다.

하지만 함장은 여전히 눈치를 채지 못했는지 계속 히죽거리고만 있었다.

"샤오지에. 그런 생각 안 들었어? 적은 아군의 침입 경로와 규모를 사전에 완벽하게 숙지한 채 요격했어. 네 지휘가 나쁜 게 아냐. 정보전에서 우리는 이미 패한 상태였다고."

"…."

함장의 질문에 샤오지에 갑판장은 끝내 답하지 않았다.

물론 작전을 나가기 전에는 의혹뿐인 상태였고, 부대의 지휘관인 이상 카밀라 함장이 의혹만으로 상부의 명령을 거절할 수는 없었으리라. 그렇기에 생환률이 낮은 작전에 부하들을 밀어 넣은 함장을 탓할 수는 없었다. 하지만 문제는 결과다. 아직 적진에 수병들이 남겨져 있다.

누군가는 사지에 아군을 밀어 넣은 책임을 지어야 한다. 적어도 '아, 실패해 버렸네' 하고 웃으며 끝낼만한 문제가 아니다.

"그럼… 어떻게 하나요?"

샤오지에는 결국 주어를 붙이지 않고 체념한 목소리로 물었다. 이 사태의 책임을 누가 질 것이냐고. 그리고 우리는 무얼 할 수 있느냐고. 하지만 함장은 잔인하게도 그 질문을 피해 버렸다.

"하는 수 있어? 모항으로 돌아가야지. 학회의 기술이 유출되었다는 의혹이 확실하게 되었더라면, 우리가 나서지 않았더라도 학회 사령부에서 직접 육군을 투입해 자루비노의 해병들을 섬멸하고 적장을 붙잡아 배후를 조사했을 거야. 하지만 적은 그저 평범한 기술로 퍽킹 블러프를 친 것뿐이고, 정보는 통신망이나 다른 곳에서 누출되었을 가능성도 있어. 재원을 더 '낭비'하기엔 적의 방어가 너무 견고해."

함장은 수병들이 적진에 돌격하여 사로잡히고, 부상당한 일을 '낭비(waste)'라고 말했다. 온화하던 샤오지에도 그것만큼은 참을 수 없었는지, 이를 꽉 깨물며 함장이 말한 그 단어를 다시금 입 안으로 되새겼다.

"낭비… 입니까."

그리고 샤오지에는 이번에는 말을 돌리지 않고, 자신이 말하려는 바를 노골적으로 다시 풀어 질문했다.

"…그럼 아이들은 어찌 되나요?"

"아, 갑판병들?"

카밀라 대교는 대수롭지 않다는 듯, 머리를 긁적이며 갑판장의 질문을 가볍게 받아넘겼다.

"유감이지만 어쩔 수 없어. 새로 병사를 고용하는 값보다 포로 교섭에 드는 돈이 더 들걸. 우리는 이미 모항으로 복귀하라는 명령을 받았어. 모항에 도달하면 '숙련된 갑판병을 새로' 배치해 줄게."

"그렇습니까."

그리고 그 대답은.

갑판장의 역린을 완전히 꺾어 버렸다.

"그럼 저는. 따르지 않겠습니다."

샤오지에는 평소의 온화한 미소를 지으며, 처음으로 함장의 말을 거역해 버렸다. 그녀의 말에 사관실이 일순간 싸늘하게 굳었다. 잠시간의 정적 끝에 카밀라 함장은 딱딱하게 굳은 목소리로 물었다.

"그게 무슨 소리지, 샤오지에 병조장?"

"명령을 따르지 못하겠다고 말씀드린 겁니다."

카밀라 대교는 샤오지에의 답변에 한숨을 푹 내쉬더니, 전에 한 번 내게 보여 주었던 특유의 싸늘한 표정을 지으며 재차 되물 었다.

"이건 항명인가?"

"예. 항명입니다."

사관실 안에 가득 퍼지는 함장의 불편한 기색만으로도 나는 온 몸이 굳어버릴 지경이었는데, 샤오지에는 눈 하나 깜박하지 않고 담담하게 답을 하고 있었다. 아니, 오히려 더 경쾌한 투로 함장의 질문에 답을 하고 있었다.

"전시의 명령불복종이 얼마나 중한 죄인지는 설명하지 않아도 잘 알 텐데."

"물론 알고 있습니다. 지금 당장 저를 구속하고 사살하라는 명 령을 내리신다 하더라도 드릴 말씀이 없습니다만….."

샤오지에는 잠시 뜸을 들인 다음 의미심장한 목소리로 말을 이 었다.

"저는 부하들을 적진에 버려두고 도망치는 겁쟁이가 아닙 니다."

"내가 언제 갑판장을 겁쟁이라고 했나? 그저 최선의 작전 을….."

"어차피 처음부터 작전은 상관없지 않나요?"

샤오지에의 말에 함장이 숨을 삼켰다.

의외의 정곡이었던 모양이다. 물론 나 역시 마리아에게 들어 알고 있었지만, 사실 위력 정찰은 적의 규모와 무기를 확인하기 위한 일종의 미끼였다. 운이 좋으면 살아 돌아오고, 모두 죽어도 상관없는 버림돌이었다. 샤오지에 역시 그 사실을 잘 알고 있었지만 명령이었기에 불평 없이 따랐다. 하지만 지금은 상황이 달라졌다.

"제가 장기짝으로 취급되고 있었던 건 처음부터 잘 알고 있었습니다. 죽으라고 명령하시면 무모한 작전이라도 옥쇄돌격하는 게 참된 군인이겠지요. 하지만….."

샤오지에는 잠시 숨을 멈춘 다음 평소에는 한 번도 보여준 적 없는 무시무시한 표정으로 함장을 노려보았다.

"한솥밥을 먹은 식솔을 버려두고 도망치라니, 인간으로서는 글러먹었습니다."

"샤오지에 병조장."

함장은 양 손으로 얼굴을 가리며 다시 말했다.

"마지막 기회를 줄게. 말 들어."

"안 들을 겁니다!"

하지만 샤오지에는 지지 않고 맞서 소리쳤다.

"이제는 미움을 받더라도 바꾸지 않을 겁니다!"

샤오지에는 미움받는 데 익숙지 못했다. 사랑받는 데 더 익숙한 양가집의 아가씨였다.

그 때문에 그녀는 여태껏 상관의 부당한 명령에 항의하지 못하고, 오롯이 모두 자신의 탓으로 돌려 왔었다. 하지만 그 때문에 소중한 존재였던 갑판병들이 다치고 해를 입자, 그녀는 미움을 이겨내지 못하는 자신을 책망했다. 그리고 결심했다.

"이 배와 전회 전체를 적으로 돌리는 한이 있더라도 저는 제 부하들을 구하러 가겠습니다."

태어나려고 하는 새는 자신의 세계인 알을 깨뜨리지 않으면 태어날 수 없다. 마찬가지로 자신의 소중한 것을 지키기 위해서는 미움에 맞서지 않으면 안 된다.

그녀는 지금에야 그 벽을 깨트렸다.

"저는 샤오지에(小姐)입니다."

한동안 사관실 안에 정적이 흘렀다.

함장은 얼굴을 양손에 파묻은 채로 몸을 실룩거리고 있었다. 그렇게 심하게 화가 났나? 나는 마른침을 삼키며 함장과 샤오지에를 천천히 번갈아 보았다. 긴장감이 최고점에 달했을 무렵, 갑자기 정적을 깨고 경박한 웃음소리가 함장의 입가에서 흘러나왔다.

"풋."

어라, 지금 웃은 건가? 하지만 함장이 단단히 화가 났다고 생각하고 있었기 때문에 나는 그 광경을 직접 보고도 믿을 수가 없었다. 하지만 함장은 곧 양손을 내리고 진지한 표정으로 서 있는 샤오지에를 마주하더니, 입술을 실룩거리기 시작했다.

"푸하… 푸하핫!"

함장은 이제 웃음을 숨기려는 기색도 없이 박장대소를 하기 시

작했다.

　나는 순간적으로 함장의 머리가 이상해진 게 아닐까 싶어 걱정
이 되었다. 하지만 함장은 최근 몇 주간 보여준 것 중에 가장 화
사한 미소를 지어 보이며, 샤오지에에게 엄지를 들어 보였다.

　"완전 좋은 표정이잖아, 샤오지에!"

　"…에, 예?"

　샤오지에 갑판장도 방금 전까지 정색을 하다 갑자기 박장대소
를 하는 함장을 이해할 수 없었는지, 혼란스러운 표정으로 말을
더듬었다. 하지만 카밀라 함장은 홀로 만족한 표정으로 팔짱을
낀 채 고개만 끄덕이며 알 수 없는 소리를 뇌까리기 시작했다.

　"음, 마음에 들었어. 상관을 향해 보내는 그 경멸과 증오로 가
득 찬 눈빛. 최고였어! 여태껏 본 것 중에 가장 마음에 들어. 역시
'잿빛 10월'의 승조원이라면 그래야지."

　그리고 함장은 바로 사관실의 벽에 붙은 디스플레이를 조작해
자루비노 항의 전술 상황도를 화면에 띄웠다. 동시에 회항 경로
가 그려진 바닷길이 사라지고, 항구의 소초와 기관총좌의 위치가
지도에 떠오르기 시작했다. 함장은 그 앞으로 성큼성큼 걸어가더
니, 양 허리에 손을 짚은 채 다른 사관들을 돌아보며 큰 소리로
선언했다.

　"좋아. 갑판장의 말대로 회항은 중지야. 지금부터 '잿빛 10월'
은 전력으로 포로가 된 갑판병들을 구하러 나선다!"

　"무슨 소릴 하시는 겁니까, 함장!"

　그 선언을 듣자마자 엘레나 포술장이 경악에 찬 표정으로 자리
에서 튀어 오르듯 일어났다.

"저희는 오늘 저녁에 바로 항로를 이탈해 태평양의 모항으로 복귀할 예정이….”

"응. 그건 취소하자."

"이게 무슨 저녁 약속 취소하듯 넘어갈 일입니까?"

포술장은 입을 딱 벌린 채 마구 팔을 내저으며 함장에게 항의했다.

"이건 군법입니다! 명령이라고요!"

하지만 우리의 카밀라 함장이 곧이곧대로 말을 들을 리가 없었다.

"응, 그러니까 무시하자고."

"그러니까는 무슨 얼어 죽을 놈의 그러니까, 입니까!"

엘레나 소교의 하얀 얼굴이 울화가 머리끝까지 치밀어 오른 탓인지 붉으락푸르락하고 있었다. 그녀는 입 밖으로 터져 나오려는 욕설을 간신히 억누른 채, 함장을 다시 차근차근 설득하기 시작했다.

"이성적으로 생각하십시오. 포로 몇 명을 구하자고 멀쩡한 부하 수십 명을 사지로 내몰 생각이십니까? 아무리 적의 기술을 간파했다 하더라도 적은 상륙전의 베테랑들이지만 저희는 육전 훈련도 제대로 안 된 수병들뿐이라고요! 피해는 불을 보듯 뻔합니다!"

"아니, 아무도 죽지 않아."

하지만 함장은 개운한 표정으로 고개를 가로저으며 단언했다.

"아무도 죽게 놔두지 않을 거야. 모두 다 같이 살아서 돌아올 거야."

"예?"

"우리 조리장이 야심차게 준비한 디저트도 못 먹었는데, 죽을 수 있을 리가 없잖아?"

그리고 함장은 사관실의 승조원들을 돌아보며 상쾌한 미소를 지어보였다.

"다 같이 살아서 상륙해서, 해인의 아삭아삭한 샐러드를 먹자고."

"…하."

이 얼마나 어처구니없고, 무모한 자신감인가.

디저트를 먹기 전까지는 죽지 않을 거라니. 전쟁을 한참 얕보고 있지 않은가. 해인이나 할 법한 소리라는 생각이 들자 피식 웃음이 터져 나왔다. 같은 생각을 한 모양인지 샤오지에를 포함한 사관 몇이 키득거리는 모습이 보였다. 아니, 해인이라면 디저트를 먹은 이후, 티타임까지는 총격전이 벌어져도 죽지 않을지도 모르겠지만…. 덕분에 포술장의 화도 조금은 누그러진 것처럼 보였다.

"적이 병력만으로는 열세이니 이기는 것 자체는 어렵지 않겠지요."

포술장은 전술 상황판을 두들겨 각 개소에 병력을 배치해 전투 시뮬레이션을 진행하며 나지막이 뇌까렸다. 사실 전투의 승패를 결정하는 가장 중요한 요인은 병력의 차이다. 적이 역전의 용사이고, 이쪽이 갓 훈련을 마친 신병이라 하더라도 다섯 배 이상의 병력으로 무작정 밀어붙인다면 적도 어쩔 도리가 없다.

"하지만 정보가 유출되고 있는 이상 기습은 어렵습니다. 피해는 분명히 날 겁니다."

하지만 아군이 언제, 어디서, 얼마큼의 병력으로 기습할지 적이 알고 있다면, 이 병력차도 무의미해진다. 저번처럼 아군의 침로에 덫을 파 놓고 기다리고 있다면, 소대 하나가 총 한 번 제대로 쏴 보지도 못하고 일격에 증발할 수도 있다. 하지만 카밀라 함장은 조금도 걱정하는 눈치가 아니었다.

"그러니까— 이번에는 사령부에 비밀로 하고 우리끼리 한 번 해 보자고."

"항명에… 부대 단독 행동입니까."

엘레나는 질린다는 표정으로 고개를 가로저으며 재차 경고를 했다.

"영창이나 감봉으로는 끝나지 않을 겁니다."

함장은 알고 있다는 투로 눈을 치켜뜨며 어깨를 으쓱거렸다. 이쯤 되면 엘레나 포술장도 무턱대고 반대를 할 수는 없는 노릇이었다. 하지만 그렇다고 해서 정보 유출의 위험이 완벽하게 해소된 건 아니었다. 엘레나 소교는 잠시 내게 시선을 두었다가 모른 척 눈을 꾹 감으며 불안한 심기를 끝내 솔직하게 내뱉었다.

"…게다가 그 내통자가 잿빛 10월 안에 있으면 어쩌시려고 그러십니까."

딱히 누구라고 지칭하지는 않았지만, 그 '내통자'가 나를 가리킨다는 건 포술장의 표정만 봐도 알 수 있었다. 엘레나 포술장이 아직 나를 완벽하게 신뢰하지 못한다는 건 이미 눈치채고 있었다. 아무리 저번 전투에서 연방을 배신하고 학회에 붙었다고는 하지만, 나는 아직도 연방의 '영웅'이었으니까. 연방과의 싸움이 계속되는 이상, 나는 이러한 딜레마에서 벗어날 수 없었다.

하지만 함장은 너무나 간단하게도 그 가능성을 처음부터 부인해버렸다.

"그럴 리가 없잖아?"

함장은 말도 안 된다는 투로 고개를 가로저으며 다시 한 번 힘차게 단언했다.

"한솥밥을 나누어 먹는 전우는 절대로 배신하지 않아!"

"하아…."

포술장도 다시 깊게 한숨을 내쉬었다.

이 역시 근거는 없다. 단순한 함장의 궤변에 불과하다.

하지만 카밀라 함장의 말에는 묘하게 사람을 홀리는 마력이 있다. 그녀의 말은 비정상을 정상으로 바꾸고, 궤변을 잘 짜인 논리로 바꾸어 버린다. 외눈박이의 세계에서는 두눈박이가 이상한 존재라 했던가. 궤변으로 가득 찬 이 해상의 군함에서는 논리적인 상식을 주장하는 쪽이 피를 본다. 엘레나 포술장도 그 사실을 모를 리가 없었다.

결국 그녀는 함장의 억지에 못 이기는 척 고개를 끄덕이며 손을 털어 버렸다.

"…저는 모르는 일입니다. 시말서는 혼자 쓰십시오."

"흐흐, 고마워. 레나!"

함장은 얼굴 가득 함박 미소를 지어 보이며 포술장을 안으려

들었지만, 엘레나는 귀찮다는 표정으로 함장을 계속 밀쳐냈다. 언뜻 사이가 나쁜 것처럼 보여도 엘레나 포술장은 이 배에서 누구보다도 카밀라 함장을 잘 알고 있는 사관이었다. 카밀라 대교는 못 미덥고, 무책임한 엉터리 함장이지만 그래도 실전이 벌어지면 언제나 완벽한 전술로 적을 압도해 왔다. 이번에도 자신있게 일을 벌렸으니, 무언가 준비해 둔 비장의 수가 있는 게 틀림없으리라.

포술장은 그 비장의 수에 기대를 걸며 진지한 어투로 질문을 던졌다.

"…그래서 공격 루트는 어느 방향으로 가실 예정이십니까?"

하지만 카밀라 함장은 여러 가지 의미로 기대를 저버리지 않는 사람이었다.

"몰라. 그건 포술장이 생각해야지."

빠각.

환청이었을까. 나는 함장이 말을 마친 순간, 엘레나 포술장의 정신을 붙잡고 있던 가늘고 붉은 실 한 가닥이 끊어지는 소리를 들었다. 엘레나 포술장은 자리에서 일어나 죽은 눈으로 함장을 노려보더니, 허리춤에 매단 권총집에 손을 가져다대었다.

"죽인다…."

엘레나 소교는 천천히 권총을 뽑아들고 함장을 겨누려고 했지만, 나스챠 중위를 포함한 병기 사관들이 달려들어 그녀를 뜯어말리는 바람에 암살은 불발로 끝나고 말았다.

"포술장님, 포술장님! 정신 잡으세요!"

"저거 함장이에요, 함장! 에비, 에비! 총으로 쏘는 거 아냐!"

"라마즈 호흡, 라마즈 호흡을 하십시오! 천천히 분노를 단전에 모아서 깊게⋯."

사관들이 포술장을 붙잡고 마음을 안정시키는 호흡법을 유도하자, 엘레나 포술장은 천천히 호흡을 따라하며 마음을 가라앉히기 시작했다.

"후우⋯ 후우⋯."

잠시간 엘레나 포술장은 완전히 마음을 다스린 것처럼 보였지만, 다시 생글생글 웃는 함장의 얼굴을 마주하자마자 그녀의 인내심은 결국 바닥이 나고 말았다. 엘레나 소교는 나스챠 중위의 품에 안긴 채 팔 다리를 바동거리며 함장에게 소리를 빽빽 지르기 시작했다.

"지금 자루비노에서 과달카날 전투 재현할 일 있습니까?! 해병들이 지키는 기관총좌에 돌격했다가는 단체로 케첩 파티를 벌일 겁니다!"

"⋯레나. 너무 화내지 마. 일찍 죽어."

"제가 일찍 죽으면 함장님께 보험을 청구할 겁니다! 으아아아!"

이제는 포술장이 딱하다 못해 슬슬 불쌍하게 여겨지려고 했다. 이런 중요한 상황에 부장이랑 기관장은 어디에 간 거야. 나는 한숨을 내쉬며 다시 자루비노 항의 지도에 눈을 돌렸다.

확실히 문외한인 내가 보기에도 자루비노 항은 항구를 둘러싸고 있는 만을 따라 방벽과 초소가 촘촘하게 설치된 천혜의 요새였다. 게다가 며칠 전의 상륙전으로 인해 해병들의 신경도 한껏 곤두서 있을 게 뻔했다. 그런데 이런 마당에 정직하게 정공법으로 항구를 공격했다가는, 총 한 발 쏘기도 전에 기관총 세례를 받을 게 뻔했다. 하지만 함장은 본인이 작전을 제안해 놓고서도 아무것도 모르겠다는 투로 고개를 갸웃거리며 군항의 지도를 살피기 시작했다.

"음… 돌입할 루트가 정말 이곳밖에 없어?"

"다른 샛길이 있었으면 해병들도 진작 눈치채고 초병을 배치해 두었겠지요. 상대가 바보도 아니고…."

분명 엘레나 소교의 말처럼 항구로 통하는 길은 모두 초소와 방벽으로 막혀 있었다.

하지만 내 눈에는 '항구로 가는 평탄한 길 하나'가 지도에 버젓이 그려져 있었다. 여기로 가면 안 되는 건가? 나는 왜 사관들이 그 길을 택하지 않는 건지 의아스러웠다.

그래서 손을 들고 함장에게 조심스럽게 물었다.

"저, 하나 제안 드려도 됩니까?"

"뭔데?"

"저… 여기는 비어 있는데요."

지도 위의 한 지점을 손가락으로 꼽자마자 엘레나 포술장의 표정이 하얗게 질렸다.

"어이, 어이. 의무장 잠깐 거긴—,"

"크흐흐… 크하하하!"

엘레나 포술장의 말이 끝나기도 전에 함장이 배를 잡고 폭소를 하기 시작했다.

어, 왜 그러지? 내 제안이 그렇게 우스웠나? 하지만 함장과는 정반대로 나를 바라보는 다른 사관들의 눈은 싸늘하게 식어 있었다. 어쩐지 묘한 기시감이 드는데….

"진짜 넌 천재야, 이원일 일등병조! 저번에도 말했지만 제 정신 박힌 군인이라면 그런 생각 절대로 안 할 거라고. 하하, 진짜 웃겨…. 하지만 그래서 좋아! 마음에 들어! 채택!"

함장이 깔깔거리며 내게 엄지를 추켜올려 세워주는 순간, 나는 확신할 수 있었다.

아, 내가 지뢰밭을 고른 모양이구나. 이유는 알 수 없었지만, 함장이 즐거워하는 걸로 보아 거의 확실했다. 내 실언을 만회하고자 포술장이 뒤늦게 애를 썼지만.

"함장님! 제정신이십니까? 여기는…!"

"응? 그럼 여기 말고 더 좋은 돌입 루트가 있으면 말해봐. 들어줄게."

함장의 태도는 조금도 바뀌지 않았다.

포술장은 그 루트만큼은 인정할 수 없다는 기세로 지도를 다시 살폈지만, 역시 다른 길은 모두 난공불락의 요새처럼 조밀하게 막혀 있었다. 결국 내 말을 수용할 수밖에 없게 되자, 엘레나 소교는 이를 바득바득 갈며 나를 노려보았다.

"의무장…. 내가 전에 함장님 계실 때 그런 미친 작전 기안하지 말라고 했지."

"아…."

그러고 보니 저번에 꽁치 어망으로 잠수함 낚시를 하자고 했을 때도 딱 이런 분위기였다.

어쩌지… 이러다간 작전이 성공하더라도 포술장에게 맞아 죽을지도 모르겠다. 지금이라도 실언을 했다고 고백하고 말을 무를까? 하지만 포술장은 권총을 뽑아 나를 쏘는 대신, 한숨을 깊게 내쉰 다음 내게 다가와 딱 소리가 날 정도로 세게 뒤통수를 후려갈겼다.

"이미 늦었어. 반편이 새끼야. 가서 철모 끈이나 묶어둬."

-2-

자루비노 군항에는 바다가 꽝꽝 얼어붙을 정도의 강추위가 연일 계속되고 있었다. 해병들이 훈련을 받았던 포항에서는 느끼기 힘든 추위였다. 하지만 해병들은 옷을 두껍게 껴입기는커녕 오히려 얇은 전투복만 걸친 채 부둣가를 서성이고 있었다. 그 중 분대장 배지를 단 해병은 부두의 곡주(曲柱)에 엉거주춤하게 걸터앉아 담배에 불을 붙이려다, 하늘에서 소담히 내리는 눈송이를 발견하고 손을 내밀었다.

"…눈이다."

아침부터 날이 을씨년스럽더니 하늘에서 눈송이가 사박사박 쏟아지기 시작했다. 대강 흘겨보아도 금방 그칠 눈처럼 보이지는 않았다. 분대장의 손에 내려앉은 눈송이는 체온에 의해 금세 녹아내렸지만, 그는 아무런 감각도 느끼지 못했다. 손바닥을 간질이는 눈송이도, 추위도 전혀 느껴지지 않는다. 결국 그는 허탈한 미소를 지으며 고개를 가로저었다.

"날이 추워서 동상에 걸렸나. 아무 느낌도 없어."

장갑을 벗은 채로 손에 쌓이는 눈을 우두커니 바라보고 있노라니, 곧 옆에 서 있던 후임병이 걱정스러운 표정으로 그를 만류했다.

"해병님. 그만 두십시오. 정말로 동상에 걸립니다."

하지만 분대장은 들은 척도 하지 않은 채 다른 사람의 손을 내려다보는 것처럼 자신의 손을 계속 물끄러미 내려다보았다. 이미 그의 손은 추위로 발갛게 달아올라있었지만, 여전히 분대장은 어떠한 통증도 느끼지 못했다.

"…그 미친년이 만들어 준 약 말이야. 정말 신기하다니까?"

한동안 입을 다물고 있던 분대장은 갑자기 허공을 바라보며 혼잣말을 지껄이기 시작했다.

"원래대로라면 상처가 아물기는커녕 화농을 걱정해야 할 정도인데… 이것 봐, 사흘도 안 되었는데 상처가 아물었어."

그리고 그는 팔뚝을 걷어 저번 전투에서 총상을 입었던 부위를 보여주었다. 그의 상완에는 커다란 부스럼 딱지가 앉아있었는데, 조심스럽게 이를 들어 올리자 단단하게 여문 선홍빛의 새살이 안에 돋아 있었다. 모르는 사람이 보았다면 상처를 입은 지 꽤 오랜 시간이 흘렀다고 생각했으리라. 하지만 그가 상처를 입었던 건 고작해야 사흘 전이었다.

"다만… 온 몸이 라텍스 고무로 된 얇은 피막을 씌운 것처럼 감각이 없어."

분대장은 눈살을 찌푸리며 상처 주변의 살을 잡아당겼다. 옆에서 보기에도 꽤 아플 정도로 살을 꼬집어 잡아당겼지만, 분대장은 아무런 감각도 느끼지 못했다. 그 미치광이 군의관은 약물의 효능과 함께 따라오는 당연한 부작용이라고 했지만, 어쩐지 분대장은 살을 에는 고통보다 아무 감각도 느낄 수 없는 지금의 상태가 더 괴로웠다.

전투가 익숙해질수록, 약물에 중독될수록 해병들은 점차 무모한 돌격을 감행했다. 어차피 큰 부상을 입어도 금방 치유될 거라는 확신이 있었던 데다가, 무감각해지는 자신의 육체에 어떻게든 자극을 주고 싶었기 때문이다. 설령 자신의 목숨이 위태로워진다 하더라도.

"담배도 맛이 없군…. 이게 습관적으로 피우는 거지, 맛으로 피우는 건가."

사실 담배를 피우는 행위도 이미 습관처럼 되어버린 지가 오래였다. 분대장처럼 벌써 수년간 약물을 복용했던 해병의 경우에는 이미 혀의 감각도 거의 마비되어 맛조차 느끼지 못하게 되었다. 음식을 먹어도 맛이 없다. 부드러운 면사를 피부에 가져다 대어도 포근하질 않다. 살아있다는 기분이 들지 않는다. 분대장은 새빨갛게 타들어가고 있는 담배의 끝을 한참 노려보더니, 대뜸 자신의 팔뚝에 대고 세게 문질렀다.

"정 해병님!"

후임병이 경악을 하며 말리려고 했지만, 분대장은 태연히 미소를 지으며 손을 내저었다.

"괜찮아, 괜찮아. 어차피 금방 아물어. 오히려 이렇게라도 해야지 미묘하게 따끔거린다니까."

담배의 매캐한 향과 살이 타는 누린내가 섞인 역겨운 악취가 주변으로 퍼져나가자, 후임병은 비위가 상했는지 입을 가린 채 고개를 돌렸다. 하지만 분대장은 여전히 태연한 표정으로 익어가는 자신의 살을 우두커니 내려다보았다. 드디어 상처 부위가 미묘하게 따끔거리기 시작했다.

그제야 분대장은 자신이 살아있다는 걸 실감했다.

눈발은 점차 거세지고 있었다. 눈에 하얗게 뒤덮인 부두를 보자 분대장은 문득 구룡포의 겨울 바다를 떠올렸다. 지금 포항의 덕장에서는 과메기가 제철일 텐데.

"칼칼하게 끓인 김치찜에 과메기 하나 올려서 먹고 싶다."

분대장의 혼잣말에 후임병은 손을 꽉 쥔 채 응원이라도 하듯이 맞장구를 쳐 주었다.

"돌아가면 죽도 시장에서 분대원들이랑 같이 드시죠. 소주도 한 잔 곁들여서 말입니다."

"지금 먹어도 그 맛이 날까?"

"…물론입니다."

마비된 온 몸의 감각을 되살릴 방법이 있는지는 후임병도 알 수 없었다. 어쩌면 평생을 이렇게 아무것도 느끼지 못한 채 기계처럼 살아가야 할지도 모른다. 하지만 그 경우의 수만큼은 인정하고 싶지 않았다. 일평생 맛있는 진미를 맛보지도 못한 채, 단순히 기계에 연료를 보급하듯 음식을 씹어 넘기는 삶이라니. 그건 너무 가혹하지 않은가.

하지만 분대장의 얼굴은 의외로 평온해 보였다.

데굴데굴.

그는 고개를 갸웃거리며 눈알을 굴리더니, 대뜸 갑자기 다른 이야기를 꺼냈다.

"그러고 보니 그 포로로 잡은 계집애들 말이야."

그리고 분대장은 지극히 담담한 표정으로 흉측한 말을 입에 담았다.

"그 계집애들한테 청어를 잔뜩 먹인 다음, **머리를 쪼개 뇌수를 빨아먹으면** 비슷한 맛이 나지 않을까?"

후임병은 자신의 귀를 의심했다. 뇌수를 빨아먹는다니. 농담이라도 받아주기 힘든 이야기였다.

"하… 하하… 노, 농담이 심하십니다. 해병님."

"아니, 왜?"

"사람을 잡아먹는다니요. 누가 들으면 오해하겠습니다."

"…맛있을 텐데."

"으음…."

그제야 후임병은 분대장이 단순히 잔혹한 농담을 던지는 게 아니라, 진심으로 말하고 있다는 걸 알아차렸다. 지난번 전투에서 전사한 그 해병도 비슷한 소리를 지껄였었다. 사람을 먹으면 어떤 맛이 날지 궁금하다느니. 강렬한 자극을 느낄 수 있을 것 같다느니….

'약물의 부작용은 단순한 감각 저하뿐만이 아니었다….'

후임병은 가슴팍에 새겨진 마귀상어 휘장을 꽉 쥐어뜯으며 뒷걸음질을 쳤다.

분명 연방의 해병 수색대원들은 적병에게 악몽을 가져다주는 귀신같은 존재였다. 하지만 '귀신' 그 자체는 아니었다. 적어도 전투가 끝나면 맛있는 밥을 함께 먹고, 웃고 떠들던… 인간미가 넘치던 사람들이었다. 하지만 어느새 부터인가 해병들은 진짜 귀신으로 바뀌어 버렸다.

후임병은 당장이라도 이 지옥 같은 전장에서 도망치고 싶었다.

적이 두려워서가 아니었다. 당장이라도 인간미를 잃고 귀신으로 바뀔지도 모르는 자기 자신이 두려웠기 때문이다. 하지만 지금의 그는 아무것도 할 수 없었다. 머리가 돌아 버린 선임을 질책하는 것조차도.

"응…? 저게 뭐지?"

그 때, 갑자기 분대장이 눈을 찌푸리며 수평선을 지그시 노려보았다. 후임병 역시 얼어붙은 바다를 둘러보았지만, 눈발이 거센 탓인지 아무것도 보이지 않았다.

"눈보라가 심해서 잘….."

분대장은 목에 걸고 있던 야전용 쌍안경을 꺼내 눈에 가져다 대었다. 그리고 곧 입 꼬리를 히죽거리며 낮게 중얼거렸다.

"계집애들이다."

분대장이 음흉한 미소를 지어보였다.

"학회의 계집애들이 얼어붙은 바다를 걸어오고 있어."

학회의 계집애들? 그럼 며칠 전에 습격해 온 그 수병들 말인가?

후임병은 어처구니가 없었다. 아무리 대담하기로서니 얼어붙은 바다를 가로질러 습격을 해 올 줄이야! 얼음 위에는 몸을 숨길 곳도 없다. 부두에 적당한 간이 총좌를 설치하고 응사한다면 소대가 아니라 대대급 병력이 몰려온다 하더라도 상륙은 실패로 끝날 것이다.

그보다 지체할 시간이 없다. 바로 소대장에게 적습을 알리고 병력을 동원해서 요격을 해야….

"잠시 기다려 주십시오. 바로 무전을…!"

후임병이 허둥거리며 품속에서 무전기를 꺼내려는데, 분대장이 갑자기 거칠게 그의 손을 내리치며 화를 냈다.

"뭐하는 짓이야. 초 칠 일 있어?"

후임병은 어안이 벙벙했다. 초를 치다니?

"예…?"

"저번에 저 녀석들 싸우는 거 봤어? 육전의 기본도 모르는 얼빠진 수병 계집애들이야. 다가가서 산탄 몇 발을 다리에 박아 주면 질질 짜면서 오줌을 지릴 거라고."

"하지만 얼음 위에는 엄폐물도 없는데…. 다가가서 요격을 한다면 수가 적은 우리가 압도적으로 불리합니다. 부두에 엄폐물을 설치하고 요격하는 편이 낫습니다."

하지만 분대장은 고개를 가로저으며 능글맞은 미소를 입에 흘렸다.

"내가 혼자서 간다고 했나?"

"…!"

"다른 분대원들에게 연락해. 소대장에게 방해받지 않고 신선한 계집애들을 먹을 수 있는 기회가 있다고."

"설마… 소대장께 말씀드리지 않고 임의로 적을 공격하실 생각이십니까?"

"당연하지. 소대장한테 말해 봤자 포로한테 손대지 말라고 떽떽거릴 게 뻔한데. 그냥 자빠트린 다음에 죽지 않을 정도로 딱 한 입만 베어 먹는 거야. 햐… 분명 달콤하고 신선한 자극이 느껴지겠지?"

"그런…! 저는 그런 일은 할 수 없습니다!"

말을 마치기도 전에 분대장은 주먹으로 그의 얼굴을 갈겨 버렸다. 후임병이 차가운 시멘트 바닥에 쓰러지자 분대장은 바로 그의 머리를 군홧발로 짓누르며 한숨을 내쉬었다.

"하아…."

얼굴에서 흘러내린 피가 바닥에 넘쳐흘렀다.

"까라면 까. 뭐가 두려워서 그러는 거야?"

분대장은 이해가 되지 않는다는 표정으로 눈썹을 치켜떴다.

"우리는 해병이다."

마귀상어가 새겨진 부대 휘장이 이상하리만큼 반짝거리고 있었다.

"─우리가 바로 귀신이다."

선임의 귀신같은 표정을 마주한 순간, 후임병은 더 이상의 반론을 제기하는 걸 포기했다. 분대장의 상태는 이미 대화가 통하지 않을 정도로 악화되어있었다.

"…알겠습니다."

후임병은 콜록거리며 자리에서 일어나 엉거주춤하게 경례를 올려붙였다.

"좋아, 계집애들이 부두 근처에 오기 전에 냉큼 가자고."

후임병이 바로 굴복하는 모습을 보이자, 분대장은 언제 화를 냈냐는 듯 방글거리며 바닥에 떨어진 무전기를 집어 들었다. 그리고 채널을 돌려 다른 분대의 분대장을 호출했다.

"야, 최 해병. 간만에 맛있는 계집을 맛보게 해 줄 테니까 너희 분대원들이랑 위장 전투복 지참하고 제 3 부두로 와. 소대장한테 들키지 않게 조심하고. 뭐? 포승줄? 그런 거 필요 없어. 그냥 개 머리판이나 튼튼한 걸로 들고 와."

후임병은 분대장의 광기어린 목소리를 들으며 엄지 끝으로 작게 성호를 그었다. 피는 좀처럼 멎지 않았다.

다른 해병들이 부두에 모이는 데에는 그리 오랜 시간이 걸리지 않았다. 해병들은 예의 산탄총과 위장 전투복을 지참한 채 부두에 모여들었다. 전투를 앞두고 있는데도 해병들의 얼굴에는 전혀 긴장한 기색이 없었다. 아니, 오히려 해병들의 입가에는 흥분으로 인한 묘한 미소가 떠올라 있었다. 이 중에 유일하게 불안한 표정을 짓고 있는 건 약물을 복용하기 시작한 지 얼마 안 된 후임병 하나뿐이었다. 그는 다른 해병들의 표정을 마주하고 큰 혼란을 느꼈다.

과연 이 중에 진짜 미친 건 누구일까? 어쩌면 사람의 목숨에 일희일비하는 자신이 미친 게 아닐까? 생각할수록 괴로워졌다. 더 이상 복잡한 생각이 들지 않도록 해병은 지급받은 약물을 하나 더 꺼내 삼켰다. 시간이 지나고 약물의 효능이 돌기 시작하자, 후임병의 마음속에서도 두려움이 깨끗이 사라졌다. …지금부터는 귀신의 시간이다.

"좋아, 간다."

분대장은 다른 병사들의 준비가 끝난 것을 확인하자 손으로 신호를 주었다. 해병들이 목깃에 연결된 후드를 머리 앞으로 뒤집어 끌어내리자, 전투복은 한 차례 점멸하더니 주변의 영상을 투사하기 시작했다. 피격당해 미채 기능이 손상되지 않는 이상, 이 능동 미채 전투복은 주변의 풍경과 완전히 동화되어 해병들을 투명인간처럼 숨겨줄 터였다.

해병들은 부두 위에서 뛰어내려 얼음에 발을 디뎠다. 장정 여럿이 동시에 올라탔지만 꽝꽝 얼어붙은 겨울 바다는 조금도 꿈쩍하지 않았다. 처음에는 바다 위에 서 있다는 불안감에 걸음을 내딛기도 조심스러웠지만, 곧 해병들은 육지를 걷는 것처럼 성큼성큼 발을 내딛기 시작했다. 이 정도로 단단하게 얼어붙어 있으면 힘껏 날뛴다 해도 깨지지 않겠지만, 적에게 들키지 않도록 해병들은 발소리를 죽여 수평선을 향해 걸어가기 시작했다.

거리가 가까워지며 적의 형상은 더욱 또렷해졌다. 해빙의 경계부에서 설상 미채가 된 전투복을 입은 수병들이 얼음 위로 고무보트를 끌어올리는 게 보였다. 방탄복을 여러 겹 껴입은 탓인지, 아니면 두꺼운 방한구를 걸친 탓인지 수병들의 체구는 유난히 둔중해 보였다.

그 우스꽝스러운 모습을 보고 분대장은 코웃음을 쳤다. 어쩐지 수병들의 모습은 두꺼운 판금 갑옷을 입은 중세의 기사들처럼 보였다. 하지만 현대전에서 방탄복이란 부가적인 방어구일 뿐이다. 정작 무거운 방탄복 때문에 기동성이 떨어진다면 본말이 전도되는 셈이다.

'총상을 입는 게 두려워 기동성을 포기하다니….'

분대장은 육전에 익숙지 않은 수병들다운 태도라고 생각했다. 반면 해병들은 방탄복은커녕 능동 미채 전투복 아래에 얇은 내의만 입은 상태였다. 난전이 벌어진다면 해병들 쪽이 더 기민하게 싸울 수 있는 게 당연했다.

조금 더 다가가자 분대장은 상대의 얼굴도 어렴풋이 확인할 수 있었다. 예측한 대로 적 상륙군은 모두 어린 여군으로만 이루어져 있었다. 수병들은 여전히 해병들이 위장을 한 채 다가오는 걸 알아차리지 못했는지, 저들끼리 깔깔거리며 수다를 떨고 있었다.

"…음, 돌격 구호는 뭐로 할까?"

"음… 미 해병대 애들은 무슨 파이라고 하던데?"

"치킨 파이?"

"아니, 뭔가 좀 더 부드러운 발음이었는데."

"크림 파이?"

"오, 맞아. 그거였던 것 같아."

"자, 잠깐만요! 그건…."

"좋아. 크림 파이, 크림 파이! 그럼 구호는 크림 파이로 하자!"

"그러니까 그건 그 뜻이 아니라니까요!"

수병들은 전장에 나온 병사가 아니라 소풍을 나온 여학생들처럼 깔깔거리며 농담을 주고받고 있었다. 긴장감이라고는 조금도 찾아볼 수 없었다.

'한심하군.'

분대장은 속으로 혀를 찼다. 분명 후임에게 학회의 수병들은 육전도 제대로 치러본 적 없는 계집아이들이니 쉽게 제압할 수 있을 거라고 큰 소리를 치기는 했지만, 이 정도로 한심한 모습을 보일 줄은 몰랐다. 뭐, 아무렴 어떤가. 해병들에게는 전혀 나쁜 일이 아니다. 그는 이미 소녀들의 육체를 탐하는 것에만 정신이 홀려 있었다.

그 때, 분대장의 눈에 맨 앞에 서 있는 금발의 수병이 눈에 들어왔다. 특이하게도 작은 렌치로 머리를 틀어 올린 그 수병은 우두커니 허공을 바라보며 무언가를 셈하듯 손을 꼽고 있었다. 틀어 올린 머리 사이로 그녀의 하얀 목덜미가 보였다. 분명 저 목덜미를 한 입 물어뜯으면 달콤하고, 감칠맛 나는 붉은 피가 솟아오르겠지. 분대장은 속으로 군침을 삼키며 발걸음을 재촉했다.

'앞으로 100m.'

산탄총의 유효 사거리인 50m까지 얼마 남지 않았다.

다시 분대장이 발걸음을 내딛으려는 순간, 금발의 수병이 갑자기 품속에서 무전기를 꺼내들더니 수화기에 대고 유쾌한 어투로 재잘대기 시작했다.

"아, 아. 잿빛 10월. 여기는 고양이 하나."

그리고 그 소녀는 **분대장의 눈을 정면으로 노려보며** 손가락을 가볍게 퉁겼다.

"현 시점을 기해 〈Operation 'GHOST BUSTERS'〉를 발동합니다."

쾅!

갑자기 수평선 쪽에서 포탄이 날아와 후방 수백 미터 떨어진 곳에 떨어졌다. 갑작스러운 포격에 놀라 분대장은 저도 모르게 은신을 하고 있다는 사실을 잊은 채 소리 내어 신음했다.

"뭐, 뭐야?"

고개를 들어 보니 여전히 그 소녀는 똑똑히 자신을 노려보고 있었다. 우연이 아니다. 소녀는 분명히 그를 인식하고 있다. 어째서…? 분명 위장은 완벽했을 터인데.

"어이~ 거기 유령 아저씨들."

어리둥절해 하는 분대장에게 금발 소녀가 쿡쿡 웃으며 장난스럽게 말을 걸어왔다.

"아저씨들은 완전히 몸을 숨겼다고 착각한 모양인데… 능동 미채는 완벽했을지 몰라도 발자국만큼은 확실히 보였다고요."

분대장은 황급히 자신들이 걸어온 길을 되돌아보았다. 분명 다 똑같은 하얀색의 눈길이었을 텐데, 해병들이 걸어온 족적만큼은 이상하게도 더 어두운 빛깔을 띠고 있었다.

"기껏 가져온 TOD(열상감시장비)를 쓸 필요도 없었네요."

처음부터 수병들은 우리가 걸어오는 걸 알고 있었단 말인가. 이렇게 된 이상 위장은 의미가 없다. 분대장은 주저하지 않고 후드를 벗어 위장을 해제한 다음 산탄총을 꼬나쥐고 앞으로 발을 내딛었다.

"위장 해제! 전원 돌격!"

어차피 해병과 수병들의 거리는 충분히 좁혀져 있었다. 몇 걸음만 더 내딛으면 적은 산탄총의 사거리 안에 들어온다. 하지만 수병들은 여전히 소총을 겨누지도 않은 채, 제자리에 서서 히죽히죽 웃고 있었다. 어째서일까. 해병들이 접근하는 걸 알았더라면 사거리 밖에서 그들을 쏘아 내쫓을 수도 있었을 텐데….

'아. 혹시… 함정인가?'

생각이 거기까지 미쳤을 무렵, 다시 한 번 포탄이 날아와 떨어졌다.

쾅!

이번에는 아까보다 좀 더 가까운 곳에 떨어졌지만, 먼 거리에서 조준한 포탄은 날쌔게 움직이는 해병들을 직접 맞추지는 못했다. 물론 이곳이 지상이었다면 그것으로 끝이었겠지만….

"…!"

갑자기 땅이 갈라지며 아래로 침강하기 시작했다.

아니, 잠시 잊고 있었지만 이곳은 땅이 아니다. 차가운 자루비노의 겨울 바다 위에 조성된 해빙 위다. 충격을 받아 갈라지기 시작한 얼음은 순식간에 균열을 넓혀가더니 해병들을 모두 바다 속으로 끌어당겼다.

"으악!"

"이… 이게… 이게 뭐야…."

물에 빠지자마자 영하의 바닷물은 섬유 사이로 재빨리 스며들더니, 곧 해병들의 맨살을 거칠게 할퀴기 시작했다. 피부가 급격히 얼어붙자 감각이 남아있는 해병들은 피부에 작열감을 느끼며 비명을 질렀다.

"으악! 아파… 살 끝이 떨어져나가는 것 같아!"

"뜨거운 불에 데인 것 같아…. 제발, 제발…!"

영하의 바닷물이 맨살에 닿아 자아내는 고통은 약물로 인해 감각이 무디어진 분대장조차도 느낄 수 있을 정도였다. 물론 비명을 지를 정도로 고통스럽진 않았지만, 어째서인지 몸이 뜻대로 움직이지 않았다.

"몸이… 말을 안 들어."

헤엄을 쳐 부빙 위로 몸을 일으키려 했지만, 팔 다리가 굳어 제대로 힘이 들어가지 않았다. 이해할 수 없었다. 관통상을 입고도 전력으로 질주할 수 있었는데, 고작 동상 때문에 이런 상태에 이르게 되다니! 이 약물은 동상에 의한 근육 손상만큼은 회복시켜 주지 못하는 건가!

당황한 표정으로 팔다리를 허우적대고 있노라니, 마찬가지로 물에 빠진 학회의 수병들이 이쪽을 바라보며 킬킬거리는 게 보였다.

"무의미한 짓이에요."

아까 보았던 금발머리의 소녀가 딱한 표정을 지어 보이며 고개를 가로저었다.

"아저씨들이 사용하는 약물이 어떤 건지는 알 수 없지만… 만병통치의 약물도 극저온에서는 반응하지 않아요. 몸을 움직이면 움직일수록 열을 빼앗길 뿐이에요. 얌전히 마지막 기도라도 올리는 게 어때요?"

해병은 그 금발머리의 수병이 무어라 하는지 조금도 이해할 수 없었다. 다만 지금 이 상태로는 수영을 쳐 도망치는 것조차도 불가능하다는 걸 분대장은 직감적으로 알아차리고 있었다. 점점 온몸이 얼어붙으며 입 밖으로 내뱉는 날숨마저 차갑게 얼어붙기 시작했다. 동장군이 직접 자신의 목을 조르고 있다는 착각이 들 정도였다.

하지만 이상하다. 어째서 학회의 수병들은 이 차가운 영하의 바닷물에 똑같이 몸을 담그고도 전혀 아프다는 기색을 보이지 않는가. 분대장은 흐려져 가는 시야 사이로 이상한 광경을 하나 목격했다. 수병들이 물에 부유한 채로 겉에 입은 위장 전투복을 벗고 있었다. 그리고 그 아래에서 드러난 것은… 학회제의 검은색 건식 잠수복이었다. 건식 잠수복은 잠수복의 외피 아래에 충전재가 들어가 있기 때문에 외부 수온에 상관없이 오랫동안 잠수를 할 수 있도록 제작된 잠수복이었다. 몸이 둔해 보였던 건 이 건식 잠수복을 안에 받쳐 입고 있었기 때문이었나.

지금 보니 수병들이 들고 있는 총기도 그럴싸하게 재현된 목총이었다. 처음부터 이 수병들은 우리와 싸울 생각이 없었다. 우리를 낚아내기 위한 미끼였던 것이다!

분대장은 분한 마음에 이를 갈았다. 가짜 총을 든 오합지졸들에게 총 한 발 쏘지 못하고 당했다는 사실에 자괴감이 끝없이 밀려들었다. 그보다 이해가 되지 않는 건 수병들의 태연한 모습이었다. 자칫하면 반격도 하지 못하고 전멸을 당할 수도 있는 상황이었는데, 수병들은 처음부터 끝까지 너무나도 태연했다. 분대장은 희미해지는 정신을 가다듬으며 자신들의 패인에 대해 마지막으로 물었다.

"…어째서 우리가 의심 없이 달려들 거라고 어떻게 예상한 거지?"

"음… 글쎄요. 저는 잘 모르겠어요. 그저 저희 의무장님이 분명 그 해병들이라면 가벼운 도발에도 쉽게 달려들 거라고 확신했기 때문에 따랐을 뿐이에요."

"하지만 우리가 그 얄팍한 술책에 걸려들지 않았더라면 너희들도 죽을 수 있었어. 그런데 어떻게 그리 태연했던 거지?"

"아아, 그거야 당연하죠."

그 질문에 금발의 소녀는 화사한 미소를 지으며 검지로 관자놀이를 톡톡 두드렸다.

"저희 의무장님은 아저씨들과는 달리 뇌까지 근육으로 이루어진 바보는 아니거든요."

"닥쳐!"

분대장은 고함을 지르며 산탄총을 꺼내들고 수병의 머리를 겨누었다.

죽인다. 반드시 죽인다! 지금 여기서 죽는 한이 있더라도 이 불손한 계집의 머리가 터져나가는 꼴을 보고 죽고 싶었다. 하지만 행운의 여신은 마지막까지도 그의 편이 아니었다.

딸깍. 딸깍.

이상하게도 총은 발포되지 않았고, 공이치기가 허망하게 움직이는 소리만 나고 있었다.

"어… 어째서."

이는 분대장이 물에 빠짐과 동시에 제대로 밀봉되지 않은 산탄의 캡에 해수가 스며들어 화약이 물을 먹어 버렸기 때문이었다. 제대로 만든 산탄이었다면 이런 일이 없었겠지만, 애석하게도 수색 1소대는 '실험 부대'였다. 연방 군부의 연구원들은 대원들의 총기가 물에 잠기는 상황을 애초에 상정해 두지 않았다.

이러한 사정도 모른 채 분대장은 떨리는 손으로 방아쇠를 연신 당겨 댔지만, 총구는 여전히 대답이 없었다. 학회의 수병 하나가 이상하다는 표정으로 그를 바라보고 있었다.

"이, 이익…!"

욕을 내뱉으려 했지만 이미 냉기가 목 너머까지 차올라 분대장은 혀를 놀리는 것조차 힘들었다. 밀려오는 절망감과 함께 분대장의 시야는 순식간에 안개가 낀 듯 흐려졌다.

그 후 5분도 채 지나지 않아 해병들은 모두 움직이지 않게 되었다.

-3-

쾅!

밖에서 들려온 폭음을 처음 들었을 때, 소대장은 의자에서 튀어 오르듯 뛰쳐나와 창문의 커튼을 열어젖혔다. 눈보라로 인해 창밖의 정경이 또렷이 보이지는 않았지만, 탄약고가 폭발하거나 적의 폭격이 있었던 것 같지는 않았다. 초연도 불길도 없이, 자루 비노 군항은 평소와 같은 평온 그 자체였다. 이상히 여기며 건물을 하나하나 살펴보는데 다시 폭음이 들려 왔다.

쾅!

이번에는 소대장도 먼 바다에서 날아온 포탄의 궤적을 눈으로

쫓을 수 있었다.

하지만 이번에도 역시 포탄은 항구까지는 닿지 않고 해빙 위에 떨어져 바다에 커다란 균열을 일으켰다. 배를 들이기 위해 포탄으로 쇄빙이라도 하는 걸까 싶어, 소대장은 부두 근처를 순찰하고 있을 소총 분대에 무전을 넣었다.

"알파 분대! 알파 분대! 방금 포격은 뭔가. 적습인가?"

하지만 이상하게도 언제나 재깍재깍 응답을 해오던 분대장은 답이 없었다. 방금 전 폭발과 무슨 관계라도 있는 게 아닐까, 소대장은 무서운 생각이 들었다. 하지만 확인할 방법도 없었던지라. 소대장은 불안한 표정으로 소대장실 안을 계속 배회하기만 했다.

"빌어먹을… 지금 무슨 일이 벌어지는 거야?"

부우우―.

그 때, 멀리서 중후한 나팔 소리가 들려왔다.

뱃속을 깊게 울리는 그 소리는 배가 입항할 때 항구에 신호를 보내기 위해 부는 기적(汽笛) 소리였다. 소대장은 다시 황급히 창가로 다가가 커튼을 걷고 먼 바다를 내려다보았다. 시정이 나빠 선명하지는 않지만, 깨져 나간 얼음을 헤치며 배 한 척이 접근하는 게 어렴풋이 보였다. 연방에서는 흔히 볼 수 없는 텀블홈 형태의 중형 선박… 소대장은 실루엣만으로도 그 배가 어떤 배인지 알 수 있었다.

"잿빛 10월…!"

한 달 전 연방이 자랑하는 잠수함 전대를 전멸시킨 학회의 보급함. 적 기함이 아군을 사냥하기 위해 움직이고 있었다. 분명 정보과의 첩보에 의하면 잿빛 10월은 자루비노 항을 직접 공격할 수 없다고 했는데…! 무언가 착오가 발생한 게 분명했다.

하지만 이대로 손을 놓고 있을 수는 없었다. 적함이 지근거리까지 접근하여 포와 기관총으로 공격해 온다면 변변찮은 기갑전력도 없는 해병들은 그대로 전멸하리라. 가능한 적의 접근을 저지해야… 소대장은 다시 황급히 책상 위에 둔 무전기를 집어 들고 다른 분대를 순차적으로 호출하기 시작했다.

"브라보 분대! 브라보 분대! 여기는 소대장. 응답하라, 브라보 분대!"

〈….〉

하지만 무슨 영문인지 두 번째 분대 역시 응답을 하지 않았다. 무전기 너머에서 들려오는 침묵을 들으며 소대장은 몸을 전율했다. 귀신에게라도 홀린 기분이었다.

그는 감정을 억누르며 무전기의 채널을 돌린 다음, 이어서 세 번째 분대를 호출했다.

"찰리 분대! 응답하라, 찰리 분대!"

〈부르셨습니까, 소대장님.〉

다행히도 세 번째 분대는 소대장의 호출에 제대로 응답을 해 주었다.

"적 기함이 항구로 접근하고 있다. 당장 녀석들을 막아!"

찰리 분대장은 기함이 접근한다는 말에 긴장한 듯 숨을 삼켰지만, 곧 당혹스러운 목소리로 반문했다.

〈…무슨 수로 저희가 기함을 막습니까?〉

"놈들이 접근하지 못하게 응사해! 해안포를 쏴서 막으라고!"

〈하, 하지만 이 항구에는 해안포가 없습니다.〉

"창고에 105mm 차륜 자주포 있잖아! 그거라도 끌어와서 쏴!"

하지만 해병들은 평소처럼 의문 없이 명령에 따르지 않고, 주저하며 조심스럽게 반문했다.

〈…저희 분대가 합니까?〉

"알파 분대와 브라보 분대가 연락이 두절되었는데, 그럼 누가 하란 말이야?"

소대장을 짜증을 억누르며 다시 명확한 발음으로 지시를 내렸다.

"다시 반복한다. 전 찰리 분대원은 지금부로 현 임무를 중지하고 적함을 요격할 수 있도록!"

〈…수신 완료.〉

찰리 분대장은 끝내 마지못해 기어들어가는 목소리로 대답했다.

소대장은 분대장의 미적지근한 태도가 도무지 이해가 가질 않았다.

평소라면 사지에 뛰어들라고 해도 주저 없이 명령을 따르던 해병들이 왜 갑자기 주저하는 모습을 보였을까? 강력한 화력을 가진 군함을 상대하라고 하니 두려움이 솟았던 탓일까? 아니다. 평범한 육군 보병이라면 그럴지 몰라도 우리는 해병이다. 그 중에서도 귀신으로 일컬어지는 해병 수색대가 아닌가. 죽음이 두려웠다면 애당초 수색대원이 되지도 않았을 터였다.

소대장은 다시 커튼을 들추고 창밖을 내려다보았다.

    잿빛 10월은 생각만큼 빠르게 접근하고 있지는 않았다. 찰리 분대가 자주포를 끌고 와 방열을 마친 뒤 초탄을 발사하는 데 소요되는 예상 시간은 5분 정도. 적함을 확실하게 격침시키기는 힘들겠지만, 105mm 자주포의 화력은 21세기 중반에 접어드는 오늘날에도 아직 유효하다. 죽음을 각오하고 응사한다면 적함에 적지 않은 피해를 줄 수 있으리라. 게다가 소대장에게는 아군의 자주포가 적의 포격에 피격당하지 않으리라는 확신도 있었다.

    "학회 녀석들은 절대로 자루비노 항을 포격할 수 없을 거다."

    자루비노에 오기 전, 군함에 의한 해안 포격을 염려하던 소대장에게 상부의 정보 장교는 확신에 찬 눈으로 그리 말했었다. 보병에 의한 기습만 막아낸다면 무차별 폭격 등에 의해 해병들이 피격당하는 일은 없을 거라고.

    얼핏 들으면 이해가 가지 않았지만, 이유는 의외로 간단했다. 광명학회가 이익 집단이기 때문이었다. 애국심을 미끼로 수천, 수만의 군대를 부릴 수 있는 국가와는 달리, 학회는 용병 한 사람을 뽑는 데에도 막대한 비용이 발생한다. 즉, 대의명분만 있다면 얼마든 피해를 감내하고 시설을 파괴할 수 있는 국가 상비군과는 달리, 학회는 사람 한 명, 포탄 한 발에도 값을 매겨 손익을 따져야 했다. 얼핏 생각하면 불합리해 보이긴 하지만, 군항의 시설을 건드리지 않은 채 군함을 요격하는 자주포만을 정밀 포격할 방법은 없다. 자루비노 군항을 이전의 온전한 상태 그대로 돌려받기 위해서라도, 학회는 무차별 폭격 대신 연방의 보상금 거래에 응할 것이다.

그 전까지 보병의 습격으로부터 항구를 수비하는 게 본 소대원들에게 주어진 임무였다. 물론 '잿빛 10월'도 이 사실을 잘 알고 있을 터였다.

"그런데 어째서 항구로 진입을 시도하는 거냐…."

여전히 잿빛 10월은 천천히, 또 느리게 항구로 계속 접근하고 있었다. 하지만 아까의 포격도 항구의 건물이 아닌 얼어붙은 바다 위에 가해졌던 만큼, 잿빛 10월이 상부의 의견을 무시하고 독단으로 공격해 온다고 보기는 힘들었다. 게다가 해병들은 자루비노 군항 내에 저번 상륙전 당시 붙잡힌 잿빛 10월의 승조원들을 구금하고 있었다. 잿빛 10월이 해병들을 완벽히 분쇄할 정도의 무차별 포격을 가한다면 포로들의 상태도 안전하지는 못할 것이다.

소대장은 문득 포로들의 상태가 궁금해져 그녀들을 감시하고 있을 초병들에게 무전을 보냈다.

"포로들에게 별다른 이상은 없나?"

소대장은 평소처럼 이상 없다는 해병의 투박한 목소리가 들려오길 기대했지만, 정작 무전기에서 흘러나온 것은 처음 듣는 여성의 낭랑한 목소리였다.

〈없고말고요. 온건한 포로 처우에 대해 부하들을 대신하여 감사 인사를 드립니다.〉

순식간에 소대장의 머릿속은 하얗게 질려 버렸다.

이 여자는 어디서 온 누구란 말인가. 그보다 초를 서고 있던 해병은 어찌 되었단 말인가.

300
301

"어이… 이봐. 너희들 어떻게…!"

소대장은 간신히 입을 열어 말을 더듬는 게 고작이었지만, 상대는 그런 소대장의 속내를 읽기라도 한 것마냥 명랑한 어투로 경위를 설명하기 시작했다.

〈이렇게 간단하게 해결될 줄은 저희도 몰랐습니다.〉

무전기 너머로 소녀들이 키득거리는 소리가 들려왔다. 소대장은 완전히 놀림거리가 돼 있었다.

〈하지만 적을 요격할 병력이 부족하다고 기지를 지키는 초병을 빼 다른 곳에 투입할 줄이야. 지휘관 실격이군요.〉

그 말을 듣자마자 소대장의 입에서 아, 하는 탄식이 흘러나왔다.

자주포를 운용하도록 명령을 내렸던 찰리 분대는 항구로 통하는 길을 감시하고 있었던 초병 임무를 수행하던 분대였다. 잿빛 10월은 해상에서 농성을 하며 적의 눈길을 해상으로 돌리는 한편, 군항 입구의 경계가 느슨해진 틈을 타 포로를 구출하도록 별동대를 보냈던 것이다.

그제야 소대장은 아까 찰리 분대장이 왜 임무를 주저했는지 알수 있었다. 명령에 의문을 제기하지 않고 무조건 따라야만 했던 해병의 관습이 이번에는 악수를 낳고 말았다. 소대장은 정보장교의 말을 신경 쓰느라 별동대의 가능성을 완전히 무시하고 있었다. 빨리 지금이라도 자주포를 운용하러 간 분대에게 연락을 해이 별동대를 요격해야….

소대장이 허둥거리며 찰리 분대에게 무전을 넣으려는 찰나, 대뜸 학회의 여성이 묘한 질문을 던져 왔다.

〈저희가 왜 그동안 자루비노 항을 포격하지 않았는지 궁금하지 않으신가요?〉

그야 군항이 파괴되면 복구하는 데 드는 비용이 거래를 하는 것보다 훨씬 비싸기 때문이 아닌가. 하지만 무전기 너머의 여인은 예상과는 다른 이야기를 꺼냈다.

〈첫째로는 자루비노 항에 잿빛 10월의 수리에 필요한 부품이 있었기 때문이고, 둘째로는 아군 포로의 위치가 정확히 파악되지 않았기 때문이죠.〉

여인은 그렇게 말하고는 잠시 뜸을 들인 다음, 옅게 웃음이 섞인 투로 이어 말했다.

〈…하지만 이제 이 항구에 필요한 건 아무것도 없어요.〉

필요한 게 없다니. 그럴 리가 없다. 건선거와 항만 사령부 설비 등… 돈으로 환산하자면 군함 수 척을 건조하고도 남을만한 값비싼 시설이 아직 남아있다. 그런데 저 여인의 입장에서는 고작 수 명의 포로들이 이 값비싼 시설보다 더 중하단 말인가? 머릿속으로 온갖 질문이 스쳐 지나갔지만, 소대장의 입에서는 막상 튀어 나온 것은 비명과도 같은 욕지거리였다.

"이… 이런 빌어먹을…!"

〈그럼, 저희 '잿빛 10월'에서 준비한 불꽃놀이를 충분히 즐겨 주시길.〉

"이 빌어먹을 창녀가―!"

무전을 끊기도 전에 소대장은 수평선 가까이에서 무언가가 터져 나가는 소리를 들었다. 그리고 잠시 후, 무수한 포탄의 소나기가 자루비노 항에 내리기 시작했다.

"방위 3-4-0, 탱고 원 격파 확인. 방위 0-2-0, 탱고 투 격파 확인."

"적 자주포 전량 무력화했습니다!"

사이드 윙에 나가 있던 병기사가 적 자주포가 무력화된 걸 확인하자마자, 카밀라 함장은 만족스러운 표정을 지어 보이며 배를 돌리도록 지시했다.

"좋아. 키 오른편 10도. 0-9-0 잡아."

"키 오른편 10도, 0-9-0 잡기 끝."

"양현 앞으로 제로."

"양현 앞으로 제로!"

곧 잿빛 10월은 함교에서 군항이 잘 보이도록 함수를 정면으로 돌리더니, 완전히 속력을 줄이고 바다 위에 정선해 버렸다. 엘레나 포술장은 초연이 피어오르는 자루비노 군항을 한동안 말없이 바라보다가 불만스러운 투로 함장에게 질문을 던졌다.

"…왜 저희는 상륙하지 않습니까?"

하지만 함장은 포술장의 질문에 제대로 답을 해주기는커녕, 음흉한 미소를 지어 보이며 되레 놀리기 시작했다.

"왜, 감질나게 멀리서 깔짝깔짝 쏘고만 있으려니 몸이 달아서 만족하질 못한 거야? 후후… 레나도 은근히 욕구불만이라니까."

함장의 계속되는 음담패설에 이미 화를 낼 기력조차 잃었는지, 엘레나 소교는 고개만 가로저으며 뚱한 표정으로 말을 이어갔다.

"오해를 살 것 같은 말투는 그만둬 주십시오. 그보다 아까의 포격으로 적 포병은 모두 제거되었습니다. 이미 군함에 위해를 가할 만한 요소는 전혀 없다고요."

"응, 맞아."

"그런데 어째서 저희는 진입하지 않고 포시예트 만에 계속 머무르고 있습니까?"

하지만 함장은 고개를 갸웃거리며 엉뚱한 소리만 계속 늘어놓았다.

"항구에 가까이 다가갔다가 대전차 로켓이라도 맞으면 위험하잖아."

"에르뻬게(RPG) 한두 발 맞는다고 해서 배에 손상이 갈 만큼 자함의 방호력이 약하지는 않습니다."

"하지만 갑판장이 돌아와서 배의 페인트칠이 벗겨진 걸 보면 슬퍼할지도 몰라."

"고작 그런 이유로 배를 돌리신 겁니까."

포술장이 송곳니를 드러내며 으르렁댔지만, 함장은 신경도 쓰지 않은 채 군항을 바라보며 콧노래를 흥얼거리기 시작했다. 진지하지 못한 함장의 태도에 결국 지쳤는지, 포술장은 곧 미간에 손을 가져다대며 눈살을 찌푸렸다.

"지금에서야 묻는 거지만…."

포술장은 함장의 눈치를 보며 조심스럽게 전에 있었던 일을 입에 꺼냈다.

"저번의 위력 정찰 때 왜 갑판병으로만 상륙조를 짜신 겁니까?"

"…."

하지만 함장은 묵묵부답이었다. 카밀라 대교는 여전히 군항을 바라보며 알듯말듯한 미소만 짓고 있었다. 포술장은 한숨을 내쉬며 변명을 하듯 뇌까렸다.

"저는 병기요원들을 상륙조에 포함시켜야 한다고 누차 말씀드렸습니다."

"응, 기억하고 있어."

"솔직히 말씀드리자면 저는 이번 별동대 인원도 마음에 들지 않습니다. 샤오지에 갑판장은 부상자라고요. 전투에 지장이 갈 겁니다."

함장은 양 팔을 죽 뻗어 기지개를 펴더니, 갑자기 진지한 표정을 지어보이며 희곡의 여배우라도 된 듯, 손을 내뻗으며 우아한 어투로 존댓말을 했다.

"유스포브 양, 당신이 인기 없는 이유를 알려줄까요?"

"그건 또 누구 성대모사입니까?"

저건 또 어디 나오는 바보의 흉내람? 포술장이 미간을 찌푸리며 반문했지만, 함장은 부러 못 들은 척하며 계속 말을 이어갔다.

"당신은 부하를 신뢰하지 않기 때문입니다."

"충분히 신뢰하고 있습니다만."

"적어도 당신의 칼라시니코프 소총보다는 덜 신뢰하는 것 같던데요."

"그야 당연하지요. 칼라시니코프 소총의 신뢰도보다 높은 건 세상에 없습니다."

포술장이 끝내 함장의 바보 같은 만담에 어울려 주자 병기사들이 불안한 표정으로 엘레나 소교를 쳐다보았다. 극도의 스트레스로 포술장까지 머리가 돌아 버린 건 아닌가 걱정하는 눈치였다. 오히려 정신을 놓고 미쳐 버렸으면 마음만이라도 편하련만. 엘레나 소교의 정신은 유감스럽게도 정상 그 자체였다. 이 즉흥 바보와 진지하게 대화를 할 수 있다고 생각한 자신이 멍청이지.

하지만 함장은 무슨 생각을 했는지 자신의 구불구불한 적갈색 머리칼을 손가락으로 돌돌 말며 매듭을 짓는 시늉을 해 보였다.

"결자해지(結者解之)라."

함장은 연방의 고사성어 하나를 입에 담으며 머리를 풀어헤쳤다.

"갑판장의 손에 의해 엮인 매듭은 갑판장의 손으로 직접 풀지 않으면 풀리지 않는 법이거든."

"으음…."

포술장은 '갑판장의 손에 의해 엮인 매듭'이라는 말을 완전히 이해할 수는 없었지만, 그제야 카밀라 대교의 의도를 조금이나마 이해할 수 있게 되었다. 요 며칠간 갑판부에는 너무나도 많은 일이 있었다. 갑판병들이 적에게 포로로 붙잡히는 한편, 갑판장은 처음으로 상관의 명령에 불복하고 자신의 자아에 따라 움직이기 시작했다. 이 중요한 시기에 포로가 된 갑판병들을 자신의 손으로 구하지 못한다면, 샤오지에 갑판장은 전처럼 다시 자기혐오에 빠질지도 모른다. 이번 일을 오롯이 자신의 손으로 완수해야만 샤오지에는 한 명의 사관으로서 발돋움할 수 있으리라.

그런데 카밀라 함장은 언제부터 이 일을 계획하고 있었던 걸까? 요 근래 자루비노 항에서 있었던 모든 크고 작은 일이 갑판 장을 한 명의 사관으로 키워내기 위한 함장의 묘수였다고 생각하니, 엘레나 소교는 얼음을 삼킨 듯 속이 싸해지는 걸 느꼈다.

저 여자는.

진짜 바보일까. 아니면 바보인 척하는 걸까.

하지만 그걸 아는지 모르는지, 함장은 품속에서 럼이 잔뜩 담긴 힙 플라스크를 꺼내들며 어린 아이처럼 히죽대고 있었다.

"그럼 우리는 샤오지에가 승리의 깃발을 올릴 때까지 느긋하게 기다리며 럼이나 마시자고."

함장은 킬킬거리며 플라스크에 담긴 럼을 단숨에 끝까지 들이 켰다.

-5-

포격이 멎었다.

소대장은 등을 훑는 차가운 바닷바람을 느끼며, 잔해 더미 사이에서 몸을 억지로 일으켰다. 모래를 한 움큼 삼킨 것마냥 입 안이 쓰고 깔깔했다. 창문이 달려 있었던 벽은 포격으로 깨져 나가 시원하게 트여 있었다. 소대장은 비틀거리며 잔해를 걷어내고 군 항의 전경을 살펴보았다. 항구의 건물은 불타고 있었다. 창고도 사령부 건물도, 건선거도… 불티를 흩날리며 장렬하게 타오르고 있다.

실패다. 소대장은 입술을 꽉 깨물며 고개를 가로저었다.

정보장교의 말을 너무 신뢰한 게 문제였다. 적이 포로를 구하러 올지도 모른다는 군의관의 말을 가벼이 흘려 버리지 말았어야

했다. 아무리 논리적인 사고에 입각하여 고민을 한다 하더라도, 미친년의 사고는 미친년이 가장 잘 이해하는 법이다. 하지만 이미 늦었다. 우리는 실패했다. 소대장은 비참한 심정으로 무전기를 켠 채 전 채널에 대고 아군을 호출했다.

"생존자 보고하도록."

〈….〉

당연한 일이지만 무전기에서는 아무런 대답도 흘러나오지 않았다.

아까 전부터 응답이 없었던 알파 분대와 브라보 분대는 물론이고, 포를 쏘러 갔던 찰리 분대조차도 이제는 답을 하지 않았다. 나약한 놈들… 계집애들의 공격에 제대로 된 반격도 하지 못한 채 당해 버린 건가.

소대장은 혀를 차며 무전기를 바닥에 던져 버렸다. 무르다. 놈들은 해병의 이름에 먹칠을 했다. 내가 나서서 만회하지 않으면… 소대장은 벽에 거치된 자신의 소총을 꼬나쥐고 천천히 건물 밖으로 나섰다.

눈은 이 와중에도 그치지 않은 채 계속 쏟아지고 있었다. 붉은 빛으로 장렬히 타오르는 건물과 바닥에 차갑게 내리깔린 하얀 눈. 이 두 가지는 서로 어우러지지 못하고 기이한 풍경을 자아내기 시작했다.

목이 말랐다. 금방이라도 자신을 삼킬 것처럼 손을 뻗어 오는 화염의 탓이었을까. 소대장은 지독한 갈증을 느꼈다. 돌 벽 위에 쌓인 눈을 한 움큼 쥐어 입 안에 털어 넣었지만, 갈증은 쉬이 가시지 않았다. 아니, 물을 원하는 게 아니다. 좀 더 달콤하고 입 안에 끈적하게 달라붙는 음료를 원한다. 예를 들자면….

"피."

순간 소대장은 어디선가 풍겨오는 비릿한 피 냄새를 맡았다. 순식간에 가슴이 뛰기 시작했다. 어째서일까, 피를 한 모금 입 안에 머금는다면 이 갈증도 해소될 것만 같았다. 소대장은 숨을 거칠게 내쉬며 발걸음을 재촉했다. 포로를 구출하기 위해 잠입했던 별동대는 아직도 항구에 남아 있을까? 소대장은 별동대가 아직 항구를 벗어나지 않았기를 간절히 기원하며 포로가 잡혀 있던 건물로 향했다.

소녀의 피는 어떤 맛이 날까? 학회의 그 여군들을 마주치면 목을 대검으로 긋고 그 피를 마셔야겠다. 이건 절대로 미친 짓이 아니야. 그저 부하의 복수를 하는 거라고. 나는 그 미치광이 해군 군의관과는 달라. 나는… 명예로운 해병이니까.

자박, 자박, 자박.

발걸음이 가볍다. 약물 덕분일까, 기분이 고양된 덕분일까. 명령을 무시하고 적을 공격하러 달려갔던 그 해병도 이런 기분이었겠지. 지금은 소대장도 그 해병의 기분을 충분히 이해할 수 있었다. 좋아, 살아서 돌아간다면 그 해병에게 무공 훈장을 주도록 건의해 보자. 분명 해병대 사령관께서도 이해하실 거야.

자박, 자박, 자박.

어쩐지 발소리가 두 배로 울리기 시작했다. 이제는 환청까지 들리는 걸까. 소대장이 의아해하는 순간, 잔해가 무너져 내린 맞은편 골목에서 병사 몇이 걸어오는 게 보였다. 계집이다. 전에 보았던 '잿빛 10월'의 그 계집들이다. 소대장은 속으로 쾌재를 불렀다. 하지만 생각할 틈도 없이 적은 바로 총을 쏴대기 시작했다.

탕, 탕탕!

소대장은 재빨리 엄폐물 뒤로 몸을 숨겼다. 총성은 멎지 않았다. 계속해서 엄호 사격을 하며 내 발을 묶어둘 셈인가. 하지만 소대장은 큰 걱정을 하지 않았다. 이 능동 미채 전투복만 쓴다면 적에게 들키지 않게 뒤로 숨어 돌아가는 일도 가능하다. 전투복의 미채를 활성화시키려는 순간, 총성 사이로 적의 대화가 드문드문 들려왔다.

"여기는 저 혼자 맡아도 충분합니다. 갑판장님과 의무장님은 이곳에서 이탈하셔서 그 군의관을 찾아 주십시오."

"그래도 괜찮나요, 이비?"

"믿어 주십시오. 저는 당신의 부하입니다."

"…알겠어요. 믿겠습니다."

대화가 끝나자마자 몇 개의 발소리가 멀어지기 시작했다. 동시에 탄막도 엷어졌다.

한 번에 여러 소녀의 피 맛을 보지 못한다는 건 아쉬운 일이지만, 이로서 더 쉽게 적을 제압할 수 있게 되었다. 소대장은 전투복의 미채를 활성화시킨 채, 엄폐물에서 나와 재빨리 건물을 우회했다. 다행히 적병은 소대장이 빠져나왔다는 사실을 아직도 모른 채 엄폐물을 향해 계속 제압 사격만을 가하고 있었다. 발길을 옮기며 소대장은 소총을 슬며시 내려놓았다. 적이 다수라면 모를

까 단 한 명이라면 대검으로도 충분히 죽일 수 있다. 게다가 소총
으로 머리를 쏴 버리면 화약의 씁쓸한 맛이 뇌수에 섞여 버리지
않겠는가.

소대장은 대검을 뽑아 품에 감춘 다음 적병의 뒤로 조심스럽게
이동했다. 이비라고 불린 그 적병은 아직도 신중하게 소대장이
아까까지 숨어있었던 엄폐물을 향해 점사를 가하고 있었다. 바로
급습해도 이길 자신이 있었지만, 소대장은 이비가 총알을 모두
소진하고 탄창을 갈아 끼울 때까지 기다렸다. 위험 요소는 줄일
수록 좋은 법이다.

그녀가 쓰고 있는 탄창은 20발 들이의 박스 탄창이었다. 소대
장은 속으로 천천히 그녀가 쏜 탄환의 숫자를 세며 탄창 교환의
타이밍을 재기 시작했다.

"열일곱… 열여덟… 열아홉…!"

그리고 마지막으로 스무 발 째의 탄환을 쏘았을 때, 이비는 탄
창을 뽑아든 다음 재빠르게 허리춤에 손을 놀려 새로운 탄창을
뽑아들려고 했다. 하지만 소대장은 그 때를 놓치지 않고 빠르게
몸을 날려 대검을 내리쳤다.

쨍그랑.

살을 꿰뚫는 푹신한 감촉을 기대했는데. 쇠와 쇠가 부딪히는
날카로운 소리와 함께 소대장은 대검을 손에서 놓치고 말았다.
다시 자세를 바로잡고 예비용으로 가져온 대검을 뽑는다. 어느
새 이비는 몸을 완전히 돌려 소대장을 마주보고 있었다. 분명 완
벽한 기습이었다고 생각했는데, 이비는 소대장이 도약하자마자

기다리고 있었다는 듯 소대장의 대검을 총검으로 받아쳐 날려버렸다.

위장 미채는 완벽했을 터인데. 소대장은 전투복과 연결된 후드를 목 뒤로 넘겨 미채를 해제하며 물었다.

"어떻게 내가 접근한다는 걸 알아차렸지?"

"아무리 미채로 몸을 숨긴다 하더라도 발소리는 더 완벽히 숨기는 편이 좋을 겁니다."

너무 흥분한 나머지 마지막 도약을 요란스럽게 해 버린 탓일까. 소대장은 아쉬운 표정을 지으며 입맛을 다셨다.

'귀가 밝은 아가씨로군.'

하지만 그렇다 하더라도 적은 아직 총에 탄창을 결합하지 못했다. 탄환이 없는 총은 그저 기다란 창에 불과할 뿐이다. 창을 든 계집과 단검을 든 사내. 이 원시적인 근접전에서 소대장은 자신이 패배할 거라 생각하지 않았다. 무엇보다도 소대장은 부상 입는 걸 두려워하지 않는 역전의 해병이 아닌가. 그에 비해 눈앞에 있는 이비라는 이름의 이 가녀린 소녀는 당혹스러워하는 눈치가 역력했다.

소대장은 다시 망설임 없이 몸을 날려 대검을 이비의 머리 위로 내리쳤다. 반격을 하기 위해 이비가 소총을 내질렀지만, 그 일격은 고작 소대장의 허리를 찌르고 끝났을 뿐이다. 물론 평범한 사내였다면 이 일격에 고통스러워하느라 반격의 여지를 주었겠지만, 소대장은 이미 고통을 느끼지 않는 몸이 되어 있었다. 그는 가볍게 소총을 걷어차 멀리 날려 버리고 이비의 머리를 향해 다시 대검을 내리찍어 내렸다. 이비가 황급히 소대장의 팔을 잡앉지만 이미 승패는 기울어 있었다. 지루한 힘겨루기가 시작되었다.

이비 역시 오랫동안 단련을 해 온 군인이기는 하지만, 힘겨루기에서 성인 남성을 이길 수는 없었다. 점차 대검은 이비의 머리를 향해 가까워지기 시작했다. 주의를 돌리기 위한 수작이었을까, 아니면 마지막 발버둥이었을까. 갑자기 이비가 소대장에게 질문을 던졌다.

"근접전이 벌어지면 누가 이긴다고 생각하십니까?"

"하, 정말로 몰라서 묻는 건가?"

하지만 소대장은 동요치 않고 헛웃음만 지으며 대검을 잡은 손에 더욱 힘을 주어 눌렀다.

"계집은 절대로 힘으로 사내를 이길 수 없어."

이비는 여유 있는 표정을 짓고 있었지만, 이미 힘으로는 한계에 도달했는지 팔을 바들바들 떨기 시작했다. 근래에 부상이라도 입었는지 그녀의 어깨에서는 핏물이 배어나오고 있었다. 가녀린 여성의 육체에 부상까지 입었는데, 힘을 겨루는 근접전에서 남자를 이길 수 있다고 생각한 건가.

만용이다. 그 만용이 너무나 우습고 가여워서 소대장은 웃음을 멈출 수가 없었다.

"아무리 훈련을 하더라도 나약한 여자의 몸으로는 전력으로 달려드는 사내 하나 막아내지 못한다고. 이게 현실이야."

"…한심한 결론이군요."

소대장의 칼을 한참 밀어내던 이비는 옆으로 몸을 돌려 소대장의 대검을 아슬아슬하게 피했다. 대검이 바닥에 꽂힌 틈을 타 이비는 재빨리 몸을 굴려 옆에 버려져 있던 자신의 소총을 집어 들었다. 하지만 탄창이 끼워지지 않은 소총은 여전히 소대장에게는 위협이 되지 못했다. 적이 계집이라면 다시 힘으로 언제든 압도할 수 있다. 하지만 이비는 무슨 생각에서였는지 빈 소총을 어깨에 견착한 채 소대장을 겨누었다.

"근접전에서 이기는 건 힘이 센 쪽이 아니라… 총알이 남은 쪽입니다."

소대장은 자신의 귀를 의심했다. …총알이 남아있다고? 분명 처음에 이비는 탄창을 결합한 후 탄창에 들어있는 탄환 스무 발을 모두 쐈을 텐데. 그 당황해하는 표정에 답이라도 하듯 이비는 미소를 지으며 유쾌한 어투로 말했다.

"최대로 장전할 수 있는 탄환의 수는 탄창의 장탄수에 한 발이 더 더해진다는 사실을 명심해 두는 게 좋을 겁니다."

"이런…."

탄창을 끼웠을 때 장전된 탄환의 수는 일반적으로 탄창의 장탄수와 같지만, 총에는 한 발의 탄환이 들어갈 수 있는 공간이 더 있다. 바로 총의 약실 안이다. 이를 이용해서 이비는 탄환을 모두 소진한 채 탄창을 갈아 끼우려는 것처럼 연기를 했지만, 실은 그녀의 소총 안에 아직도 한 발의 탄환이 더 남았던 것이다.

"물론 내세에나 가능하겠지만요."

이비는 진지한 표정으로 총구를 소대장에게 겨눈 채 손가락을 방아쇠에 걸었다.

"이 년이… 속였겠다!"

소대장이 고함을 치며 달려들었지만, 이비는 침착하게 소대장의 머리를 겨누고 방아쇠를 당겼다. 총소리가 울려 퍼짐과 동시에 소대장은 자신의 머릿속에서 직접 퍼져 나오는 비릿한 피 냄새를 맡았다.

-6-

이비의 도움으로 갑자기 나타난 해병을 따돌린 다음, 나와 샤오지에 갑판장은 저번 전투에서 보았던 대위를 찾기 위해 본청 건물로 진입했다. 내 기억이 확실하다면, 분명 그 대위는 의정 병과 장교만이 달 수 있는 군의 배지를 옷깃에 달고 있었다. 여군 군의관이 왜 이런 험한 야전에 단독으로 파견되었는지는 알 수 없었지만, 해병 군의관인 그녀를 사로잡는다면 해병들이 보여준 기이한 전투능력이나 작전에 대해 대략이나마 파악할 수 있을 거라고 샤오지에는 판단했다.

다만 마음에 걸리는 점이라면… 이 소동 속에서도 그 군의관이 얌전히 의무실에 남아 자리를 지키고 있을까?

쾅!

거칠게 문을 걷어차고 본청의 의무실 안으로 들어섰을 때, 연방의 군의는 자리에 앉아 느긋한 표정으로 티백 차를 마시고 있었다. 전에도 생각한 것이지만, 정말 잿빛 10월의 여승조원들과 비교해도 뒤지지 않을 정도의 기인이다.

나는 한숨을 내쉬며 소총을 대위에게 겨누었다.

"손을 들고 천천히 뒤로 돌아 주십시오, 대위."

하지만 대위는 그때처럼 내 총구를 마주하고도 두려워하기는

커녕 눈을 반짝거리며 내게 달려들었다.

"왔구나, 걸어 다니는 시체(Walking Dead)!"

"살아있는 사람을 좀비처럼 말하지 말아주십시오."

"우웅… 좀비 아니야? 분명히 그 때 연방의 이원일 하사는 죽었다고 들었는데."

또 죽은 사람 취급이다. 하지만 대위의 말투를 보아하니, 그녀는 조롱을 위해 나를 일부러 죽은 사람이라고 하는 게 아니라 정말로 내가 죽었다 살아난 사람이라고 여기는 듯 했다. 나는 미간을 찌푸리며 그 점을 확실히 못 박아 두었다.

"그건 오보입니다. 저는 처음부터 죽지 않았습니다."

"…그게 뭐야. 재미없어. 모처럼 죽은 사람을 되살리는 기술을 연구해 볼 기회라고 생각했는데."

대위는 허탈한 표정을 짓더니 어린아이처럼 칭얼거리며 발을 구르기 시작했다.

…슬슬 짜증이 나기 시작했다. 아군인 잿빛 10월의 승조원이 이래도 봐줄까 말까 한데… 그냥 총으로 갈겨버리고 오발이라고 둘러댈까. 하지만 대위는 귀중한 포로다. 사사로이 감정에 사로잡혀 일을 처리할 수는 없는 노릇이라. 나는 최대한 친절하게 그녀를 설득하기로 했다.

"그런 공상과학영화에나 나올법한 허황된 기술이 세상에 있겠습니까. 정신 차리십쇼."

"꿈이 없구나. 요새 애들은 꿈이 없어서 이야기를 해도 재미가 없다니까."

총을 들이댄 상태에서 이루어지는 심문이라기보단 시시껄렁하고 맥 빠진 잡담 같은 대화가 계속 이어지고 있었다. 어째서 나는 낯선 군의에게 총을 들이민 채 이런 시시한 대화를 나누어야만 하는 걸까. 어쩌면 내 전생에 업이 많아 여난의 상이 씌였을지도 모른다. 기행을 일삼는 여자와 만나 만담을 나누는 업보라든지.

하지만 대위의 입에서 갑자기 중요한 정보가 흘러나오는 바람에 나는 다시 귀를 종긋 세웠다.

"하지만… 워프 홀은 존재하잖아?"

워프 홀? 워프 홀이라면 전에 함장이 말했던 그 공간 도약을 가능케 한다는 블루 홀을 가리키는 말일까. 하지만 연방의 장성들만 알고 있을 거라는 그 귀중한 정보를 어떻게 일개 대위가 알고 있는 거람. 나는 대위의 갑작스러운 지적에 감정을 숨기지 못하고 당황한 기색을 얼굴에 그대로 드러내 보였다. 그리고 그녀는, 그 변화를 놓치지 않았다.

"알고 있구나, 이원일 일조?"

"…"

나는 곧바로 입을 다물었지만, 대위는 생글거리며 기쁜 듯 말을 이어갔다.

"그럴 거라고 생각했어. 그야 이유도 없이 멀쩡한 연방의 병사가 적에게 귀순할 리가 없잖아?"

"그게 무슨 소리입니까?"

"너도 관심이 생긴 거지? 블루홀의 비밀에 대해."

그녀는 그렇게 말하고 양팔을 좌우로 죽 뻗으며 눈을 반짝였다.

"순식간에 시공간을 뛰어넘어 다른 장소로 이동할 수 있게 되는 신비의 해저 터널이라! 정말이지 흥미로워. 제대로 연구만 한 다면 물리학, 아니 과학의 역사를 새로 쓸 수 있을 거야."

그녀의 얼굴과 목소리는 낯설었지만, 그 말투와 대사만큼은 낯이 익었다.

아아, 그래. 함장이 전에 블루홀을 두고 이런 이야기를 한 적이 있었다. 그녀는 학회가 블루홀에 목을 매는 이유를 두고 이런 이야기를 했다. 블루홀이 가지는 가치에 대해서는 나 역시도 공감했지만, 그 방법만큼은 나도 공감하지 못했다.

"이런 흥미로운 연구를 할 수 있다면 동료의 목숨 한 둘 정도는 우습겠지."

진리의 탐구를 위해 사람의 목숨도 낭비할 수 있는 집단.

그런데 오늘 마주친 이 대위는 내가 그 학회에 소속되어 있다는 이유만으로 나를 똑같은 미치광이로 치부하고 있었다.

"너도 그래서 전우를 배신하고, 조국을 배반한 거 아냐?"

"나는…!"

순간적으로 나도 모르게 큰 목소리가 튀어나와버렸다.

옆에서 함께 총구를 겨누고 있던 샤오지에가 나를 걱정스러운 표정으로 쳐다보았다. 괴로우면 더 이야기를 하지 않아도 된다는 눈치였다. 하지만 나는 말을 그만둘 수 없었다.

"나는 그깟 호기심 때문에 나라를 버린 게 아닙니다."

"그럼…?"

"잿빛 10월은 굶주린 제게 음식을 주었습니다."

내가 연방을 배신하고 잿빛 10월에 가담한 것은 단순히 명예나 물욕 때문이 아니다. 그렇게 말해두지 않으면 정말 내가 더러운 사람처럼 여겨질까 봐 두려워서.

"연방이 제게 헛된 명예를 들먹이며 자결을 종용했을 때, 잿빛 10월은 적이었던 제게 상냥하게 따듯한 식사를 나누어 주었습니다."

연방은 내가 죽기를 바랐지만, 잿빛 10월은 나를 살려주었다. 내가 보기엔 인의를 가지고 있었던 쪽은 잿빛 10월이었다. 그 때문에 나는 하는 수 없이 배신을 한 거라고, 그렇게 못을 박았다.

누가 보아도 당연하다고 생각했다.

"…그뿐입니다."

하지만 대위는 내 말에 어처구니가 없다는 듯 눈을 동그랗게 떴다.

"너 미친 거 아냐?"

그녀는 진심으로 이해가 가지 않는다는 투로 손을 내저으며 나를 비난했다.

"밥 한 끼 때문에 조국을 버려? 세상을 뒤바꿀 진리도 애국심도 아닌, 생존을 영위하기 위한 밥 한 끼에 조국과 전우를 버렸다고? 넌 가축이야?"

"그럼 당신은 어째서 사람의 목숨을 헌신짝처럼 여기는 썩어빠진 조국에 충성을 다하고 있습니까!"

"아, 나 말이야? 난 연방에 충성을 바치고 있는 게 아냐."

내 항변에 대위는 쿡쿡 웃으며 어깨를 으쓱였다.

"내가 믿는 건 그 누구도 알지 못했던 최고의 진리. 그 하나뿐이야."

이 역시 귀에 익은 말이다. 대위는 연방의 다른 군인들과는 다

르다. 오히려 내가 경멸해 마지않았던 학회의 상층부 사람들과
더 닮아 있었다. 나는 조롱을 섞어 그녀를 거칠게 매도했다.

"…당신이야 말로 광명학회의 일원처럼 말하고 있군요."

하지만 내 비난에도 대위는 동요하지 않고 오히려 태연히 고개
를 끄덕이며 미소를 지었다.

"그야 학회도 연방도 목적은 다르지 않으니까."

갑자기 머리를 망치로 얻어맞은 기분이 들었다.

목적이 다르지 않다니. 자국의 영달을 위해 움직이는 연방의
목적이 인류가 얻지 못한 진리를 추구하기 위해 움직이는 학회의
목적과 같을 리가 없다. 심지어 이 두 조직은 서로 선전포고를 하
고 총구를 들이대는 사이가 아닌가.

"그게 무슨…."

내가 당황해서 말을 잇지 못하는 사이, 대위는 내게 성큼성큼
다가오더니 대담하게도 총구를 잡아 아래로 내리며 고개를 들이
밀었다. 그녀의 눈이 유난히 반짝거리고 있었다.

"너, 나랑 함께 가지 않을래?"

대위는 이제 내 손을 직접 잡아끌며 달콤한 어투로 내게 속삭
이기 시작했다.

"그 아무것도 모른다는 순수한 눈망울이 마음에 들어. 내가 너
에게 진리를 알려줄게. 연방도 학회도 가르쳐주지 않는 추악한
진실을 말이야."

또 다시 귀신에게 홀리는 기분이다. 그렇다면 도대체 내가 알
고 있는 진실이란 무엇이란 말인가. 이 여자가 속삭이는 추악한
진실은 무엇인가. 내 적은 누구인가….

내 혼란에 답이라도 하듯, 대위는 달콤한 확언을 건넸다.

"나와 함께 한다면 모든 걸 알 수 있어…!"

"손 떼십시오, 대위."

그 때, 고요한 물에 파랑을 일으키듯 청명한 목소리가 방 안에 울려 퍼졌다. 샤오지에 갑판장은 총구 끝으로 대위를 내게 떨어 트려 놓으며 단호하게 말했다.

"이원일 일등병조는 누구에게도 넘기지 않습니다."

"…어째서?"

대위의 반문에 샤오지에 갑판장은 눈 하나 깜박하지 않은 채 바로 답했다.

"그야 그는 소중한 사람이니까요."

"소중한 사람? 혹시 너희… 이거야?"

하지만 샤오지에 갑판장의 말을 오해했는지 대위는 미묘한 표정을 지으며 검지를 다른 편 엄지와 검지로 만든 고리 안에 넣는 시늉을 해 보였다. 도대체 갑자기 무슨 음탕한 손짓을 하는 거야, 이 여자는!

"그, 그, 그게 아닙니다!"

노골적인 손장난에 갑판장은 황급히 얼굴을 붉히며 발을 세차게 굴렀다.

"개인적인 감정 이전에 이원일 의무장은 잿빛 10월 모두의 의무장입니다."

그리고 샤오지에는 대위를 똑바로 노려보며 말했다.

"조금 어수룩하지만 누구에게나 상냥하고, 고통받는 전우가 있다면 어디든 발 벗고 나서는 훌륭한 의무관이라고요. 그런 소중한 전우를 어디에서 왔는지도 모를 개년(Bitch)에게 넘길 수는 없습니다."

"콜록콜록!"

개년이라니? 샤오지에가 대뜸 욕설을 내뱉는 바람에 놀라 사레가 들려 버렸다. 고상하고 상냥한 귀족집의 아가씨라면 절대로 쓰지 않을 법한 그런 표현이었다. 역시 샤오지에도 이번 일로 조금은 심경의 변화가 생긴 걸까. 하지만 상냥한 존댓말과 어우러진 욕설은 여전히 이질적이었다. 가급적 욕설은 엘레나 포술장의 전유물로 놔두어 주었으면 좋겠는데.

"헤에… 사랑받고 있잖아, 이원일 하사."

반면 그런 거친 욕설을 듣고도 배알이 없는 건지, 생각이 없는 건지 대위는 헤실거리며 나를 놀리기에 바빴다.

"하지만 나는 마음에 든 건 절대로 포기하지 않는 주의라."

"지금 허세를 부릴 상황은 아니잖아요, 대위?"

샤오지에는 이상하다는 표정으로 대위를 노려보며 물었다.

"지금 당신에게 도망칠 곳은 없습니다. 자, 이곳에서 순순히 결박을…."

"기대에 부응해 주지 못해 미안하네."

대위는 가볍게 뒷걸음질을 쳐 벽에 바짝 붙은 다음 손가락을 가볍게 퉁겼다. 무언가 기폭 장치라도 설치해 두었나 싶어 황급히 주위를 둘러보았지만, 아무 일도 벌어지지 않았다.

대신 갑자기 그림자 속에서 솟아나기라도 한 것마냥 연방의 육군 제복을 입은 건장한 사내가 대위의 옆에 나타났다. 나는 황급히 그 사내에게 총구를 돌렸지만, 그는 전혀 개의치 않고 대신 머리에 쓰고 있던 베레모를 벗어 공손히 인사를 올렸다.

베레모에 가려져 있던 얼굴이 조명 아래 확연히 드러나자 나는 얼음을 삼킨 것마냥 속이 싸해지는 기분이 들었다. 사내는 나타났을 때부터 줄곧 불쾌한 미소를 짓고 있었다. 마치 동화에 나오는 체셔 고양이처럼 거짓되고 소름끼치는 미소를….

생글생글.

"그럼 다음에 볼 때까지 몸 건강히 지내 주시길."

그렇게 말하고 군의관은 체셔의 손을 꼭 잡더니 허공으로 사라지고 말았다. 무의미하다는 걸 깨달으면서도 나는 한동안 그 둘이 사라진 허공에 총을 갈겨보았다. …하지만 역시 아무런 반응도 없었다. 카모플라쥬? 아니다. 해병들의 경우와 달리 이번만큼은 카모플라쥬가 아니다. 유일한 입구는 우리가 가로막고 있었고, 나머지 공간은 견고한 콘크리트 벽으로 막혀 있었으니까. 벽을 뚫고 가지 않는 이상 탈출은 불가능한 일이었다. 하지만 두 사람은 정말로 사라져 버렸다. 나는 탄흔이 패인 맞은편 벽을 쓰다듬으며 얼떨떨한 표정을 지었다.

"이번만큼은 정말로 순간 이동이라고 보고하는 수밖에 없겠네요."

샤오지에 역시 의무실의 단단한 회벽을 손으로 매만지며 자조 섞인 웃음을 내뱉었다. 그리고 이어서 거의 들리지 않을 정도의 목소리로 작게 뇌까렸다.

"정말이지 귀신이 잔뜩 나오는 악몽을 꾼 기분이에요…."

자루비노 항 근교에 우거진 숲의 사이로 두 명의 남녀가 눈 내리는 길을 바지런히 걸어가고 있었다. 아니, 정확히 말하자면 사내 하나가 여인을 업은 채 힘겹게 눈길을 걷고 있었다. 얼핏 본다면 체구가 작은 누이를 업은 사이좋은 남매의 모습처럼 보이기도 했지만, 그들이 입고 있는 군복은 지금의 상황과는 전혀 어울리지 않았다.

육군 소령 계급장을 단 사내가 해군 대위를 업고 숲길을 걸어가고 있다… 어떻게 보아도 정상적인 상식 하에서 벌어질 상황은 아니었다.

전혀 모르는 사람이 본다면 우스꽝스러운 콩트라도 촬영한다고 여겼으리라. 하지만 등에 업힌 해군 대위, 서보라 군의관은 메슥거리는 표정을 지은 채 계속 철없이 칭얼거리고 있었다.

"으으… 고양이 아저씨…. 나 이거 기분 별로야."

체셔는 평소처럼 미소를 지으며 그녀를 달래 보았지만, 어쩐지 그의 미소는 조금 낮게 일그러져 있었다.

"다들 그렇게 말하더군요. 순간 이동이 실용화되더라도 현기증이 나서 전장에서 써먹긴 어렵겠어요."

체셔 소령은 자루비노 항이 불타는 것을 확인하자마자 개입하여 자신의 능력으로 서보라 대위를 구출해 냈다. 사실 그의 능력이었으면 해병 소대를 모두 온전히 구할 수도 있었지만, 체셔 소령은 부러 그렇게 하지 않았다. 해병들은 여기서 죽는 편이 더 나았기 때문이다.

'게다가 미치광이가 된 해병들을 국민들 앞에 보여줄 수도 없

는 노릇이고….'

서 대위 역시 미치광이라는 점은 해병들과 마찬가지였지만, 아직 대위에게는 쓸모가 더 남아 있다. 그녀는 조금 더 오래 살아남아서 연방을 위해 연구를 해 줄 필요가 있다. 게다가 군별은 달라도 같은 정보부 제 4과의 동지가 아닌가. 조금의 무례 정도는 이해해줄 수도 있었다.

하지만 서 대위의 무례는 이미 도가 지나쳤다.

"이런 짜증나는 걸 어떻게 밥 먹듯 매일 하고 있어?"

"…이골 나면 다 괜찮답니다."

체셔 소령은 서 대위에게 주의를 주려다 결국 포기하고 한숨을 푹 내쉬었다. 전장의 프로로서 체셔 소령은 베테랑이었지만, 아이를 가르치는 데에는 영 젬병이었다. 서 대위의 인성 교육은 적당한 때에 다른 영관급 장교에게 맡겨 버리도록 하자.

그 이후, 서보라 대위는 한동안 말없이 침묵을 유지하다가 갑자기 체셔의 뒤통수를 콕콕 찌르며 뜬금없는 욕망을 입에 담았다.

"나… 학회의 승조원들이 탐이 나."

"그렇습니까."

체셔는 적당히 맞장구를 쳐 주며 고개를 끄덕였다. 확실히 체셔가 보아도 잿빛 10월의 승조원들은 여군치고는, 아니 연방의 정예들과 비교해도 꿀리지 않을 정도로 우수한 재원들이었다. 그런 우수한 부하를 탐내는 것은 장교의 당연한 욕망이었기에 체셔는 별 말을 하지 않았다. 하지만 대위가 원했던 건 그게 아닌 모양이었다.

"얼마나 탐이 나느냐 하면 모두 포르말린에 넣어서 제 4과 본청의 볕이 잘 드는 곳에 전시하고 싶을 정도야!"

"···."

역시 미친년이군.

체셔는 자신도 모르게 입 밖으로 속내를 내뱉을 뻔 했지만, 가까스로 말을 삼키는 데 성공했다. 어처구니없다는 표정으로 뒤를 돌아보니 서 대위는 사랑에 빠진 소녀처럼 눈을 반짝이고 있었다.

"특히 그 의무장이 탐이 나···."

의무장? 체셔는 기억을 더듬어 잿빛 10월의 승조원 목록을 떠올려 보았다. 아, 그 무진함 출신의 연방 사내 말인가. 분명 그는 기인이 많은 잿빛 10월에서도 이상한 축에 속했지만, 능력면에서는 크게 두각을 보이지 못했다. 체셔는 자신의 감상을 솔직히 입에 담았다.

"제 눈에는 얼빠진 평범한 병사처럼 보였는걸요."

하지만 서보라 대위는 무언가를 직감했는지 고개를 가로저으며 이상한 비유를 하기 시작했다.

"지금은 한낱 졸에 불과하지만··· 살아서 적진 끝까지 도달한다면 승격(promotion)해서 붉은 왕님의 목을 칠 수도 있을 걸?"

"저는 체스 두는 법은 몰라서 말이죠."

"그래? 그럼 하는 수 없지. 내가 나중에 체스 두는 법을 가르쳐줄게."

서 대위는 이상하리만큼 눈을 반짝이며 어깨를 으쓱거렸다. 그리고 미리 챙겨 둔 메스를 품속에서 꺼내들어 체셔의 목에 가져다대었다.

"그 대신 한 번만 뜯어보게 해 주면 안 돼?"

대위의 뜨거운 숨결과 함께 메스 특유의 싸늘한 감각이 피부에 닿자, 체셔는 일말의 고민도 없이 바로 거부했다.

"안 됩니다."

"으으. 짠돌이! 반지식주의자! 러다이트!"

대위가 다시 칭얼거리며 체셔의 다리를 거칠게 걷어차기 시작했다.

아… 버리고 가고 싶다.

체셔는 근래 들어 처음으로 지독한 피로감을 느꼈다. 그러고 보니 연방의 부모들은 아이들이 칭얼거릴 때 어떻게 달랬더라. 체셔는 기억을 더듬어 과거에 자신의 부모가 어린 동생을 어떻게 달랬었는지 떠올려냈다.

"…대신 맛있는 아이스크림을 사드리도록 하죠."

아이스크림이라는 말에 서 대위가 멈칫했다.

아, 실수했나? 생각해보니 서보라 대위는 맛없는 통조림 캔도 아무렇지 않게 먹어치우는 미맹이다. 그깟 주전부리로 설득이 될 리가….

"저기, 나는 어린 아이가 아니거든?"

과연 대위는 토라진 목소리로 툴툴거리며 불만을 표시했다. 하지만 이상하게 등 뒤가 잠잠했다. 발길질도 멎었다. 서 대위는 한동안 고민을 하는지, '음' 하고 소리 내며 고개를 갸웃거렸다. 그리고 마침내 그녀는 중대한 결심이라도 한 것마냥 팔짱을 낀 채 묘하게 으스대기 시작했다.

"하지만 뭐… 한 번쯤은 봐 주지."

'다행이다.'

체셔는 안도의 한숨을 내쉬며 발걸음을 재촉했다. 이걸로 서보
라 대위도 당분간은 칭얼대지 않고 조용하리라. 역시 부모의 가
르침은 기억해 둬서 나쁠 게 하나도 없는 법이다.

10. 코코아

    간만에 따뜻한 볕이 내리쬐는 푹한 주말이었다.

    물론 날이 따뜻하다고는 하나 추운 건 매한가지였다. 아직 바다 위의 얼음도 채 녹지 않았다. 마음 같아서는 함 내의 격실에 하루 종일 틀어박혀 느긋이 난로나 쬐고 싶었지만, 상륙 작업을 하느라 수병들이 분주히 격실을 오가고 있었던지라. 홀로 비번이라고 쉬고 있기에는 눈치가 보여 나는 사람을 피해 현측으로 나왔다. 습관처럼 우현 구명정 아래의 그늘로 발길을 옮겼다. 예상대로 그 곳에는 아무도 없었다. 늘 그랬던 것처럼 양동이를 하나 뒤집어 끌어당긴 다음, 그 위에 앉아 자루비노 군항을 내려다보았다.

    벌써 전투가 끝난 지 이틀이나 지났는데, 아직도 항구 곳곳에서는 초연이 피어오르고 있었다. 이게 다 상륙 당시 포술장이 항구에 무자비하게 포격을 가해댄 탓이다. 전투가 끝난 후 탈환한 자루비노 항은 엉망진창으로 파괴되어 있었다. 건선거의 갑문은 물론이고, 보수 자재가 보관되어 있던 창고마저 전소해 버렸다. 항구의 상태가 이 모양이니, 아마 강의 얼음이 녹기 전까지 '잿빛 10월'의 수리는 끝나지 않을 것이다.

    …결국은 우리 업보지만.

나는 콧노래를 흥얼거리며 재킷 주머니를 뒤적거리다 멈칫했다. 주머니는 텅 비어 있었다. 나오기 전에 몸이라도 녹일 요량으로 핫 팩을 몇 장 챙겨 두었는데, 아까 의무실에서 재킷을 갈아입으며 핫 팩을 옮기는 걸 깜박한 모양이었다. 보온구가 없다는 사실을 알아차리자마자 콧날이 시큰거리고 추워지기 시작했다. 그렇다고 수병들이 바쁘게 오고가는 함 내로 다시 들어가고 싶진 않은데….

　"어머? 선객이 계셨네요?"
　그 때, 누군가가 현측 사이로 고개를 내밀며 놀란 듯 호들갑을 떨었다. 나는 굳이 고개를 돌리지 않고서도 그 나긋나긋한 목소리의 주인공을 짐작할 수 있었다.
　"아, 갑판장님."
　샤오지에 갑판장이었다.
　전에 들은 소리도 있었던지라, 나는 경례는 생략한 채 일어서서 바로 양동이 하나를 더 꺼내왔다. 그 광경을 본 샤오지에는 의외라는 듯 눈을 크게 뜨며 되물었다.
　"이번에는 경례를 안 하시네요?"
　"그야… 휴일에는 경례를 안 해도 된다고 저번에 말씀하셨잖습니까."
　"아, 그랬지요."
　그리고 샤오지에는 한동안 미소만 방글방글 지으며 나를 내려다보았다.
　…어라, 혹시 기분이 상했나? 샤오지에는 언제나 미소만 짓고

있으니, 무표정하게 짜증을 내는 해인보다도 속을 더 알기가 어려웠다. 혹시 연방군 행보관마냥 이랬다가 저랬다가 하며 심술을 부리려는 건 아니겠지. 하지만 다행스럽게도 샤오지에는 별다른 말 없이 양동이를 끌어당겨 내 옆에 털썩 앉은 다음, 수병들이 분주하게 오고가는 부두를 바라보며 운을 뗐다.

"상륙 작업을 하느라 다들 바쁜데, 의무장은 안 도와줘도 되나요?"

은근히 말에 뼈가 있었다. 하지만 나는 개의치 않고 고개를 가로저었다.

"저는 오늘 비번이니까요. 시키지 않은 일은 안 할 겁니다."

"은근히 의무장도 냉정하네요."

"일감이 끝도 없는 배 안에서 괜히 오지랖 넓게 일을 도와준다고 나섰다간 계속 일만 하게 될 겁니다. 쉴 수 있을 때는 쉬어 두어야지요. 게다가… 그러는 갑판장님도 여기에 계시잖습니까."

내 반문에 허를 찔렸는지 샤오지에는 손가락으로 머리칼 끝을 돌돌 감으며 쓰게 웃었다.

"뭐… 저도 땡땡이예요."

"땡땡이요…?"

땡땡이라니. 샤오지에의 입에서 나온 말 중 가장 이상한 소리였다. 성실하기로는 둘째가라면 서러워 할 샤오지에가 일을 거르고 게으름을 부린다고 하니, 문득 내가 알고 있는 언어 체계가 붕괴하는 기분이 들었다. 내일은 해가 서쪽에서 뜨려나.

한 편 샤오지에도 자기 입으로 그렇게 말한 게 부끄러웠는지, 품속에서 보온병 하나를 꺼내며 황급히 화제를 돌렸다.

"한 잔 하시겠어요?"

붉은 색으로 도색이 된 그 알루미늄제 보온병은 유난히 낯이 익었다. 샤오지에가 전에 나를 위해 커피를 타왔을 때 가져왔던 그 보온병이었다. 하지만 나는 짐짓 모르는 체 시치미를 떼며 스무고개를 했다.

"또 그 흑차인가요?"

"아니에요."

"…그럼 커피?"

"땡! 코코아에요."

그건 좀 의외의 메뉴였다.

코코아라니… 차와는 전혀 상관없는 음료가 아닌가.

차를 좋아하는 샤오지에니 기껏해야 가비차 정도가 한계라고 생각했는데.

"그건 차가 아니잖습니까."

"제가 왜 차만 마실 거라고 생각하신 건가요?"

"그야… 그건 또 그렇군요."

나는 납득하며 고개를 끄덕였다.

샤오지에는 보온병의 뚜껑을 열어 잔처럼 뒤집어 든 다음, 그 안에 달콤한 향이 피어오르는 코코아를 가득 따라 주었다. 나는 양 손으로 조심스럽게 잔을 받아들었다. 따뜻하다. 컵을 쥐고 있기만 해도 코코아의 따뜻한 온기가 흘러 넘쳐 온 몸이 훈훈해지는 기분이 들었다. 컵을 입에 가져다 대고 한 모금 마시자, 달콤 쌉싸래한 코코아의 맛이 입 안 가득 퍼졌다. 샤오지에도 코코아를 잔에 따라 한 모금 들이키더니 만족스러운 미소를 지으며 고개를 끄덕였다.

"여기에 마쉬멜로우를 넣어 먹어도 맛있을 텐데… 마쉬멜로우는 없더라고요."

"그런 사치는 기대하지도 않았습니다. 해인이라면 모를까."

샤오지에는 해인의 이름이 나오자 막 떠올랐다는 것처럼 호들갑을 떨며 화제를 돌렸다.

"그러고 보니 해인 양은 함포 사격으로 군항 내의 부식 창고가 불타 버렸다고 단단히 화가 나 있던데요. 오늘 아침에도 포술장과 언성을 높이며 싸우는 걸 보았어요."

"그 아가씨가 또…."

내가 한숨을 내쉬며 손끝으로 이마를 짚자, 샤오지에는 키득거리며 해인의 변명을 대신 해주었다.

"그래도 그 정도로 자신의 일에 집착한다는 건 좋은 일이에요. 저도 이번 전투 때문에 갑판에 칠한 페인트가 죄 벗겨졌다면 조금 화가 났을지도 몰라요."

"군인의 본분은 전투입니다. 왜 이 배의 아가씨들은 왜 다 이 모양인지…."

어쩐지 머리가 지끈거려서 나는 눈을 꾹 감은 채 다시 코코아를 홀짝였다.

그렇긴 해도 기분은 그럭저럭 괜찮았다. 평소의 잿빛 10월로 돌아왔다는 실감이 들었다.

승조원 아가씨들은 매일 이해할 수 없는 기행을 저지르고, 나는 거기에 딴죽을 걸고. 끊임없이 일어나는 소동의 뒤치다꺼리를 하며, 하루하루 내일로 나아가는 그런 일상. 그 평온한 일상으로 되돌아왔다. 하지만 어째서인지 아직도 마음 한 구석이 불편했다. 잔뜩 엉킨 풀죽 덩어리를 삼킨 것마냥 입안이 깔깔하다.

나는 결국 이질감을 참지 못하고 지나가는 말처럼 샤오지에에게 질문을 던졌다.

"…괜찮으신가요?"

"뭐가 말인가요?"

"뭐 여러 가지로… 사령부에 항명도 하고 소동도 일으켰잖습니까."

우리는 사령부의 명령을 거부하고 멋대로 작전을 진행시켰으며, 적에게 정보를 팔아넘긴 아군이 누군지도 밝혀내지 못했다. 자칫하면 일부러 증거를 인멸시키려 했다는 의심을 받을 수도 있는 상황이었다. 하지만 함장은 물론이고, 샤오지에조차도 느긋하기 짝이 없었다.

"뭐, 중징계가 내려질 것 같은데, 아무래도 괜찮아요. 용병에게 징계를 내려 봤자 감봉 정도가 고작이죠. 물론 이후 이어질 감찰은 조금 귀찮겠지만…."

샤오지에는 눈살을 찌푸리며 곤란하다는 투로 머리를 긁적였다. 평소의 바지런한 샤오지에와는 다르게 지금의 갑판장은 조금 낯이 설었다.

"조금… 캐릭터가 바뀌신 것 같습니다."

"그런가요?"

샤오지에는 후후, 하고 소리 내어 웃으며 눈웃음을 쳤다. 그 미소만큼은 전과 변함없었지만. 나도, 샤오지에도 스스로가 조금씩 변해 가고 있다는 걸 서서히 실감하고 있었다.

매서운 바람이 다시 현측에 몰아치며 뺨을 할퀴고 지나갔다. 나는 따뜻한 음료가 든 잔을 얼어붙은 뺨에 가져다 대며 다시 천천히 운을 떼었다.

"상륙전 때 그 군의관이 저를 미치광이라고 불렀던 걸 기억하시나요?"

"그랬었던가요?"

지난 번 상륙전 때, 연방의 군의관이었던 서보라 대위는 마지막에 나를 두고 미치광이라고 했다. 사소한 가치에 눈이 멀어 대의를 배신하고, 과거의 전우를 죽음으로 몰아넣은 나를 제 정신이 아니라고 매도했다. 하지만 내가 보기에 상황은 정 반대였다.

"반대로 저는 되레 그녀가 미쳤다고 생각했습니다."

대위는 국가와 대의를 위해서라며 사람의 정신을 갉아먹는 약물을 주저 없이 투여하고, 눈앞에서 병사들이 죽어나가는 데도 '실험'이라며 눈 하나 깜짝하지 않았다. 그게 광인의 행동이 아니라면 무엇이란 말인가.

해병들 역시 마찬가지였다. 정규군이 국경에 구축한 전선에 비해 그들이 구축한 전선은 '내리치면 끊어질 정도'로 가늘었다. 처음부터 승산이 있는 작전도 아니었다. 하지만 그들은 자신들이 구축한 전선이 연방을 지탱하는 가늘고 단단한 붉은 선(Thin Red line)이 되리라 믿어 의심치 않았다. 하지만 내가 보기에 그 붉은 선은 이성과 광기의 경계에 걸쳐진 가는 실에 불과했다. 그 가는 실이 끊어지자마자 해병들은 광견처럼 달려들었다. 처음의 목표를 잊고, 상대를 물어뜯고, 파괴하는 데 주력했다. 그리고 끝내 모두 인간으로서의 존엄을 잃고 비참하게 죽어 버렸다.

전투가 끝나고 나서 죽은 해병들의 시신을 수습하며 나는 내내 괴로웠다.

"대의를 위해서라며 반인륜적인 범죄를 스스럼없이 저질렀는데도… 저의 옛 조국은 그런 행동을 되레 정의롭다고 칭송하며 떠받들었습니다."

신경을 쓰지 않으려 했지만, 연방의 신문에서는 연일 해병들의 죽음을 조국을 위한 아름다운 산화였노라고 미화하고 칭송했다. 심지어 반인륜적인 실험을 자행한 서보라 대위조차도 군적을 박탈당하지 않고 버젓이 살아 있다. 이쯤 되니 내 자신의 행동에 확신을 가질 수 없게 되어 버렸다. 정말로 미친 건 괴로운 고행을 거부하고 달콤한 한 끼의 밥을 택한 내가 아닐까, 그런 두려움이 시나브로 밀려들었다.

"결국 미친 건 누구일까요?"

내 질문을 듣자 샤오지에는 말없이 코코아만 한 모금 들이키고 하얀 입김을 내뱉었다. 그녀는 누구에게라고 할 것도 없이 허공을 바라보며 작게 중얼거렸다.

"코코아는 차랑 다르게 달콤해서 좋네요."

"저기 샤오지에…."

그리고 갑판장은 아까 내가 던진 질문의 답을 해 주는 대신, 역으로 다른 질문을 던졌다.

"그럼 의무장에게 그 광기와 이성을 가르는 '정상'의 기준은 무엇인가요?"

샤오지에의 질문에 나는 말문이 막혔다.

정상의 기준이라. 평소에 생각해 둔 화제는 아니었다. 하지만 연방에서 유년기를 보내며 누누이 들은 말이 있다. 튀는 행동을 하지 말고, 남에게 폐를 끼치지 마라. 사회생활을 하며 듣는 첫 번째의 수칙이다. 나는 학교에서 배웠던 그 가르침을 더듬거리며 입에 담았다.

"남들과 다르지 않은… 튀지 않는 평범한 모습이 정상일지도요."

"그래요. 일반적으로 다수의 가치관과 일치한다면 정상적인 행동으로 여겨지지만, 다수의 가치관에 반하는 행동을 한다면 미치광이의 행동으로 여겨지지요."

그리고 샤오지에는 몸을 가볍게 틀어 나를 정면으로 바라보며 뼈 있는 질문을 던졌다.

"의무장. 저와 갑판병들이 '정상'이라고 생각하시나요?"

"그건….'

나는 바로 대답을 하지 못하고 머뭇거렸다.

샤오지에와 갑판병들을 비정상이라고 생각해서가 아니다. 오히려 군인의 기준에 비추어 본다면 상관에게 맹목적으로 충성하고, 주어진 과제를 성실히 수행하는 갑판부의 승조원들은 지극히 정상적이었다. 하지만 괴짜가 가득한 잿빛 10월 안에서 그들은 오히려 역으로 괴짜 취급당했다. 불합리하게도. 샤오지에도 내 생각을 어림짐작하였는지, 낮게 웃으며 손을 앞으로 쭉 뻗었다.

"본디 정상이 아닌 세계에서는 역으로 광기가 이성으로 취급된 답니다."

그래. 원래 외눈박이의 세계에서는 두눈박이가 장애이고, 외다리를 가진 사람들 사이에서는 두 다리로 서는 사람이 이상한 거라 했다. 정상이란 그 만큼 주관적이고 변하기 쉬운 기준이다. 그리고 샤오지에는 눈살을 찌푸리며 살짝 화가 난 표정으로 나를 쏘아붙였다.

"게다가 사람의 목숨을 실험용 쥐처럼 여기던 그 군의관을 정상이라고 생각하는 사람이 세상에 더 많을 리가 없잖아요. 아둔한 질문 마세요, 의무장."

"그건 그렇지만요…."

확실히 그 군의관의 사상은 옳고 그름을 떠나 인류의 존망을 위협할 정도로 극단적인 것이었다. 그런 아가씨에게 미치광이라고 한소리 들었다고 의기소침해할 필요는 없었다.

…그래도. 혹에 만에 하나라도. 만일 그녀의 비정상적인 행동이 결과적으로 전 인류의 발전에 공헌하고 있다면 오히려 내가 그른 게 아닐까 하는 무서운 생각이 잠시 들었다. 하지만 샤오지에는 그 일말의 가능성마저도 부인하며 아예 못을 박았다.

"정의라는 거창한 표현을 쓰며 쓰디쓴 흑차를 일부러 들이키진 마세요, 이원일 일조. 달콤한 것만 골라 마셔도 시간이 부족할 정도로 세상에는 맛있는 게 너무 많답니다."

그래. 가능성을 따져가며 일부러 거친 길을 택하기엔 세상은 너무 복잡하다. 본능이 이끄는 대로 쉬운 길을 택해도 괜찮겠지. 나는 한숨을 내쉬며 달콤한 코코아를 천천히 한 모금 들이켰다.

세상에 고행을 즐기는 사람은 없다. 그건 금욕적인 삶을 살아가는 성녀라도 마찬가지이다.

다른 사람의 존경이든, 사랑이든, 신앙적 간증이든 그 고행을 통해서 주어지는 보상이 있기 때문에 사람은 가끔 힘든 길을 부러 택한다. 그렇다고 해서 그 사람이 고행을 즐긴다고 생각하면 곤란하다. 지난 몇 주간 있었던 소동도 이러한 오해 때문에 일어난 것이다.

"…그동안 저는 부러 차를 즐겨왔어요. 물론 차의 향을 싫어하는 건 아니지만, 저도 사람인 이상 쓰디쓴 고삼차보다는 달콤한 음료를 더 좋아하죠. 결국 차는 제게 일종의 허세였어요."

샤오지에는 스트레칭을 하는 것처럼 양 팔을 죽 뻗으며 개운한 표정으로 말을 이어갔다.

"익숙지는 않지만 이제는 저도 솔직하게 말하려고 합니다. 싫은 건 싫다고, 좋은 건 좋다고."

뭐, 개인적으로는 좋은 변화라고 생각한다. 그동안 샤오지에는 자신의 의견을 정확히 피력하지 못해서 손해를 보는 일이 많았기 때문이다. 자신이 좋아하는 것을 좋다고 표현하지도 못했고, 싫은 것을 싫다고 내치지도 못했다. 그 때문에 과거의 갑판부는 이번 상륙작전처럼 남들이 꺼려하는 일을 줄곧 떠맡았지만… 앞으로는 갑판부의 일도 조금은 줄어들 것이다.

그런데 샤오지에는 무슨 생각에서였는지, 특유의 나긋나긋한 미소를 그대로 유지하며 대뜸 오해성이 짙은 발언을 날렸다.

"의무장. 그래서 저는 의무장이 아주 좋아요."

"콜록, 콜록!"

나는 순간 내 귀를 의심했다.

내가 좋다니, 그게 무슨 의미람? 물론 성실한 후임으로서 좋아한다는 의미겠지만… 오해를 했나 싶어 나는 조심스럽게 다시 의미를 되물었다.

"그, 그건 'Like'의 의미로 말씀하신 거죠…?"

하지만 샤오지에는 내 질문에 확답을 해주지 않고, 특유의 미소만 지어 보이며 시선을 피했다.

"그 때 의무장이 도와주지 않았더라면, 저는 아직도 스스로 만든 틀 안에 갇혀 있었겠죠."

그리고 샤오지에는 담담한 목소리로 목례를 하며 감사를 표했다.

"그래서 줄곧 감사 인사를 드리고 싶었답니다."

갑작스럽게 상관에게 고백 아닌 고백을 연달아 받자, 나는 당혹스러워서 계속 말을 더듬었다.

"그, 그렇지 않습니다."

여기서 무어라고 해야 샤오지에의 기분을 해치지 않을 수 있을까? 나는 머리를 굴리며 말을 고르려 했지만, 자꾸 문장이 완성되지 않은 채 입 안에서 계속 맴돌았다.

"제가 딱히 돕지 않았더라도 샤오지에께서는 자신의 힘으로 금세 해결하셨을 겁니다. 제가 할 수 있는 건 거의 없었다고요. 왜냐하면 샤오지에는…."

"샤오지에는?"

억지로 말을 자아내려고 했던 탓일까. 머릿속이 갑자기 하얗게 변해버렸다. 그보다 어째서 나는 샤오지에를 그렇게 신뢰하고 있었지? 지휘관으로서의 능력이 뛰어나서? 귀족가 출신의 아가씨라서? 그도 아니면 정말 단순히 차를 잘 타는 사람이어서?

…아니다. 승조원들이 샤오지에를 신뢰하는 이유는 하나뿐이지 않은가. 나는 더듬거리며 전에 이비 이조에게 들었던 말을 그대로 샤오지에에게 들려주었다.

"샤오지에는… 좋은 사람이시니까요."

"푸흡… 푸하하하!"

내 말을 듣자마자 샤오지에가 입을 벌리고 크게 웃었다.

매일 입을 가리고 작게 쿡쿡 웃는 모습만 보았던지라, 이렇게 파안대소를 하며 웃는 샤오지에의 모습은 꽤 생경했다. 샤오지에는 눈에 눈물이 맺힐 정도로 한동안 깔깔거리며 웃더니, 손으로 눈가를 훔치며 말을 이었다.

"이야… 정말이지 의무장도 꽤 솔직하지 못하다니까요."

"…제가요?"

"예. 그렇게 생각한 적 없나요?"

솔직하지 못하다니. 그건 내가 해인을 두고 자주 하는 소리가 아닌가. 그런데 정작 남에게 그런 평가를 들으니 기분이 묘해졌다. 이래봬도 꽤 솔직한 편이라고 생각했는데, 갑판장에게는 그렇지도 않은 모양이었다.

복잡한 심정으로 머리를 긁적이고 있노라니, 그 광경이 우스워 보였는지 샤오지에가 쿡쿡 웃으며 손깍지를 꼈다.

"그럼 앞으로도 잘 부탁해요, 샤오예(小爺)."

갑판장은 그렇게 말하고 경례를 올려붙이며 자리에서 일어났다. 샤오예? 그게 무슨 뜻이지?

내가 입을 열어 단어의 뜻을 묻기도 전에, 샤오지에는 종종걸음으로 현측 난간을 내달려 금세 반대 방향으로 사라져 버리고 말았다. …이게 도대체 무슨 소동이람. 도깨비에게라도 홀린 기분이었다.

나는 문득 라이프 라인 너머로 고개를 내밀어 수면을 바라보았다. 잔잔하게 일렁이는 해수면에 내 얼굴이 비추어졌다 사라지길 반복하고 있었다. 나는 손을 들어 얼굴을 찌그러트리며 짐짓 화난 표정을 지어 보였다. 위압감이 있는 사나운 표정이 지어지길 기대했지만, 바보 같은 표정을 지은 사내가 나를 올려다보고 있을 뿐이었다.

나는 해인의 화난 표정을 떠올리며 작게 뇌까렸다.

"그렇게 내가 해인처럼 성격 나빠 보이나?"

"…또 여기서 사이드를 피우고 있었습니까, 의무장."

역시 양반은 못되는지, 흉을 보기가 무섭게 해인이 반대편 덱에서 걸어오는 게 보였다. 타이밍이 너무 좋았던 탓에 나는 웃음보가 터질 뻔했지만, 짐짓 웃음을 꾹꾹 억누르며 능청을 떨어보았다.

"그러니까 나는 오늘 비번이라니까. 좀 쉬게 내버려 둬."

"비번이라도 함 행동이 바쁜데 혼자 여유를 부리다니, 올바른 간부의 자세가 아닙니다."

괜한 시비를 걸어 오며 툴툴거리는 걸로 보아 또 무슨 바쁜 일이 생긴 모양이었다. 비번인 승조원은 나 말고도 많을 텐데, 매일 나만 찾는 걸 보면 나도 해인에게 어지간히 얕보였나.

하지만 모처럼 지루해지던 참이니, 일손을 돕는 것도 나쁘지 않겠다 싶었다.

"그래서. 뭐 도와줄 일이라도 있어?"

"일단은 슬라뱐카(Славянка)에 식재료를 사러 갈 생각인데, 동행해 주시겠습니까?"

해인은 부두에 정박된 트럭을 가리키며 물었다.

슬라뱐카? 분명 슬라뱐카는 식료품을 구할 수 있는 가장 가까운 도시였지만, 육로로 가기엔 제법 멀었다. 게다가 러시아군이 일대를 봉쇄하고 있으니 검문을 뚫고 오고 가려면 서너 시간은 족히 걸릴 터였다. 다녀오면 모처럼의 휴일이 끝나 버리고 말 텐데… 어쩐지 그냥 동행하기는 왠지 아쉬웠다. 뭔가를 부탁해 볼까.

"음… 슬라뱐카에서 녹차 아이스크림 하나 사 준다면 생각해 보지."

"당신은 어린애입니까."

내 제안에 어처구니가 없었는지 해인은 코웃음을 치며 고개를 가로저었다.

"그 정도야 얼마든지 사 줄 테니 따라오십시오."

"좋아. 알았어."

나는 엉덩이를 털고 자리에서 일어나서 해인을 쫓았다.

따끈한 코코아를 마신 직후여서 그랬을까. 유독 싸늘했던 포시예트 만의 칼바람도 지금은 어쩐지 선선하게 느껴졌다. 현측의 철제 바닥을 울리는 경쾌한 구둣발 소리를 듣고 있노라니 기분이 유쾌해져 나는 나도 모르게 콧노래를 흥얼거렸다. 이 광경만 놓고 본다면 해인의 말마따나 주전부리 하나에 기뻐하는 유치한 어린애나 진배없군. 그렇게 생각하니 나는 참을 수 없이 우스워져 숨을 죽여 가며 킥킥 웃었다. 하지만 어린애처럼 보여도 할 수 없는 노릇 아닌가.

나는 군인이고,
군대는 먹어야 진격할 수 있으니까.

光明學會 人事評價資料

성명	샤오지에 Xiaojie		
직위 갑판장	계급 병조장		
생년월일 20XX. 03. 05.		성별 여성	
군번 IN-71013	혈액형 O (RH+)		
출신지 중화민국 저장성 항저우 시			
키 168cm	체중 50kg		

검침일자 20XX.01.14

경력

일 시	내 역
20XX.XX.XX	광명학회 해군 이등병조 임관
20XX.XX.XX	잿빛 10월 갑판장 착임

인사평가

근 무	보 수	전 투	조 타	체 력	리스크
S	A	A	A	A	A
소 견	타의 귀감이 되는 모범적인 재원				

세부평가

- ▸ 언제나 궂은일을 솔선수범하여 도맡기 때문에 부하들의 신망이 높음
- ▸ 차(茶)를 좋아해서 항상 휴대하고 다님
- ▸ '샤오지에'는 본명이 아님. 추후 수정 바람

光明學會 人事評價資料

성명	이비 Yi-bi	
직위	갑판사	계급 이등병조

생년월일	20XX. 10. 24.	성별 여성
군번	IN-71033	혈액형 A (RH+)
출신지	중화민국 저장성 항저우 시	
키 165cm	체중 46kg	

검침일자 20XX.01.14

경력

일 시	내 역
20XX.XX.XX	광명학회 해군 이등수병 입대
20XX.XX.XX	잿빛 10월 전속

인사평가

근 무	보 수	전 투	조 타	체 력	리스크
B	A	S	B	A	B

소 견	훌륭한 갑판원이지만 대인관계에 다소 문제가 있음

세부평가

- 과거 샤오지에 가문에서 창검술을 배운 적이 있어 근접전에 강함
- 영어 구사 능력이 다소 미숙하여 중국 출신 수병들끼리만 어울리려는 경향이 있음
- '이비' 역시 본명이 아님. 추후 수정 바람

光明學會 人事評價資料

성명	미나미 쇼우코 Minami Shouko		
직위	군의관	계급	대위
생년월일	20XX. 07. 20.	성별	여성
군번	IN-80297	혈액형	A (RH+)
출신지	일본국 시즈오카 현 아타미 시		
키	165cm	체중	47kg

검침일자 20XX.01.14

경력

일 시	내 역
20XX.XX.XX	케임브리지 의상의학 전문대학 졸업
20XX.XX.XX	- 기록 삭제 -
20XX.XX.XX	광명학회 해군 중위 임관. 잿빛 10월 군의관 착임

인사평가

지 휘	전 술	운 용	의 정	체 력	리스크
A	C	C	S	C	A
소 견	군의로서의 능력은 뛰어나나 해군 장교로서의 능력은 미숙함				

세부평가

- 뱃멀미에 취약하여 황천 시에는 근무 능력이 저하됨
- 해산물을 병적으로 싫어함
- 354 프로젝트(일명 블루홀 프로젝트)의 현장 샘플링 책임자를 겸하고 있음

光明學會 人事評價資料

성명	루나 클라인 Luna Klein		
직위 기관병		**계급** 일등수병	
생년월일 20XX. 09. 29.		**성별** 여성	
군번 IN-71824		**혈액형** AB (RH+)	
출신지 미합중국 펜실베니아 주 미들타운			
키 157cm	**체중** 48kg		

검침일자 20XX.01.14

경력

일 시	내 역
20XX.XX.XX	광명학회 해군 이등수병 입대
20XX.XX.XX	잿빛 10월 전속

인사평가

근 무	보 수	전 투	기 관	체 력	리스크
C	A	B	S	S	B
소 견	통제만 가능하다면 우수한 재원이 될 수 있을 거라 기대함				

세부평가

- ▶ 상관의 지시에 불복하는 일이 잦고 정해진 매뉴얼을 제대로 따르지 않음

- ▶ 마음에 들지 않는 상관에게 모욕적인 언사를 날리거나 골탕을 먹이는 일도 빈번함

- ▶ 그럼에도 불구하고 원자력 기관병으로서의 능력은 매우 우수함

후기

격조했습니다. 오소리입니다.

「마리얼레트리 2 – Thin Red Line」을 구매해 주셔서 감사합니다. 이번에도 즐겁게 읽어 주셨는지요.

이번 권의 부제인 'Thin Red Line'은 제임스 존스가 쓴 전쟁소설, 그리고 동명의 영화로도 잘 알려져 있습니다. 또한 'Thin Red Line'은 붉은 제복을 입고 싸웠던 근대 영국군의 별명으로 '소수정예'를 뜻하기도 합니다. 이번 권의 주역인 해병대와 잘 어울리는 단어라 생각하여 부제를 이렇게 붙였습니다.

하지만 과달카날 전투를 다룬 영화 「Thin Red line」에서 이 단어는 '이성과 광기를 나누는 얄팍한 경계'를 이르는 말로 쓰이기도 합니다. 실제로 2권 작중에서 연방 해병대는 광기에 가득 찬 살인귀의 모습으로 묘사되기도 하지요. 하지만 이는 제가 한국군 해병대를 이상하게 생각하기 때문이 아닙니다. 오히려 저는 대한민국 해병들에게 깊은 애정을 갖고 있습니다. 저 역시 해군이지만, 해병대에서 2년간 해병들과 고락을 함께했던 '해병'이기도 한걸요.

다만 작중의 고려연방이 악역으로 나오는 만큼 해병들은 '적의 정예'로 불의를 위해 싸우는 것처럼 묘사할 수밖에 없었습니다.

(정확히 말하자면 해병 수색대원들이었지만….)

또한, 변명같은 이야기지만 저는 이른바 '밀덕'도 아닌데다가, 군대에서 해전 위주의 훈련을 받았던 만큼 육전에는 조예가 없었습니다. 그 때문에 열심히 공부한다고는 했지만, 육군 출신의 독자들께 이번 권의 육전 묘사는 어색했을지도 모르겠습니다. 여러 모로 더 노력하겠습니다.

그리고 2권을 완성하는 데 많은 도움을 주셨던 분들께 짧게나마 감사의 인사를 올립니다. 먼저 해군 웹 블로그 '블루 페이퍼'의 K 소위님과 L 소령님. 출판사 선배로서 멘토가 되어주셨던 납자루 작가님과 김삼쇄 작가님. 중국어 및 식문화에 대해 조언을 해주었던 유에 양. 이번 권의 편집을 맡아 주셨던 오창성 편집자님과 일러스트레이터 유나물님. 그리고 많은 성원을 보내 주셨던 독자 여러분들….

위 분들이 없으셨더라면 2권도 무사히 나오지 못했을 겁니다. 이 지면을 빌어 다시 깊은 감사의 인사를 올립니다.

연일 변덕스러운 날씨가 계속되고 있습니다. 독자분들께서도 몸 상하시지 않도록 주의하시고, 3권에서 건강한 모습으로 다시 찾아뵙겠습니다. 감사합니다!

2015년 11월
오소리

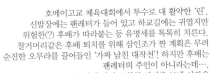

왕립 육군 로빈중대

글 납자루 / 그림 노가미 타케시
46판 / 356p / 7,000원

"소위의 계급장이 검은색인 이유는
전선에서 가장 많이 죽어나가는 장교계급이기 때문이지"

전통적으로 여성의 전투병 복무를 인정하는 샤른 왕국의
육군 사관학교를 막 졸업한 낸시 C. 콜필드 소위는 외국
주둔 부대인 17사단의 E중대, 속칭 「로빈중대」에 배속된다.
낸시 소위가 착임한지 일주일이 지날 무렵, 드론치 제국이
선전포고를 하고 국경을 넘어온다는 소식이 들려왔다.
　열악한 환경 속에서 제국의 침략에 맞서 싸우는
「로빈중대」에게 꿈과 희망은 있는가?

나는 린 2

글 제뉴인 / 그림 모리치카 / 번역 이기선
46판 / 308p / 7,000원

호메이고교 체육대회에서 투수로 대 활약한 '린'.
신발장에는 팬레터가 들어 있고 하교길에는 귀엽지만
위험한(?) 후배가 따라붙는 등 유명세를 톡톡히 치른다.
찰거머리같은 후배 퇴치를 위해 삼인조가 짠 계획은 무려
순진한 오무라를 끌어들인 '가짜 남친 대작전'! 하지만 후배는
팬레터의 주인이 아니라는데….
결국 데이트 신청과 함께 다시 도착한 편지를 보낸 사람은
왠지 그리운 느낌이 나는 같은 반 아이였다!

이 세계 요리를 위한 레시피

글 이시하 / 그림 ODIBIL
46판 / 328p / 7,000원

갑자기 뒤집힌 시야,
이유도 모른 채 떨어진 다른 세상,
무전취식범으로 몰리기까지?!

생판 모르는 이세계에 떨어져도,
생전 처음 보는 괴생명체가 눈앞에 나타나도,

영국요리만도 못한 요리는 참을 수 없어!

마리얼레트리 ❷

초판 2쇄 발행 2016년 7월 30일

저자 오소리

발행인 원종우
발행처 (주)이미지프레임

주소 (427-060) 경기도 과천시 용마로 2, 2층
영업부 02-3667-2653 **편집부** 02-3667-2654 **팩스** 02-3667-2655
메일 vnovel@imageframe.kr **웹** vnovel.co.kr

ISBN 978-896052-588-7 02810 **(세트)** 978-896052-432-3

Mariolatry
© 2015 osori
Published in Korea